Kontaktadresse nach EU-Produktsicherheitsverordnung:
produktsicherheit@fischerverlage.de

Der Gitarrist Alex, der Bassist Paul, der Keyboarder Vonnie, der Schlagzeuger Axel und die charismatische Sängerin Nora sind »Die Steine«. Eine ostdeutsche Rockband aus den 80ern zwischen Protest und Anpassung. Als die Mauer fällt, zerbricht die Band. Nora versucht es allein in New York. Paul steht zwölf Jahre an seinem Fenster. Alex denkt an Nora, die seine große Liebe wurde, als sie schon bei Paul war. Paul liebt nur eine Frau, seine Tochter. Dann gehen sie auf Comeback-Tour.
Alexander Osangs mitreißender Roman erzählt mehr als die Geschichte einer Band in drei Jahrzehnten, seine Kapitel sind Songs über Liebe, Verrat und das, was die Zeit aus uns macht. Und darüber, dass das Leben weitergeht, wenn ein Song zu Ende ist.

Alexander Osang, geboren 1962 in Berlin, studierte Journalistik in Leipzig und arbeitete nach der Wende als Chefreporter der Berliner Zeitung. Für seine Reportagen erhielt er mehrfach den Egon-Erwin-Kisch-Preis und den Theodor-Wolff-Preis. Nach acht Jahren als Reporter für den Spiegel in New York lebt er heute wieder in Berlin. Alexander Osangs erster Roman ›die nachrichten‹ wurde verfilmt und mit zahlreichen Preisen, darunter dem Grimme-Preis, ausgezeichnet. Im S. Fischer Verlag und Fischer Taschenbuch Verlag liegen darüber hinaus vor die Romane ›Königstorkinder‹ und ›Lennon ist tot‹, die Reportagenbände ›Im nächsten Leben‹ und ›Neunundachtzig‹ sowie die Glossensammlung ›Berlin – New York‹.

Weitere Informationen finden Sie auf www.fischerverlage.de

Alexander Osang

Comeback

Roman

FISCHER Taschenbuch

Die Nutzung unserer Werke für Text- und Data-Mining im Sinne von
§ 44b UrhG behalten wir uns explizit vor.

2. Auflage

© 2023 S. Fischer Verlag GmbH,
Hedderichstr. 114, 60596 Frankfurt am Main

Printed in Germany
ISBN 978-3-596-03247-1

Don't let us get sick
Don't let us get old
Don't let us get stupid, all right?
Just make us be brave
And make us play nice
And let us be together tonight

Warren Zevon

Steine-Tapes, drittes Interview, November 2012

Carola Jürgensen: Gab es einen Moment in eurer Bandkarriere, in dem du gespürt hast: So schön wird es nie wieder?

Nora Schwarz: Schwer zu sagen. Ich glaube, so denkt man nicht. Du verstehst ja auch nie wirklich, dass du jung bist. Als ich fünfzehn war, taten mir Neunzehnjährige leid. Ich dachte, die fühlen nichts mehr. Ich dachte wirklich, mit vierzig spring ich aus dem Fenster. Wahnsinn, dann wäre ich jetzt schon dreizehn Jahre tot. Das schreibst du aber nicht, verstehst du.

Was ich sagen will, ist: Du genießt den Moment nicht, weil du ihn nicht verstehst. Du hast keine Vorstellung von der Zeit. Das ist das, was Glück ausmacht, glaube ich. Du bist unsterblich.

Wenn ich mich festlegen müsste, würde ich sagen: August 88. Das Konzert im Friedrichshain, August 1988.

Wir hatten eine gute Platte gemacht. »Toastbrot und Spiele«. Die Platte war wichtig, nicht schwer, aber wichtig. Relevant. Relevanz hängt in unserem Geschäft von vielen Dingen ab. Vom Alter, von der Lage im Land und der in der Band.

Du reitest die Welle. Wir sind die Welle geritten, ganz oben, da, wo der Schaum war.

Wir hatten die Platte draußen, ein paar Songs liefen im Radio, andere nicht. Die Luft im Land stand still. Es bewegte sich nichts. Alle warteten. Wir hatten das Lied dazu. »Wartesaal«. Es war gerade verboten worden. Das passte wie'n Arsch auf'n Eimer.

Wir hatten den Soundcheck gemacht, nachmittags. Strahlend blauer Augusthimmel. August ist ja auch so ein Wahnsinnsmonat, so bittersüß. Auf den Wiesen saßen schon ein paar Fans, nicht viele, vielleicht hundert. Die Bäume standen da, fett und raschelnd, all diese dicken deutschen Bäume. Die Trümmerberge, die Stadt. Hier hast du verstanden, dass alles noch nicht lange her ist. Und dann doch schon wieder unglaublich lange her. Es war ja alles zugewachsen. Grün. Mythisch.

Wir waren genau richtig da. Richtige Zeit, richtiger Ort.

Wir waren so um halb sechs fertig, denke ich. Danach sind wir alle zu Alex gegangen, der wohnte in der Marienburger. Das war nicht weit. Im Hinterhof konnte man schön sitzen, da standen ein paar Bäume rum, der Seitenflügel und das Gartenhaus waren weggebombt. Da saßen wir und haben gechillt. Bierchen, Weinchen, Zigarettchen. Nicht exzessiv, nur ein bisschen runterkommen. Irgendwann war's um acht. Es war so ein schöner Abend. Jedenfalls sagt Paul: Wollen wir nicht lieber Baden fahren? Das war klassisch Paul. Dem war alles scheißegal. Ich hab das geliebt, jedenfalls eine Zeitlang. Das Besondere aber war, wir fanden den Vorschlag alle geil. Nacktbaden im Weißen See. Das Konzert sollte halb neun anfangen, und wir wussten ja, dass Conny schon im Kreis lief. Der hatte keine Ahnung, wo wir waren. Es gab ja keine Handys. Wenn er gewusst hätte, dass wir übers Badengehen nachdachten, hätte der einen Herzinfarkt bekommen. Ach, Conny.

Wir sind dann runter zur Greifswalder gelaufen und haben gesagt: Wir fahren mit der ersten Bahn, die kommt. Wenn sie nach Weißensee gefahren wäre, wären wir Baden gegangen, aber sie fuhr zum Hackeschen Markt. Wir sind also die eine Station bis zum Königstor gefahren und kamen halbwegs pünktlich an. Conny war total durchgeschwitzt. Wir haben es ihm nie erzählt.

Er stand da, klitschnass und sagte: 25 000.

25 000, Caro. Wir hatten noch nie ein Solokonzert vor so vielen Menschen gespielt. Ich bin an den Bühnenrand gegangen und hab rausgeschmult, die Wiesen waren schwarz vor Leuten. Kein Grashalm war zu sehen. Ein unglaublicher Frieden, die haben auf uns gewartet wie auf Propheten. Die Bäume raschelten, und es war immer noch so warm. Ich habe mich umgedreht, da standen die Jungs, mit denen ich eben noch Baden fahren wollte. Ich glaube, ich habe nie jemanden so geliebt wie diese vier Kerle in diesem Moment. Nie zuvor und nie danach.

Und das hat man dann auch gehört. August 1988, Friedrichshain. Wahnsinnsnacht, Caro. Wahnsinnsnacht.

Wir waren unsterblich.

Wolkenlos
Emma, 2013, Herbst

Emma Schmidt war mit einem Surfer ins Bett gegangen und neben einem Soldaten aufgewacht. So kam es am Ende immer, dachte Emma. Sie wollte nicht so denken, sie war um die halbe Welt gereist, um diesen Gedanken zu entfliehen. Ihr Blutdruck war schuld. Es war neun Uhr morgens, ihr Herz schlief noch. Emma sah aus dem Fenster, wo das kalifornische Morgenlicht ihre Einfahrt ausleuchtete wie ein Studioscheinwerfer. Immer das gleiche Wetter, seit fünfeinhalb Monaten. Wolkenlos.

Die Sonne hing wie ein ständiger Vorwurf im Himmel.

Tom trug ein weißes, geripptes Unterhemd, Hosenträger, die seine Schultern breit, aber auch ein wenig brutal aussehen ließen. Seine Haare waren noch nass, in der Stirn lang und weich, im Nacken ausrasiert. Er würde heute sterben. Er war der erste Soldat, der fiel. Sein Name war Hermann, einen Nachnamen hatte er nicht. Er war zu schnell tot. Der Film hieß »Black Dogs« und spielte im letzten Jahr des Zweiten Weltkriegs. In einem deutschen Bunker, den sie in Burbank aufgebaut hatten. Tom hatte ihr Handyfotos vom Bunker gezeigt, ein graues Monster, ein gestrandeter Wal.

Es war so still, wie es in Los Angeles sein konnte. Emma hörte die Flugzeuge, weit oben überm Meer, aber auch das Messer, mit dem sie auf ihrem Toast kratzte. Toms Löffel raschelte im Müsli, als würde er dort nach irgendetwas suchen. Vielleicht nach anständigen Rollenangeboten, dachte Emma. Der verdammte Blutdruck machte sie zu einem Monster. Sie schob ihm die Schale mit dem Obst hin, das sie geschnitten hatte.

»Obst?«, fragte sie. Es war ihr erstes Wort am Frühstückstisch. Sie würgte es aus wie einen Fellball.

Tom sah auf, als erwache er aus einem Traum.

»Leberwurrrrst«, sagte er. Er lachte, seine Zähne waren makellos.

Sie fragte sich, ob er sich auf die Rolle vorbereitete oder zu einem Mann wurde wie ihr Thüringer Großvater. Ein Mann, der stundenlang nichts sagte und dann plötzlich »Gummistiefel« oder »Einigkeit und Recht und Freiheit – dass ich nicht lache«.

»Was?«, fragte sie.

»Ich hätte gern ein bisschen Wurst zum Frühstück«, sagte Tom. Wurrrst, sagte er. Er lachte immer noch, aber es bedeutete nichts. Er war Schauspieler. Gestern Abend war er mit trockenem Schlamm im Gesicht und an den Armen nach Hause gekommen, als habe er auf dem Bau gearbeitet.

»Tut mir leid«, sagte sie. Er war ja nur nervös. Er würde heute sterben.

»Was?«, fragte er.

»Dass ich dir keine Wurst bieten kann.«

»Ach, Quatsch. Es liegt an der Rolle«, sagte er.

»Method acting?«, fragte sie.

Sein Text heute bestand aus zwei Wörtern, seinen letzten Worten. »Mutter.« Und dann noch mal: »Mutter.« Aber warum sollte sie ihn daran erinnern. Ihr Blutdruck war kaum messbar. Sie schlief noch.

»Blutwurst für Bobby de Niro and me«, sagte Tom und schaufelte sich Obst auf sein Müsli.

Das frische Obst sprach für Kalifornien. Das erzählte sie ihren Freundinnen zu Hause und sich selbst. Der Fisch und das Obst. Der wolkenlose Himmel. Und das Meer vor der Tür. Sie dachte an Marlene Dietrich, die spät im Leben, am Ende ihrer ewigen Flucht aus Deutschland, Graubrot und Wurst vermisst hatte. Keine Ahnung, woher Emma das wusste. Sie hätte es erzählen können, jetzt, aber sie würde klingen wie eine der Ehefrauen, die in die Gesänge ihrer Männer einstimmten. Sie war 27 Jahre alt und müde.

Tom strich sich eine lange blonde Haarsträhne zurück, die in seine Müslischale baumelte. Es sah gut aus. Emma stellte sich vor, wie sie die Strähne abschnitt. Er redete von der Szene, der er zum Opfer fallen würde. Er nannte Namen und Orte, die Emma nichts sagten. Sie hatte ihn zweimal zum Set gefahren, einmal waren es Außenaufnahmen gewesen. Sie hatte am Rand gestanden, hinter Absperrungen und Catering-Trucks, am Horizont liefen deutsche und amerikanische Soldaten zwischen Hügeln umher. Aus der Entfernung konnte sie keinen Unterschied ausmachen. Alles eine Armee. Sie nickte, träumte. Es interessierte sie nicht, es erinnerte sie an ihre Tatenlosigkeit. Wie die Sonne. Tom erzählte diese Dinge auch nicht ihr, sondern sich selbst. Gleich würde er aufs Klo verschwinden. Sie würde in der Zeit den Tisch abräumen. Toms Handy summte. Er lächelte.

»Jake würde uns gern kennenlernen«, sagte er.

»Jake«, sagte sie.

»Er findet das alles so faszinierend. Unseren Hintergrund. Deine Geschichte. Ich habe ihm erzählt, dass du aus dem Osten kommst. Von Alex.«

»Du hast ihm von Alex erzählt?«, fragte Emma. Ihr Herz begann zu arbeiten. Sie tauchte aus einem dunklen See auf. Sie schnappte nach Luft.

»Er ist total interessiert. Er ist wirklich so anders, wie sie alle sagen. Er kann zuhören«, sagte Tom und streichelte sein Handy wie eine Katze.

»Was hast du ihm denn erzählt?«

»Nichts von euch, keine Angst. Die alten Geschichten«, sagte Tom. Er lachte. Das makellose Gebiss, das schöne Gesicht. Ein Schauspieler. Er guckte ahnungslos und väterlich zugleich.

Sie fühlte sich, als habe Tom ein altes Spielzeug von ihr an ein Nachbarskind verschenkt, ohne sie zu fragen. Eine Spieldose, die ihrer Großmutter gehört hatte. Sie hätte ihm das ins Gesicht schreien können, aber sie fühlte sich zu dumm für einen Streit, der sich um Alex drehte und um die Band ihres Vaters. Sie hatte nie wirklich verstanden, was damals eigentlich passiert war, und bezweifelte, dass Tom es verstand. Nicht mal Alex hatte es erklären können. Sie hatte nur die Narben gespürt, alte Narben, die schmerzten, wenn sich das Wetter änderte. Sie kannte das von ihren Narben. Alex und sie hatten nicht miteinander reden müssen, was sie nach all dem Therapeutengewäsch genossen hatte. Sie sah sich in Alex' altem Jungengesicht wie in einem Spiegel.

Tom hatte die verschlungene Geschichte ihres Freundes an einen Hollywoodschauspieler verkauft, dachte sie. An einen dieser Kerle, die als unangepasst galten, weil sie zwanzig Kilo für eine Rolle abnahmen und in Interviews nachdenklich schwiegen. Wahrscheinlich hatte Tom Alex in einer Rauchpause verraten, um einen Eindruck zu hinterlassen. Tom wurde gleich am Anfang der Schlacht erschossen, sollte aber in den Albträumen des Helden auftauchen, der ihn erschoss. Das hatten sie angedeutet. Jake spielte den Helden. Er entschied, wer in seinen Träumen erschien.

»Ich dachte, der Film spielt im Zweiten Weltkrieg«, sagte sie.

»Verrat ist zeitlos«, sagte Tom.

Er schaute ernst. Er war von seinem Satz beeindruckt, dachte sie. Ein Spruch aus dem Poesiealbum. Sein Handy schnurrte wieder. Er sah es an, lächelte.

»Das ist ja das Problem«, sagte sie.

»Was?«, fragte er.

»Es hört nicht auf«, sagte sie. »Der Verrat geht immer weiter.«

»Genau das meine ich ja, Engel«, sagte er, nahm das Telefon, tippte.

Emma hatte nicht mehr die Kraft, ihm zu widersprechen. Es lag nicht am Blutdruck, dachte sie.

Sie schaute auf die Obstreste in der weißen Schale, die bereits ihre Farbe und ihre Form verloren. Zuerst die Bananen und die Pfirsiche, sie verdarben vor ihren Augen. Es ging alles so schnell. Sie hatte die Schale bei Crate and Barrel gekauft, in West Hollywood. Vor sechs Monaten, als sie sich einrichteten. Ein paar Handtücher, ein bisschen Geschirr, Korkenzieher. Sie hatte nicht gewusst, was sie brauchten, wie lange dieses Leben halten würde. Sie hatte West Hollywood gemocht, den kühlen Laden, in dem es gut roch, aber auch das Gefühl, in die Wärme zurückzukehren. Sie hatte die Leute auf den Bürgersteigen gemocht, denen es egal zu sein schien, was man von ihnen hielt. Tom hatte eine Rolle in einem Sandalenfilm, aus dem er später herausgeschnitten worden war, und die Aussicht, in einem Film über den ostdeutschen Cowboy Dean Reed mitzumachen. Sie hatte die Sachen in dem großen, leeren Papphaus verteilt, und es hatte ihr gefallen, die Leere, das Unverbindliche. Das Haus hatte vier Zimmer, eine große offene Küche und eine riesige Garage, in der Ecke lehnte ein altes Surfbrett. Das Haus stand in Huntington Beach, keine besonders spektakuläre Gegend, aber es waren nur drei Straßen bis zum Strand.

In den ersten Tagen war sie mit Tom zum Meer gelaufen, so oft, wie es ging. Die Welt war weit und offen. Klar war nur, dass Tom nie einen deutschen Soldaten spielen würde.

Er sprach Englisch ohne deutschen Akzent, weil er seine Kindheit in New York verbracht hatte. Sein Vater hatte damals einen Job bei den Vereinten Nationen gehabt, Tom war in die UN-Schule gegangen. Sie hatten Schulsport am East River gemacht. Sie dachte, dass sie sich deswegen in ihn verliebt hatte. Ein Prinz, der sie aus ihrem Dornröschenschloss befreien würde.

»Kommt er zu uns, oder gehen wir zu ihm?«, fragte sie.

»Was?«, fragte Tom.

»Jake«, sagte sie.

»Mal sehn«, sagte Tom.

Sie hatten keine Freunde hier, sie kannte niemanden, auch nicht die Nachbarn. Sie vermisste das nicht, glaubte sie, aber sie merkte, wie sie in den Gesprächen mit ihren Berliner Freundinnen verlorenging. Das Einzige, was sie in Los Angeles festhielt, war die Angst vor zu Hause. Sie hatte keine Ahnung, was sie noch machen sollte. Sie hatte aufgehört zu rauchen, dabei war Los Angeles die perfekte Stadt zum Rauchen. Es gab so viel Zeit und so wenig Gelegenheit zum Reden. Sie ging immer noch zum Meer, aber oft hatte sie das Gefühl, auf eine tapezierte Wand zu starren.

Toms Telefon summte. Er sah es an. Grinste.

»Was ist denn das die ganze Zeit?«, fragte sie.

»Alles wird gut, Baby«, sagte Tom, er tippte.

Emma war jetzt richtig wach. Ihr Herz pumpte, aber ihr Blut war kühl. Sie saß auf einem Schlitten oben auf dem Berg, bereit, herunterzufahren. Sie kannte das Gefühl. Sie wusste, dass sie nicht mehr anhalten konnte, wenn sie einmal losgefahren war. Aber Tom bemerkte das nicht. Er verstand nicht, was sie gesagt hatte. Er lächelte immer noch, den Blick auf dem Handy. Er schien sein Telefon anzulächeln. Ihr Freund verwandelte sich in die kalifornische Sonne, dachte Emma. Sie sehnte sich nach Schatten.

Sie stand auf, strich Tom über den stoppligen Nacken. Sie nahm die Obstschale und trug sie zur Spüle. Er folgte ihr mit seiner Kaffeetasse. Er küsste sie am Abwaschbecken auf die Wange, das Wasser tröpfelte. Aus dem Flur rumpelte der

Trockner mit seinen Sportsachen, die sie später zusammenlegen würde.

Sie hatte Tom in Berlin kennengelernt, in Pankow, auf der Party einer Fotografin, die das letzte Cover der Steine fotografiert hatte, der Band ihres Vaters. Die Fotografin war die Tochter eines Schauspielers, der einst Irre, Familienmonster und Könige am Deutschen Theater gegeben hatte und heute gütige Großväter im Vorabendfernsehen spielte. Es waren viele früher berühmte Leute da gewesen und die Kinder der früher berühmten Leute. Zwischen ihnen hatte Tom ausgesehen wie ein kalifornischer Surfer. Die langen blonden Haare, das unschuldige Lachen, nichts von diesem verschwiemelten Ostmief, in dem jeder jeden kannte. Er kannte die Fotografin, hatte aber noch nie von den Steinen gehört. Er heuchelte kein Interesse an der verworrenen Vergangenheit der Partygäste. Erst später, im gleißenden Licht Kaliforniens, begriff er, dass ihre zerrissenen Biographien besseren Filmstoff hergaben als sein sorgloses Leben.

Tom war jeden Morgen im Dienstwagen seines Vaters aus einem New Yorker Vorort zu seiner Schule an den East River gefahren worden. Er spielte mit den Kindern von deutschen Mercedesverkäufern und Lufthansarepräsentanten auf gepflegten Rasenstücken. Vom ostdeutschen Cowboy Dean Reed hatte er erst hier in Los Angeles gehört, als der lange tot war.

Tom suchte seinen alten Gameboy, ohne den er nicht aufs Klo ging. Er spielte Tetris. Seit er zehn war, spielte er Tetris auf dem Klo. Er sah den Bauklötzen zu, die aus dem Himmel regneten. Wie ein kackender Affe.

Sie hörte die Klotür zufallen. Sie drehte das Wasser ab, ging zum Tisch, wo sein Handy lag. Sie las nie in seinen Mails, weil sie sich nicht vergiften wollte. Aber sie ahnte, dass es nicht mehr darauf ankam. Jake hatte geschrieben. Gott.

»really sorry to kill you, hermann! j.«
»its ok. there is an afterlife. t.«
»can't wait to meet you there.«
»same here.«

Ein Leben nach dem Tod. Es sah so aus, als würde es Soldat Hermann in die Albträume des Hauptdarstellers schaffen.

Sie fragte sich, warum man kurze Namen wie Jake oder Tom abkürzte. Wahrscheinlich, um ihnen Bedeutung einzuhauchen. Ihr Frühstücksgespräch war nur ein Hintergrundrauschen für diesen wichtigen, großen Dialog gewesen. J und T. Der Star und sein Komparse.

Sie hatte immer gedacht, dass Tom irgendwann das Surfbrett von der Garagenwand nehmen und ausprobieren würde. Aber er war kein Surfer. Er sah nur so aus. Er spielte einen schwermütigen skandinavischen Auftragskiller, einen belgischen Drogenkurier in zwei Independentfilmen und dann doch den deutschen Soldaten in einer großen Hollywoodproduktion.

Eine Ausnahme, natürlich. Er hatte es mit dem Regisseur begründet, der einmal für den Oscar nominiert worden war, und natürlich mit Jake.

Sie hatte ihm den Nacken rasiert.

Sie hatte Obst geschnippelt, lange Briefe nach Deutschland geschrieben, den kalifornischen Himmel und das kalifornische Essen fotografiert und gepostet und einen Roman begonnen, in dem sich eine junge Frau in den besten Freund ihres Vaters verliebte. Sie hatte nie richtig beschreiben können, warum ihre Heldin das tat, und das Manuskript weggeworfen. Sie kannte die Betreiber der beiden Liquor Stores von Huntington Beach inzwischen so gut, dass sie nach Long Beach oder San Clemente fuhr, um Weißwein und Tequila einzukaufen. Sie machte Yoga. Neben ihr auf dem Boden lagen Männer in bunten Hosen und stöhnten, was Emmas Konzentration beeinträchtigte. Sie hoffte, dass es anfing zu regnen. Sie zählte die Tage bis Weihnachten, wenn sie nach Hause fliegen würde, ohne zu wissen, zu wem. Beim Einschlafen stellte sie sich vor, wie Los Angeles sich unter ihr auflöste, ein Sternenhimmel zu ihren Füßen. Sie hatte an den kalten, langen Berliner Winter gedacht. Der quecksilberne Himmel. Die verfrorenen Nächte auf dem Alexanderplatz, als sie siebzehn war oder achtzehn, die Hunde und die Punks mit den süddeutschen Dialekten, die sie nie wirklich gemocht hatte.

Das Handy brummte. Jake hatte noch eine Frage. »What does your girl say?«

In diesem Moment fuhr der Schlitten ab. Sie stieß sich nicht ab, sie ließ einfach los.

Sie würde Toms Turnhosen nicht mehr zusammenlegen.

»She says: Fuck you!«, tippte Emma. Eine Sekunde zögerte sie. Dann schickte sie die Nachricht ab. Ihre Botschaft an Hollywood. Es gibt kein Happy End.

Sie steckte Toms Handy ein. Dann ging sie in ihr Zimmer und packte ihre Sachen. Bevor sie das Haus verließ, dachte sie an einen Abschiedsbrief. Aber sie hatte eigentlich alles gesagt, was sie sagen wollte.

Emma kletterte in den Pick-up-Truck, mit dem Tom sich einredete, er gehöre dazu. Sie stellte ihre Reisetasche auf den Beifahrersitz und fuhr los. Die Häuser in der kleinen Straße waren alle flach und sahen aus, als könnte man sie an einem Vormittag abbauen, auf einen Laster packen und am Nachmittag irgendwo anders wieder aufbauen. Nichts hier stand für die Ewigkeit, was beunruhigend war, aber im Grunde nicht schlecht. Die Leute sahen nach vorn, der nächste Film, die nächste Stadt, alles war eine Herausforderung. A challenge. Niemand redete dir deine Träume aus.

Sie sah nicht mehr in den Rückspiegel.

Sie verließ Toms Leben so ansatzlos, wie sie es betreten hatte. Sie hatte in einer eiskalten Dezembernacht im letzten Winter vor seiner Wohnungstür in der Schlüterstraße gestanden. Sie war aus einem Konzert der Steine geflohen, mitten in dem Lied, das Alex für sie geschrieben hatte. Sie war mit der S-Bahn von der Warschauer Straße nach Charlottenburg gefahren und hatte an Toms Wohnungstür geklopft. Sie war bei ihm eingezogen. Ein paar Monate später begleitete sie ihn nach Amerika. Er wollte es versuchen, und sie verstand das. Es gab eine kleine Abschiedsparty im Familienkreis. Ihre Mutter war da und ihr Therapeut, Herr Wilhelm, den sie Ralph nennen musste. Ihr Vater war später dazugekommen, bekifft, mit einer Frau im Arm, die kaum älter war als sie und das Wort »Angus« auf der Innenseite ihres Handgelenks trug. Den Namen der Frau hatte sie vergessen. Das Abschiedsgeschenk ihrer Mutter war ein Christa-Wolff-Buch über deren Zeit in Los Angeles, wo die Schriftstellerin von ihrer ostdeutschen Vergangenheit eingeholt wurde. Sie hatte ihr einen Wackerstein mit auf die Reise gegeben. Vergiss nicht, wo du herkommst. Wir kriegen dich, wo immer du bist.

Es war Zeit gewesen zu gehen. Es war Zeit zu gehen.

Sie war Tom gefolgt wie ein Groupie. Ein anderer Mann. Kein Traum, wieder nur ein Mann. Sie schüttelte sich. Es waren nicht ihre Gedanken, sondern die ihrer Mutter, die immer noch versuchte, von der Band wegzukommen.

Als sie auf den Highway fuhr, stellte Emma sich vor, wie Tom vom Klo kam und nach ihr rief. Wie er langsam begriff, dass sie weg war. Dass es kein Auto gab, mit dem er zum Set fahren konnte, kein Telefon, mit dem er seine Abwesenheit erklären konnte, keine Nachbarn, die ihm helfen konnten. Keine Geschichte. Wenn alles so lief, wie sie sich das vorstellte, würde er seinen Tod verpassen. Ohne Tod kein Afterlife. Ohne Leben nach dem Tod kein Verrat.

Sie verkaufte den Truck an einen Autohändler am Stadtrand von Victorville und kaufte sich dafür einen zehn Jahre alten roten Jetta. Auf dem Weg nach Las Vegas hörte sie die erste der fünf Steine-CDs, die sie mit nach Amerika gebracht hatte. Die Platten hatten in der kleinen Diskothek gestanden, die ihr Vater im Kinderzimmer seiner Wohnung am Gendarmenmarkt für sie eingerichtet hatte. Sie hatte sie ewig nicht gehört, die Lieder schienen komplett aus der Zeit gefallen zu sein. Verstaubt und sperrig. Weil aber draußen die endlose Mojave-Wüste vorbeizog, ohne eine Radiostation, zu der sie flüchten konnte, war sie den Songs ausgeliefert. So lange, bis sie den Eindruck hatte, dass es um sie ging.

Hör auf zu pennen, Baby

Fang an zu rennen, Baby

Nimm meine Hand
Dann wirst du sehn
Laufen ist viel besser als stehn
Renn Baby, renn Baby, renn Baby.
Emma sang den Refrain aus vollem Hals.

An einem Kiosk, der in der Wüste stand wie eine Fata Morgana, kaufte sie sich eine Packung Zigaretten. Sie stand in der Hitze, rauchte und fühlte, wie langsam die Zeit verstrich. Sie mochte die Wüste. Sie hatte nicht viel von Amerika gesehen außer Tijuana, wo sie zweimal gewesen war, um neue Einreisestempel zu bekommen. Als sie die Wüste verließ, hatte sie zehn verpasste Anrufe auf ihrem Handy und fünfzehn auf dem von Tom. Sie schaltete die Telefone aus.

Emma hatte vom Autotausch zweitausend Dollar übrig. Für neunzig Dollar mietete sie ein Hotelzimmer im alten Teil von Las Vegas. Sie verspielte fünfzig Dollar an einem Automaten und ließ sich in einer Bar von einem betrunkenen Geschäftsreisenden aus Chicago zu vier Gin Tonic einladen. Der Mann erzählte ihr, dass er eine Tochter in ihrem Alter habe, die den Kontakt zu ihm abgebrochen habe. Er zeigte ihr Fotos. Ein amerikanisches Mädchen, mit einem Lächeln, das man anknipsen konnte wie eine Lampe. Sie erzählte dem Fremden von Herrn Wilhelm, ihrem Berliner Therapeuten, den sie Ralph nennen musste. Wilhelm hatte mit ihr über ihre Ladendiebstähle, die Nächte unter freiem Himmel, ihre Schlaflosigkeit, ihre schlechten Zensuren und die Beziehung zum Freund ihres Vaters geredet. Vor allem über die Beziehung zum Freund ihres Vaters, der etwa so alt wie Ralph selbst war. Der Gedanke schien ihn zu erregen. Emma spürte, wie der

Geschäftsreisende aus Chicago über der Geschichte vergaß, dass sie im Alter seiner Tochter war. Sie verließ die Bar, als er auf dem Klo war. Sie lief durch die blinkende, lärmende Stadt, bis sie jedes Gefühl dafür verloren hatte, wo sie war.

Auf dem Hotelzimmer schrieb sie eine lange Mail an Tom. Sie war betrunken, traurig und einsam. Sie erklärte ihm all die Dinge, die sie heute Morgen, in einem anderen Leben, verschwiegen hatte. Sie schickte die Mail nicht ab, weil sie den Eindruck hatte, dass sie noch nicht fertig war. Stattdessen schickte sie eine kurze Entschuldigung.

Als Toms Antwort eintraf, schlief sie bereits.

»Alles gut, Emma. Pass auf dich auf und komm zurück, wenn du so weit bist. Tom.«

Sie lächelte, als sie das am nächsten Morgen las. Er hatte sie immer noch nicht verstanden. Sie fuhr weiter ostwärts, weiter von ihm weg. Wohin, wusste sie nicht, aber das war egal, sie hatte noch viel Platz. Sie fuhr an Bergen vorbei, die gelb waren, orange, blutrot und dann wieder gelb. Die Steine sangen ihre Lieder aus einer Zeit, die Emma nicht kannte. Eine Zeit aber, in der sie immer noch zu leben schien.

Sie warten nicht auf London, und nicht auf Paris
Sie warten auf ihr kleines Paradies
Später dann im Schrebergarten
machts uns Spaß zu warten
Das Licht geht aus, der Kopf wird kahl
Im Wartesaal, im Wartesaal.

Emma sang, der Himmel über ihr war fast weiß.

In Boulder, Utah, tankte sie an einem alten Trading Post. An der Kasse stand ein Mann mit störrischen schwarzen Locken. Er war vielleicht Mitte zwanzig und hörte Dylan, laut. »Simple twist of fate« vom Album »Blood on the tracks«. Eine ganze Platte Liebeskummer. Das konnte alles kein Zufall sein. Der Junge wirkte, als hätte ihn Tom dort hingestellt. Ein singendes Telegramm. Er sah selbst ein wenig aus wie der junge Dylan. Ein freundlicher, zufriedener Dylan allerdings.

»Blood on the tracks«, sagte sie.

»Doesn't get any better than that«, sagte der Junge. Besser geht's nicht.

»Ein bisschen traurig«, sagte sie. Sie kannte die Platte, weil auch die zu der kleinen Sammlung gehörte, die ihr Vater für sie zusammengestellt hatte. Sein Kanon.

»Traurig, aber wahr«, sagte der Junge.

Der nächste Song war »You're a big girl now«:

Time is a jet plane, it moves too fast

oh, but what a shame

that we've shared can't last

and I can change I swear.

Bob Dylan gab ihr ein kleines Privatkonzert. Sie zahlte.

»Wo geht's hin?«, fragte der Junge.

»Mal seh'n«, sagte Emma. »Erst mal nach Osten.«

»Gut«, sagte er.

Er wollte nicht wissen, wo sie herkam. Er wollte nicht wissen, wer sie war, wie sie hieß und warum sie Dylans trauriges Album kannte, das viele Jahre vor ihrer Geburt erschienen war. Keine Fragen. Er lebte im Augenblick. Alles, was er wissen wollte, war, in welche Richtung sie fuhr. Ein Schritt und dann der nächste. Herr Wilhelm hätte geklatscht.

»Irgendwas, was ich unbedingt sehen muss?«, fragte Emma.

»Halt dich an die 12. Schöne Straße. Es ist auch die einzige. Du siehst alles, was du sehen musst. Ich komm ja hier kaum raus. Aber wenn du oben auf dem Berg bist, gibt es rechts einen Parkplatz. Von da kannst du übers Tal sehen. Sehr schön. Als würdest du direkt im Himmel stehen.«

Sie sah ein Skateboard und eine Gitarre. Sie sah die hellen Augen des Jungen. Sie hätte gern seinen Namen gewusst und sich noch ein wenig im Augenblick ausgeruht, in dem er lebte, ohne Vergangenheit und ohne Zukunft, aber gleich würde Dylan »If you see her, say hello« singen, und sie war sich nicht sicher, ob sie das aushalten konnte.

»If she's passing back this way, I'm not that hard to find.«
Boulder, Utah, war winzig, hundert Häuser vielleicht. Sie fuhr in Serpentinen in die Berge und hielt am Aussichtsplatz, den ihr der junge Dylan empfohlen hatte. Eine kleine Gruppe von Menschen stand am Abgrund und sah in den Himmel, wo sich eine riesige schwarzblaue Wolke über einer endlosen Ebene zusammengeballt hatte. Die Wolke schaute auf sie herab wie ein wütender Gott. Auf einer Informationstafel las Emma, dass Boulder Mountain eine Wetterscheide war. »Weathermaker« stand dort. »Wet and wild.« Über ihr und hinter ihr war der Himmel wolkenlos, vor ihr war er schwarz. Es würde regnen, dachte Emma.

Sie stand auf dem Parkplatz, atmete tief ein und aus. Dann lief sie zum Auto zurück. Sie startete den Motor und mit ihm ein Gitarrensolo von Alex.

Der vierte Song von »Thälmannpark«, einem Konzeptalbum der Steine aus den Achtzigern. Ihr Vater hatte es neben »Nebraska« von Springsteen einsortiert. Weil es da hingehörte, wie er sagte.

»Der gelbe Rauch der Kachelöfen liegt auf unseren Hinterhöfen«, sang Nora.

Emma drückte auf die Stopptaste. Sie hatte plötzlich das Gefühl, sie würde an diesem Scheißkachelofenrauch ersticken. Sie wollte nicht wieder zurück zu den verdammten Hinterhöfen. Sie wollte sich nicht wieder in den nächsten Arm werfen. Sie dachte an die Frau, die sie auf dem letzten Konzert der Steine getroffen hatte. Eine Reporterin, die ihre Geschichte hören wollte. Dieser Blick, traurig und gierig zugleich. Sie wollte von ihrem Blut leben, wie Alex von ihrem Blut leben wollte und zuletzt Tom und Jake. Dabei hatte sie schon so niedrigen Blutdruck.

Emma lächelte. Sie ließ die CD aus dem Player schnippen, tat sie in ihre Hülle und warf sie zu den anderen auf den Rücksitz. Genug, dachte sie. Es war genug. Es musste einen Ort geben, wo nicht immer die Sonne schien oder nie.

Sie suchte sich erst mal eine Radiostation. Sie fand einen knisternden Led-Zeppelin-Song, kaum noch zu verstehen, einen Klassiksender und schließlich eine Popstation. Pop war gut. Sie fuhr los, ostwärts, direkt auf die große schwarzblaue Wolke zu.

Die Menschen auf dem Boulder-Mountain-Aussichtsparkplatz schauten der schmalen jungen Frau hinterher. Sie sahen, wie ihr Jetta langsam in der großen dunklen Wolke verschwand. Es schien, als würde die Fahrerin des roten Autos dieser Welt entfliehen.

Truppenabzug
Conny, 1994, Juni

Als der Sommer begann und Jürgen Wilhelm endlich bereit schien, sich auf eine neue Beziehung einzulassen, meldete sich seine alte Liebe zurück.

Es war Juni, und Jürgen Wilhelm, den alle Conny nannten, obwohl kaum jemand wusste, warum, flog mit hundertfünf Stundenkilometern über das schnurgerade Stück der Fernverkehrsstraße 96 in Richtung Löwenberg. Brandenburgische Alleebäume, Pappeln zumeist, salutierten, silbrige Blätter flirrten in der Mittagssonne, aus den Autolautsprechern schrie Zazworka, eine Lichtenberger Band, die Conny im Begriff war, groß rauszubringen:

Ich tat den Stich

die Meute wich

Ich häute dich

Ich häute dich!

Da rief Nora an und bat ihn zurückzukommen. Natürlich bat sie nicht direkt – Nora war kein Mensch, der um etwas bat, schon gar nicht Conny –, aber er hörte es schon am Ton, in dem sie ihren Namen sagte. Er las es zwischen den Zeilen. Wenn jemand zwischen den Zeilen lesen konnte, dann er.

»Wat iss denn dit fürn Lärm?«, fragte Nora.

»'ne Band, die ick manage«, sagte Conny und zog instinktiv den Bauch ein. Nora pflegte mit einem Blick auf seinen Bauch Diskussionen zu beenden. Der Bauch trennte ihn von der Band. Die da, er hier. Es war nicht besser geworden in den beiden Jahren, seit die Steine sich aufgelöst hatten. Seine Jeansgröße war im Bund von 36 auf 38 gewachsen, und er hatte erst vor ein paar Minuten den obersten Knopf geöffnet.

Nora atmete.

»Vielleicht«, sagte Conny.

»Vielleicht wat?«, fragte sie.

»Vielleicht manage«, sagte er.

»Die klingen wie Nazis in zu engen Hosen«, sagte Nora.

»Na ja«, sagte Conny Wilhelm und schaltete, das größer werdende Löwenberger Ortseingangsschild im Blick, vom fünften in den vierten Gang herunter. Zazworka waren im Schnitt zehn Jahre jünger als die Bandmitglieder der Steine, und er war sich sicher, dass Nora sich darüber informiert hatte, bevor sie ihn anrief. Nora duldete keine fremden Götter neben sich, schon gar keine jüngeren, auch wenn das natürlich eine Frechheit war.

Sie hatte ihn gefeuert. Zweimal in den letzten vier Jahren hatte Nora Conny gefeuert.

Das erste Mal hatte sie es im Februar 1990 getan, nachdem sie aus New York zurückgekehrt war, wo sie in den Monaten nach dem Fall der Mauer zu sich selbst finden wollte, zu ihren Wurzeln, zu ihren Überzeugungen oder wozu auch immer. Conny hatte es nie ganz verstanden. Nora aber glaubte, als neuer Mensch aus Amerika zurückgekehrt zu sein. Dieser neue Mensch brauchte keinen Manager mehr. Gleich nach der Landung in Berlin löste sie die Band auf, um sich auf ihre erste Soloplatte zu konzentrieren. Die Platte erschien ein Jahr später, im Januar 1991, sie hieß »Bungalow« und floppte, obwohl sie gut war. Es war die erste brandenburgische Rockplatte überhaupt. Man höre das Harz aus den Nadelbäumen tropfen, hatte jemand in der kulturpolitischen Wochenzeitung Sonntag geschrieben, kurz bevor diese in Freitag umbenannt worden war.

Conny schaltete in den dritten Gang, rollte mit sechzig Stundenkilometern in Löwenberg ein und passierte den Blitzer, der dreißig Meter hinterm Ortseingangsschild wartete, mit zweiundfünfzig. Er konnte die Strecke zu seinem Hof volltrunken im Halbschlaf fahren und hatte es oft genug getan. Der Löwenberger Blitzer stand dort schon zu Ostzeiten, glaubte Conny, obwohl er sich nur schwer vorstellen konnte, wie sie damals in der Lage gewesen sein sollten, so komplizierte Geräte überhaupt herzustellen. Er begann zu vergessen. Das tat gut, einerseits. Andererseits schmerzte es.

Der Anruf von Nora wühlte in ihm.

Conny strich sich ein paar Zuckerkrümel des Fettgebäcks, das er in Oranienburg gekauft und kurz vor Teschendorf gegessen hatte, vom Bauch. Ein Pfannkuchen und ein Kameruner. Besser als zwei Pfannkuchen, hatte er in der Bäckerei gedacht. Auch die Füllung machte dick. Ein paar Krümel rutschten in den leicht geöffneten Hosenbund seiner Jeans.

»All meine dunkle Wut fährt in dein warmes Blut«, brüllte Fleischer, der Sänger von Zazworka.

»Wo bist'n?«, fragte Nora.

»Aufm Weg nach Hallgow«, sagte Conny.

»Halligalli«, sagte Nora, die alles, was sie mochte, aber nicht besaß, in Phantasiewörter kleidete. Sie machte seine Welt zu ihrer Welt. Auf ihrer Soloplatte hatte sie die Bäume, die Vögel und den Sand Brandenburgs besungen. »Ich bin eine Kiefer im Märkischen Sand«, hieß es in einem Lied. Conny hatte geweint, als er es zum ersten Mal hörte. Nora erzählte von Conny. Sie sang über Hallgow, wo er 1978 einen alten dreiseitigen Bauernhof gekauft hatte, auf dem sich in jedem Sommer der achtziger Jahre die halbe ostdeutsche Rockszene getroffen hatte. Die bessere Hälfte. Hier waren sie gewachsen, in diesem trockenen Boden steckten ihre Wurzeln, das fühlte Conny, wenn er Noras Lied hörte, die Wurzeln anspruchsloser, widerstandsfähiger Geschöpfe. Sie waren struppig, wuchsen schnell und dufteten, wenn die Sonne auf sie fiel. Nora hatte verstanden, aus welchem Holz sie waren, vor allen anderen, das war immer ihre Stärke gewesen.

Er wusste nicht, was sie im Moment dachte. Die Landschaft vor seinen Autofenstern blühte.

Es klang, als zündete sich Nora eine Zigarette an. Conny rauchte seit zwei Jahren nicht mehr und fühlte sich besser seither. Noch schlimmer, als dick zu sein, war rauchen und dick zu sein. Er war ein dicker Raucher gewesen. Er hatte Duett geraucht, eine kleine Extravaganz. Es war ihm erstaunlich leichtgefallen aufzuhören, aber jetzt fühlte er den Phantomschmerz zwischen seinen Fingern.

Conny schaltete in den zweiten Gang und bog, nun in der Dreißigerzone, nach rechts auf die Löwenberger Dorfstraße.

»Schön, dass du dich meldest«, sagte er, schlich durchs

Dorf, links der Bäcker, ein guter Bäcker. Conny war satt und hungrig zugleich. Er dachte an einen Spruch, den ihr Roadie Schwenni in den Achtzigern gemacht hatte. »Entweder ick hab Hunger, oder mir iss schlecht.« Guter Spruch, wie für ihn gemacht.

»War Zeit«, sagte Nora.

»Das kannst du laut sagen«, sagte Conny.

»Mmhh«, machte Nora.

Das zweite Mal hatte sie ihn vor einem guten Jahr rausgeschmissen, praktisch noch während der Wiedervereinigungstour der Steine. Anfang '93 hatte Nora die Band wieder zusammengetrommelt. Um genau zu sein, hatte sie Conny damit beauftragt, die Band zusammenzutrommeln. Er war immer der Erste, der wieder eingestellt wurde, vermutlich, weil er auch der Erste war, den sie rauswarf. Nie wäre es Conny in den Sinn gekommen, sich dagegen zu wehren. Als Manager. Er war kein Strippenzieher, er war ein Zuhörer, ein Therapeut, ein Dienstleister. In guten Momenten suchte Nora das, in schlechten hasste sie ihn dafür.

Die Jungs kamen zurück, sie schienen damals auf seinen Anruf gewartet zu haben. Nur Vonnie, ihr Keyboarder, wollte nicht mehr. Etwas in ihm schien zerbrochen zu sein. Conny versuchte lange, ihn zu überreden, obwohl er ihn verstand und sogar ein wenig beneidete. Sie nahmen ein paar neue Songs auf und gingen auf Tour. Die Sisyphus-Tour. Es war ein Desaster. Vielleicht lag es am Titel. Die Menschen wollten Steine, die flogen oder rollten, keine, mit denen man sich den Berg hochquälte. Zum Konzert in Jena kamen 25 Fans, Weimar musste abgesagt werden, auf dem Weg nach Erfurt entließ ihn Nora zum zweiten Mal. Er blieb noch bis zum großen Finale (der Tour) in Berlin dabei, aber er war ein toter Mann. Er erinnere sie zu sehr an früher, hatte Nora, im schmalen Gang des Tourbusses schaukelnd, gesagt. Im Guten wie im Schlechten. Es war eine grundsätzliche Erklärung gewesen, die Conny allerdings nur zur Hälfte verstanden hatte, weil im Busrekorder gerade »Paradise City« von Guns N' Roses lief. Schwenni liebte Guns N' Roses und hatte die Anlage auf volle Lautstärke gedreht. »Take me down to the paradise city, where the grass is green and the girls are pretty. O won't you please take me home.«

»Was kann ich für dich tun?«, fragte er.

Es hörte sich an, als würde Nora Rauch in die Muschel blasen. Sie hasste diese aufgeräumte Managerart an ihm, und er wusste das. Eigentlich. Sie hatten lange nicht mehr miteinander geredet, er war eingerostet. Sie wollte einen Manager, und sie wollte auch keinen. So war das, dachte Conny.

»Bis du noch da?«, fragte er.

»Wir haben neuet Material«, sagte Nora. »Songs, Texte, Pipapo.«

»Wir?«, fragte Conny.

»Ick habe geschrieben, Alex hat geschrieben, und wir dachten, wir stellen es der Band vor.«

»Ihr redet wieder miteinander?«, fragte Conny, schaltete hoch und beschleunigte den Wagen, das Löwenberger Ortsausgangsschild im Auge, auf achtzig Stundenkilometer. Die Fernverkehrsstraße 96, die noch vor zweihundert Metern Berliner Straße hieß, nannte sich nun Granseer Straße. Löwenberg war die Wasserscheide, die Südseite des Ortes wurde noch von Berlin angezogen, der Norden steckte in Brandenburg fest. Er dachte an die epischen Schlachten, die sich Nora und ihr Gitarrist Alex in den letzten Jahren geliefert hatten. Sie hatten sich geliebt, sie hatten sich gehasst. Sie trieben die Band an, aber am Ende hatten sie die anderen genervt. Das Rausgerenne, Türengeknalle und diese endlosen Ansprachen. Als schaue man einem hoffnungslosen Ehepaar bei der Scheidung zu.

»Wir mussten reden.«

»Was heißt denn das?«

Fleischer schrie aus dem Autoradio: »Ich zieh das Eichenblatt von deiner Scham, schöpf' meinen Rahm, schöpf' meinen Rahm.«

»Kannste ma die Mugge bisschen runterdrehen«, sagte Nora. »Dit iss ja grauenvoll.«

Conny gehorchte, wenn auch mit schlechtem Gewissen. Er verstand Zazworka nicht immer, aber sie waren im Moment alles, was er hatte. Er war Manager, am Ende war er Manager. Sie hier, er da. Conny wollte kein Star sein, weil er kein Star sein konnte. Er hatte das früh im Leben begriffen, und das war eine seiner großen Stärken.

Er hatte Zazworka vor zwei Jahren in dem Friedrichsfelder Jugendclub gesehen, wo er in den siebziger Jahren mal ein paar Monate gearbeitet hatte und in den er von Zeit zu Zeit zurückkehrte, um zu spüren, wo er stand. Er war gerade von Nora entlassen worden. Sie nannten sich Eins, Zwei, Drei, Vier und Fleischer und erklärten ihm, dass ihre Vorbilder die Beastie Boys, Ernst Busch und das Electric Light Orchestra waren, was natürlich ironisch gemeint war und dann auch wieder nicht. Zazworka hieß der Großvater ihres Schlagzeugers, der mal Chefredakteur einer außenpolitischen Zeitschrift der DDR gewesen war. All das hatte keine Bedeutung für die Jungs. Sie wollten einen Namen, der mit Z begann, damit sie ganz hinten im Plattenregal standen, gleich neben ZZ Top. Sie schleppten nicht diesen Rucksack mit sich herum. Sie waren jung, sie mussten nichts erklären. Conny empfand das als wohltuend, eine Tür in die Zukunft öffnete sich. Er fühlte sich leicht, wenn er mit den Jungs zusammen war. Zazworka waren Connys junge Geliebte, und die Steine waren die Frau, mit der er erwachsen geworden war.

Deswegen drehte er das Radio leise. Aus Respekt, dachte er.

»So«, sagte Conny und beschleunigte seinen alten Mercedes auf hundertfünf Stundenkilometer, seine Reisegeschwindigkeit für Brandenburger Landstraßen.

»Wir halten es nicht mehr aus«, sagte Nora.

»Ohne einander?«, fragte Conny.

Nora schwieg einen Moment, dann sagte sie: »Merkst du denn nicht, wat da draußen passiert?«

»Wo?«

»Im Land. Sie ziehen uns unsere Geschichte unterm Arsch weg. Alex muss aus seinem Studio raus, weil da irgendeine Bank ihren Berlin-Sitz eröffnet. Die janzen Betriebe machen zu, mein Vater iss arbeitslos, Alex' Eltern haben beide ihren Job verloren. Wir können doch nich einfach so weitermachen.«

Conny dachte daran, dass sowohl Alex' Eltern als auch die von Nora irgendwelche Funktionäre gewesen waren, die gleich nach der Wende aus ihren Ämtern gejagt worden waren. Das war jetzt vier Jahre her. Er sagte nichts. Seine Eltern waren tot. Einfache Leute, die ungesund gelebt hatten. Nora redete über sich, und weil er ein guter Manager war, ließ er sie reden.

»Janz Oberschöneweide iss eine Geisterstadt«, sagte Nora. »Wir ham eine Stunde miteinander jeredet, eine Horrorgeschichte nach der anderen, und irgendwann haben wir jemerkt, dit wir seit langem an derselben Sache arbeiten. Wir konnten jar nich mehr aufhören zu reden. Dit will wat heißen, bei Alex und mir.«

»Und wat für eine Sache is dit?«

»Wir müssen uns äußern, Conny. Wir haben lange jenug unsere Wunden jeleckt. Springsteen hat och keinen Kommunismus, an dem er sich reibt, und kämpft trotzdem.«

»Springsteen?«, fragte Conny.

»Zum Beispiel. Nebraska und so weiter.«

»War nicht Thälmannpark unser Nebraska-Album?«

»Ach, Thälmannpark. Da war die Arbeiterklasse noch dit Proletariat.«

»Wat?«

»Keene Ahnung. Führende Rolle und so weiter, weeßte doch, Conny. Dit iss ja nun vorbei. Alex hat'n Song jeschrieben, der heißt Oberspree. Dit iss supergeil. Da müssen wir spielen, nich in den alten Kulturhäusern.«

»Im Werk für Fernsehelektronik?«

»Zum Beispiel. Oder in Brandenburg, im Stahlwerk, in Eisenhüttenstadt, in Rostock-Lichtenhagen. Da, wo't brennt.«

Conny flog über die Fernverkehrsstraße Richtung Gransee. Wie ein Strich in der Landschaft, zwischen den Feldern ausgerollt, unbeeindruckt von all dem historischen Gewusel, lag sie da. Der Raps leuchtete, als mache er sich über Noras kleine Kampfrede lustig. »Take me down to the paradise city, where the grass is green and the girls are pretty.« Es war der Soundtrack ihrer großen Krise. In der Band, im Land. 25 Fans in Jena. Bring mich nach Hause ins Paradies. Vonnie, ihr Pianomann, spielte jetzt auf Kreuzfahrtschiffen, weil er das ständige Zurückkommen nicht mehr ertragen hatte, die ewige Hofferei. Schwenni, ihr Roadie, war bei den Bandauflösungen über den Jordan gegangen wie die Stahlwerker, von denen Nora immer weiter redete. Conny wusste nicht, was Schwenni im Moment machte. Er wusste nicht mal, ob er noch lebte. Das letzte Mal hatte er ihn vor einem knappen Jahr auf dem Jackson-Browne-Konzert in der Wuhlheide gesehen, grauer Zopf, knallrotes Gesicht, voll. Schwennis Jeans hatten ausgesehen, als habe er sie seit dem Mauerfall nicht mehr gewechselt.

»Wir können nicht mehr durch die Kurorte tingeln, Conny«, sagte Nora irgendwann.

»Ick kann mich nich erinnern, dass wir jemals durch Kurorte jetingelt sind.«

»Und wat iss mit unseren Ostseetouren im Sommer?«

»Da haben auch deine Arbeiter Urlaub jemacht, Nora.«

»Meine Arbeiter?«

»Sozusagen.«

Das Telefon knisterte und knackte, Nora schwieg, bis Conny vermutete, er habe sie verloren, aber sie war noch da.

»Du kannst natürlich auch deine Zeit damit verbringen, deinen Hof schön zu machen und nebenbei irgendwelche

Blut- und Eisenbands zu ...«, sagte Nora noch, bevor sie wirklich in einem brandenburgischen Funkloch verschwand.

Conny lauschte noch eine Weile in sein Telefon, es rauschte, dann schaltete er es aus und warf es auf den Beifahrersitz. Er sah auf die Straße, die ihn nach Gransee saugte, die Bäume flirrten, der Raps leuchtete. Er überlegte, ob er Zazworka wieder laut drehen sollte, entschied sich aber dagegen. Respekt, dachte Conny. Sicher fluchte Nora irgendwo in Berlin immer noch in ihren Telefonhörer. Er wollte ein wenig zwischen den Zeiten hängen, nachdenken, was das alles bedeutete, auch wenn er wusste, dass es nichts brachte. Er wusste es längst.

Conny spürte Noras Auftrag in seinem Blut wie eine Droge.

In Gransee hielt er beim Bäcker. Er kaufte sich ein langes schmales Hackepeterbrötchen und ein Stück Kirschkuchen. Noch auf dem Parkplatz vor der Bäckerei biss er in das Brötchen. Als er zur Hälfte damit fertig war, fühlte er sich übel, aber er aß es auf. Sein Funktelefon klingelte, er griff mit fettigen Fingern danach.

Es war nicht Nora. Es war die Fleischfabrik Eberswalde.

»Hier ist Lothar Kaczmarek, Stichwort Zazworka-Wurst.«

»Ja«, sagte Conny.

Fleischer, der Sänger von Zazworka, kam aus Eberswalde, er hatte dort eine Lehre im Fleischkombinat begonnen, kurz bevor die Mauer fiel. Aus der Zeit stammte sein Spitzname. Conny hatte die Idee gehabt, daraus irgendetwas zu machen. Cross-Promotion, hatte Conny gesagt. Ein Wort, das er gerade erst gelernt hatte, dessen Bedeutung er aber schon lange verstand. Für ihn hingen Essen und Musik zusammen. Er hatte schon zu Ostzeiten Marmelade eingekocht und zu Weihnachten kleine Gläser an alle Freunde der Band verschenkt. Frucht-Steine. Auch seine Hallgower Gänseessen waren damals legendär. Die Jungs von Zazworka fanden die Idee mit der Wurst lustig. Fleisch war ihr Thema. Die Leute von der Eberswalder Fleischfabrik waren erst misstrauisch, dann begeistert. Sie hatten keine Vorstellung, wie es weitergehen sollte, und Cross-Promotion klang irgendwie richtig. Sie schlugen eine Knacker vor, eine kleine Knackwurst. Handlich, sagten sie, fünfzehn Pfennige in der Herstellung, höchstens.

»Wir wollten doch noch mal reden zwecks Verpackungsideen«, sagte Lothar Kaczmarek.

»Richtig«, sagte Conny. »Cross-Promotion.«

»Bitte?«, fragte Kaczmarek.

»Schon gut«, sagte Conny.

»Unsere Gebrauchsgraphikerin hat da ein paar pfiffige Ideen.«

»Pfiffig«, sagte Conny. Er wollte sich das Wort für später merken, wenn er über diese Zeit seines Lebens spöttisch reden würde, verlorene Monate, the lost years, seine Wurstphase.

»Das müsstet ihr euch natürlich mal ansehen. Vor Ort.«

»Klar. Ich rede mit der Band, und dann machen wir einen Termin«, sagte Conny. Er drückte die Austaste des Telefons. Der gute Kaczmarek war mit seiner Knackwurst mitten in eine überraschende Sinnkrise von Conny geraten, der, nicht zum ersten Mal, erkannte, dass er kein Mann für Ideen war. Er war ein Mann, der Ideen umsetzen konnte. Wenn die Idee schlecht war, blieb sie auch in seinen Händen schlecht.

Conny hielt das Funktelefon zwischen seinen Hackepeterfingern, draußen dümpelte die Kleinstadt in der Mittagssonne. Er war 39 Jahre alt, und wenn er so weiterlebte, würde er demnächst eine Bundgröße in Höhe seiner Alterszahl tragen. Er sah auf den obersten Hosenknopf, die Zuckerkrümel auf den Oberschenkeln. Er stellte sich vor, was Nora zu dem Zazworka-Knacker sagen würde. Er hörte sie lachen, ihr lautes, ordinäres Pferdelachen, die beiden mittleren Frontzähne, der Einser und der Zweier waren ein wenig länger als die anderen. Er liebte dieses Lachen.

Nora hätte nur ein Wort gesagt. Wurst?

Die Hälfte seines Erwachsenenlebens hatte Conny damit verbracht, sich vorzustellen, was Nora über bestimmte Dinge dachte. Die Bühne. Das Hotelfrühstück. Das Plattencover. Den Toningenieur. Seinen Bauch, seinen Haarschnitt, wie er sich am Telefon meldete, wie sich seine Stimme veränderte, wenn er mit Funktionären redete. Über seine Frau.

Judith hatte nicht vor Nora bestanden. Niemand hatte es ausgesprochen, aber er hatte es gespürt, und Judith hatte es gespürt. Nora schaute belustigt oder ahnungslos, wenn Judith, was selten genug vorkam, irgendetwas in der großen Runde sagte. Meistens schwieg sie und lächelte. Wenn Nora gutgelaunt war, nannte sie seine Frau Judy, meistens nannten sie sie Judithchen.

Judith und Conny hatten sich Anfang der siebziger Jahre in der zehnten Klasse kennengelernt, als er sechzehn war und sie fünfzehn. Sie waren gut durchgekommen, aber irgendwann Mitte der Achtziger begann Conny seine Frau mit Noras Augen zu sehen.

Judith spürte den neuen Blick, sie kannte ihn ja schon von Nora. Sie hatte sich zurückgezogen, er hatte sich entfernt. Wenn er da war, saß er wie ein fremder Besucher am Abendbrottisch. Ihr Haus in Karow schrumpfte, jedes Mal, wenn er von einer Tour wieder nach Hause kam, schien es kleiner geworden zu sein. Sie hatten keine Kinder, fünf Zimmer und einen großen Garten, aber am Ende bekam er keine Luft mehr in Karow. Er zog in den fensterlosen Proberaum in Mitte, um wieder atmen zu können. Es war im Sommer 1987, seine Jeansgröße rutschte auf 32. Er wurde so schmal wie jemand, der verliebt war.

Judith behielt das Haus in Karow, er den Hof in Hallgow. Judith heiratete wenig später einen Kakteenzüchter und Ingenieur, Dirk, der das Karower Haus um diverse Anbauten erweiterte. Sie hatten inzwischen ein Kakteenhaus und drei Kinder. Fünf, drei und zwei. Manchmal kamen sie ihn in Hallgow besuchen wie entfernte Verwandte. Einmal, als die Königin der Nacht blühte, irgendein besonderer Kaktus, hatten sie ihn nach Karow eingeladen. Er hatte den Kaktus angeschaut und so getan, als teile er ihre Begeisterung, aber er hatte nichts gefühlt. Er hatte sein ehemaliges Haus kaum wiedererkannt, und seltsamerweise hatte ihn das beruhigt. Er bereute nichts. Judiths spätes Glück bestätigte seine Entscheidung nur. Er konnte atmen. Nur manchmal war es ein wenig still, wenn er in Hallgow war. Zu Weihnachten lud er die Band zum Gänseessen ein. Seine Klöße waren legendär.

Conny schaute auf das halb ausgewickelte Stück Kirschkuchen auf seinem Beifahrersitz. Der Kuchen sah noch warm aus, die Streusel auf den Kirschen waren leicht angebräunt.

Er bohrte den Zeigefinger durch die Streusel und lutschte die Süße ab. Das Kirscharoma mischte sich in seinem Mund mit dem Zwiebelgeschmack des Hackepeterbrötchens. Es war ekelhaft. Conny schlug das Kuchenstück ins Packpapier ein und warf es zum Fenster hinaus. Es segelte über die Straße, schlug gegen eine hellblaue Hauswand und blieb auf dem Bürgersteig liegen. Es war still. Die Sonne schien mitleidlos, wie an den endlosen Sommersonntagen seiner Jugend. Conny stieg aus, überquerte die Straße, hob das Päckchen auf und tat es in den blauen Langnese-Papierkorb, der an der Bäckerei hing.

Er stand einen Moment auf der verlassenen Straße wie Gary Cooper in High Noon, nur dicker und ohne Colt. Ein großer schwerer Mann, der seine Richtung verloren zu haben schien. Conny dachte darüber nach, sich in dem Zeitungsladen neben der Bäckerei ein Päckchen Zigaretten zu kaufen. Er schwankte. Zu viel, dachte er. Es wäre zu viel. Er straffte sich, zog den Bauch ein und schloss seinen obersten Hosenknopf. Dann ging er zum Auto zurück.

Er schlängelte sich durch Gransee und fuhr dann weiter nach Norden, hundertfünf Stundenkilometer schnell. Die Stimmen in seinem Kopf wurden lauter und leiser, sie schlugen wie Wellen gegen seine Stirn. Conny war ein Mann, der im Chaos zuallererst das Positive entdeckte, das war eine andere seiner Stärken. Weil aber der Rest der Welt, vor allem der Welt, in der er sich bewegte, diese Fähigkeit nicht besaß, war er gezwungen, oft mit gespaltener Zunge zu sprechen. Sein Beruf war es, die Dinge zu trennen, um sie zusammenzuhalten. Hier das zu sagen, dort das. Er hatte sich nie darüber beklagt, auch nicht vor sich selbst, es war das, was er machte. Eine Band war ein kompliziertes, zerbrechliches Gebilde, man musste ständig alle Bälle in der Luft halten. Jetzt aber hatte er das Gefühl, sich entscheiden zu müssen. Es ging nicht um die Bands, es ging nicht um Knackwurst oder Stahlwerk, jedenfalls nicht in erster Linie. Es ging um eine Haltung zur Zeit, um eine Perspektive.

Diesen grundsätzlichen Gedanken gab sich Conny hin, als er fünf Kilometer hinter Gransee vom Laubwald verschluckt wurde. Die Junisonne tanzte in kleinen Lichtspots auf der Kühlerhaube seines weißen Mercedes-Kombis. Er fühlte sich orientierungslos, aber gut, so als erwache er langsam, aber erholt aus einem langen Winterschlaf. Der Kuchenwurf von Gransee, das verstand Conny, markierte eine Wende. Eine gute Geschichte, die er, aber erst, wenn er bei Bundgröße 35 angelangt war, zum besten geben würde. Er spürte bereits, wie er abnahm. Er bewegte sich vorwärts, nicht im Kreis. Irgendetwas ordnete sich. Hier, im kühlen Wald, schlug die Summe seiner Erfahrungen aus den letzten Jahren in eine neue Erkenntnis um. Ein dialektisches Gesetz vollzog sich, dachte Conny, das vom Verhältnis der Quantität zur Qualität. Es war das einzige dialektische Gesetz, an das sich Conny aus seinem Kulturwissenschaftsstudium erinnerte, was praktisch war und sicher kein Zufall.

Die Straße war leer, die Tachonadel stand auf 105 wie festgenagelt, hinter dem gutmütigen Brummen seines Dieselmotors glaubte Conny die Vögel singen zu hören. Mehr Musik brauchte er nicht.

Irgendwann lichtete sich der Wald, die Mittagssonne ergoss

sich über die weiße Motorhaube wie ein tropischer Regenschauer, und das Telefon auf dem Beifahrersitz klingelte. Es war ein Signal. Conny spürte es im Herzen, er hatte ein dunkles Tal durchfahren und war nun wieder im Licht. Er wusste, dass es diesmal Nora war, und er war bereit für sie. Nicht zu ihren Bedingungen, sondern zu seinen. Er musste Zazworka nicht den Steinen opfern und die Steine nicht Zazworka. Sie gehörten beide zu ihm. Sie waren Markierungen seines fast vierzigjährigen Lebens. Ein Mensch, das dachte Conny in diesem Moment, war nichts ohne das Bewusstsein seiner Vergangenheit und nichts ohne den Glauben an seine Zukunft. Seit langer Zeit hatte er wieder das Gefühl, von oben auf die Welt zu schauen, aus der Managerperspektive.

Er griff nach dem summenden Telefon und steuerte den Wagen, den Fuß nur leicht vom Gaspedal nehmend, sanft in die Rechtskurve, die er Hunderte Male gefahren war. Im Scheitelpunkt der Kurve beschleunigte er das Auto instinktiv, so dass die Geschwindigkeit, mit der er auf den schlammgrünen Ural-Lastkraftwagen der Roten Armee prallte, der genau hinter der Kurve stand, fast genau bei 105 Stundenkilometern lag, seiner Reisegeschwindigkeit für brandenburgische Landstraßen.

Der Ural war auf dem Weg in seine russische Heimat liegengeblieben. Das Fahrzeug gehörte zu den rückwärtigen Kräften der 2. Garde-Panzerarmee der Gruppe der sowjetischen Streitkräfte, die in Fürstenberg an der Havel stationiert gewesen war. Seine Besatzung war Teil der Resttruppe, die dafür verantwortlich war, die Fürstenberger Kaserne besenrein zu hinterlassen. Fahrzeugführer war ein Unteroffizier mit Namen Jewgeni Bachtiarow, der aus der Nähe von Kursk stammte und 25 Jahre alt war. Sein Beifahrer hieß Sergej Liptschuk, ein 22-jähriger Gefreiter aus Uljanowsk, der Geburtsstadt von Lenin. Der Ural-Laster war älter als die beiden Soldaten zusammen. Er war am Ende der kleinen Kolonne gefahren, die sich Richtung Stralsund bewegte, wo ein Schiff der russischen Kriegsflotte auf sie wartete. Bereits kurz hinter Fürstenberg hatte Bachtiarow seltsame Motorengeräusche bemerkt, er hatte sich durch das Waldstück gequält und war dann kurz hinter einer Kurve liegengeblieben. Die Kolonne zog weiter, der Zugführer beauftragte die beiden Soldaten, das Motorenproblem zu beheben. Damit waren sie nun seit etwa anderthalb Stunden beschäftigt.

Liptschuk und Bachtiarow waren der allerletzte Rest der sowjetischen Streitkräfte, die offiziell bereits im Vorjahr aus Deutschland abgezogen waren. Sie standen auf den Kotflügeln der Vorderräder und beugten sich in den Motorraum, als Connys alter Mercedes aufschlug. Der Ural war bis unters Dach mit Kabeltrommeln beladen, die zur Notstromversorgung des Bunkers dienten, den die 2. Garde-Panzerarmee tief in den Wäldern um Fürstenberg für ihren Stab gebaut hatte. Der Laster stand wie ein Haus auf der Fernverkehrsstraße. Die Soldaten spürten den Aufschlag kaum, aber natürlich hörten sie den schneidenden, splitternden Laut, mit dem sich der deutsche Kombi in den russischen Lastkraftwagen bohrte. Liptschuk, der Jüngere der beiden, sprang als Erster von seinem Kotflügel. Er warf einen kurzen Blick auf das qualmende, zusammengestülpte Blechpaket, das zu zwei

Dritteln unter dem Lastwagen verschwunden war. Dann rannte er. Er rannte in das angrenzende Genmaisfeld, das ein niedersächsischer Großbauer hier seit anderthalb Jahren bewirtschaftete. Der Mais stand hoch und grün in der Junisonne, und so konnte man den fliehenden russischen Soldaten nicht mehr lange sehen. Er hörte nicht auf zu rennen. Sie fanden ihn vier Tage später, entkräftet und mit wirrem Blick, an der polnischen Grenze. Bachtiarow sah seinem Beifahrer einen Moment hinterher, dann ging er langsam zum Heck seines alten Lastkraftwagens, um zu sehen, ob er helfen konnte.

Wie legendär Connys Hoffeste in den achtziger Jahren wirklich gewesen waren, sah man auf seiner Beerdigung. Die Hälfte der ostdeutschen Rockszene erschien auf dem Weißenseer Friedhof, auf dem schon Connys Eltern lagen. Die bessere Hälfte. Eins, Zwei, Drei, Vier und Fleischer von Zazworka waren da, dazu ein paar ehemalige Kulturfunktionäre der FDJ, mit denen sich Conny jahrelang gestritten hatte, der Chef des ostdeutschen Plattenlabels AMIGA und ein paar entfernte Verwandte, Geschwister hatte Conny keine. Aber die Steine waren komplett vertreten, nur Vonnie, der Keyboarder, der die Band nach ihrer ersten Auflösung verlassen hatte, um als Barpianist auf einem Kreuzfahrtschiff anzuheuern, konnte nicht. Er lag mit der »MS Ariadne« vor Guadeloupe. Dafür war Axel da, von dem sich die Band Ende der achtziger Jahre wegen seiner Alkoholprobleme getrennt hatte. Er war nüchtern. Paul, ihr Bassgitarrist, hatte seine Tochter Emma mitgebracht und sogar seine Exfrau Stefanie. Emma war fast sieben Jahre alt. Sie sahen aus wie eine Familie. An Connys Grab schienen sich die Dinge zu ordnen.

Alte und neue Gäste aus seinem fast vierzigjährigen Leben waren erschienen, was Conny gefallen hätte, weil es mit seinen finalen Überlegungen übereinstimmte. Die Vergangenheit traf die Zukunft. Sogar Lothar Kaczmarek, Vertriebsleiter der Eberswalder Fleischfabrik, war gekommen, der letzte Mensch, mit dem Conny in seinem Leben gesprochen hatte. Kaczmarek wusste das glücklicherweise nicht, er hatte ein paar Entwürfe für die Zazworka-Wurst in seiner Aktentasche, wagte aber nicht, sie jemandem zu zeigen, und nahm sie wieder mit nach Eberswalde.

In der ersten Reihe der Trauergäste standen Judith und Nora, die wichtigsten Frauen in Connys Leben. Judith weinte, Nora schaute ernst.

Nora trug ein sehr kurzes schwarzes Kleid, hohe schwarze Stiefel und viel schwarzen Lidschatten. Ihr Haar hielt sie mit einem schwarzen Samtband zurück. Ein unbeteiligter Zuschauer hätte sie für die Witwe gehalten.

Sie hatte niemandem von ihrem letzten Telefonat mit Conny erzählt. Sie waren im Streit auseinandergegangen. Es wäre kein gutes Ende gewesen, und sie war sich sicher, dass auch Conny das nicht gewollt hätte. In ihrer Totenrede beschrieb sie den Mann, der Conny gern gewesen wäre. Ein Mann, der ihr gefallen hätte. Ein Mann, der in der letzten Bewegung seines Lebens auf den letzten Lastwagen einer abziehenden Besatzungsarmee geprallt war. Sie beschrieb Connys Tod wie eine historische Zäsur. Ihre Worte berührten sie nicht, aber darauf kam es nicht an. Bei einem befreundeten

Bildhauer hatte Nora den Grabstein in Auftrag gegeben. Jürgen »Conny« Wilhelm. 1956-1994. Keep on rocking. Die Musikauswahl überließ sie Judith. Die Band hatte natürlich darüber beraten, welcher ihrer Songs am besten zu Conny gepasst hätte, aber sie konnten sich nicht einigen. Conny hätte das nicht überrascht, für die Verhandlungen war er zuständig, und er war tot.

Judith entschied sich für »Am Tag, als Conny Kramer starb« von Juliane Werding. Ein Schlager.

Am Tag, als Conny Kramer starb

Und alle Glocken klangen

Am Tag, als Conny Kramer starb

Und alle Freunde weinten

Das war ein schwerer Tag

Weil in mir eine Welt zerbrach

Juliane Werding sang über den Weißenseer Friedhof, und Nora fürchtete, dass Conny sich im Grabe umdrehen könnte. Sie hatte versucht, Judith davon zu überzeugen, wenigstens das amerikanische Original von The Band zu spielen. »The Night, They Drove Old Dixie Down.« Judith aber hatte auf der deutschen Fassung bestanden, ohne ihr zu erklären, warum.

Judith war der einzige Trauergast, der wusste, dass Conny diesem Lied seinen Spitznamen verdankte. Sie hatten sich kennengelernt, als »Am Tag, als Conny Kramer starb« in der Hitparade lief. Sie saßen Samstagabends auf der Klappliege in Connys Weißenseer Kinderzimmer und starrten händchenhaltend in einen kleinen Kofferfernseher. Sie hatten beide nicht gewusst, wovon Juliane Werding eigentlich sang. Weder sie noch Conny hatten je von »joints« gehört und schon gar nicht von »trips«. Aber die Art, wie Juliane Werding mit ihrer Gitarre zwischen den steifen Studiogästen der ZDF-Hitparade saß, hatte Conny gefallen. Sie war so alt wie sie, sechzehn, und wie sie schien auch Juliane Werding nicht hundertprozentig zu begreifen, was sie da sang. Es klang traurig, gefährlich und nach großer weiter Welt, manchmal hatte Judith den Verdacht, dass sich Conny gar nicht in sie verliebt hatte, sondern in das Lied.

Deswegen hatte sie ihn Conny genannt. Ein Spaß aus Eifersucht. Der Name war klebengeblieben. Conny wollte ihn nie erklären, und jetzt war es zu spät.

Beim letzten Mal sagte er:

›Nun kann ich den Himmel sehen‹

Ich schrie ihn an: ›Oh komm zurück!‹

Er konnte es nicht mehr verstehen

In diesem Moment verstand Nora, dass sie nicht nur aussah wie die Witwe. Sie war die Witwe.

Und so musste sie doch noch weinen.

Eines dieser typischen New Yorker Märchen
Nora, 1990, Januar

An einer Fußgängerampel, 38. Straße, bemerkte Nora Schwarz, dass sie sich an ihrer Platte festhielt wie an einem Rettungsring. Die Platte hieß »Toastbrot und Spiele«, war jetzt fast ein Jahr alt, und Nora mochte sie nicht mehr besonders. All die Wut, die zwischen den Zeilen steckte, war innerhalb weniger Wochen verraucht und wirkte inzwischen unangemessen. Allerdings bewies ihr die Platte, noch mehr als der Reisepass ihres verschwindenden Staates, dass sie überhaupt existierte. Nora kam irgendwoher, sie ging irgendwohin. Die Platte war ein Anker. Sie hielt sie in der Welt, in der Zeit, und so klammerte sie sich daran.

Nora stand vor der Ampel an der Ecke 7. Avenue, 38. Straße und wartete darauf, dass das WALK-Zeichen aufleuchtete. Sie schien der einzige Mensch zu sein, der auf ein Zeichen wartete, weiterzulaufen. Alle anderen zwängten sich an ihr vorbei auf die Fahrbahn, tanzten zwischen den dampfenden Autos auf die andere Straßenseite. Sie fühlte sich wie ein Stein, der von kleinen Fischen umschwommen wurde. Ein Hindernis, starr und schwer. Das war natürlich kein gutes Gefühl, aber Nora konnte nicht anders. Es wäre ihr vermessen vorgekommen und auch angeberisch, die Zeichen zu missachten, die die neue Welt ihr gab, die sie gerade erst betreten hatte.

Es war ihr zweiter Tag in New York, und Nora hatte noch nicht aufgegeben, die Stadt so gut zu finden, wie sie sich das vorgenommen hatte. Es war ja alles da. Die vielen gelben Taxis, die sich langsam durch das Steinmeer schoben, die flirrenden Leuchtreklamen, die bunten Gesichter, das ständige Summen der Hupen, Sirenen und natürlich die weißen Rauchsäulen, die an allen Ecken aus dem Untergrund waberten. Sie spürte die gewaltige Energie, die New York vorantrieb, aber sie selbst pofitierte davon noch nicht. Es war eher so, dass sie sich langsamer fühlte, kraftlos angesichts dieser rumpelnden Dampfmaschine von Stadt. Außerdem war es bitterkalt. Vielleicht war Januar nicht der perfekte Monat, um hier ein neues Leben zu beginnen.

WALK.

Nora machte einen Schritt auf die Straße, ihre Lederhose spannte auf ihren Beinen wie alte Schlangenhaut. Sie hatte keine Garderobe für solche Witterungsverhältnisse und bezweifelte, dass es für Rockmusiker angemessene Winterkleidung gab. Als Soulkönigin hätte sie einen Pelz tragen können, aber sie war keine Soulkönigin. Sie war eine Rocksängerin. Rocker froren. Nora trippelte in ihren knöchelhohen, schwarzsilbernen Exquisit-Turnschuhen vorsichtig durch den schmierigen braunen Matsch auf dem Bürgersteig, die Platte, die in einer roten Plastiktüte von Tower Records steckte, fest umklammert. Links und rechts schwammen die Fische. Man konnte sich schnell überflüssig fühlen in so einer Umgebung, glücklicherweise hatte sie ein Ziel.

Nora versuchte sich an das Gesicht von Timothy S. Klein zu erinnern, der ihr vor anderthalb Monaten beim großen Berlinkonzert seine Visitenkarte überreicht hatte. Klein war zwei Tage nach dem Mauerfall aus New York nach Berlin geflogen, um die Luft der Revolution zu atmen, wie er das ausgedrückt hatte. Das sei alles purer Rock'n'Roll. Nora hatte bei der improvisierten Veranstaltung in der Deutschlandhalle zwei Nummern von ihrer letzten Platte gesungen. »Wartesaal« und »Mitropa Rocka«. Sie hatte dabei eine Wehrmachtsuniform aus dem Fundus der DEFA getragen, um die Angst auszudrücken, die sie befiel, wenn sie die »Wir sind ein Volk«-Plakate sah, die Bürger ihres Landes auf ihren Demonstrationen hochhielten. Das hatte Timothy S. Klein offenbar alles ziemlich gut gefallen. Sie hatten im Backstagebereich der Deutschlandhalle ein paar Bier getrunken, Klein, der leidlich Deutsch sprach, hatte von den siebziger Jahren in Westberlin erzählt, die er selbst wohl ein wenig miterlebt hatte, von David Bowie, Iggy Pop und Lou Reed und viel von einem neuen Zeitalter, das nun beginnen werde. Velvet Underground, hatte er gesagt. Er erwähnte Václav Havel, den er in den nächsten Tagen in Prag besuchen werde, und irgendeine polnische Band, die ihm Keith Richards empfohlen hatte. Bevor er weiterzog, hatte der Produzent gesagt: »Melde dich unbedingt, wenn du in der Stadt bist.«

New York einfach nur die Stadt zu nennen, war so lakonisch und lässig, dass Nora die Knie weich geworden waren.

Die Band hatte spöttisch gelächelt, vor allem natürlich Alex, der jeden ernstzunehmenden Mann in ihrer Nähe spöttisch belächelte, aber Nora hatte sich an diesem Satz festgehalten. Er hatte zu dem Gefühl gepasst, das sich in den letzten Wochen immer stärker in ihr ausbreitete. Ein Gefühl, das man am besten mit euphorischer Orientierungslosigkeit beschreiben konnte. Irgendwas machen. Machen. Tun. Bewegen. Keith Richards, großer Gott. Mit der offenen Mauer war sich Nora schlagartig der Enge ihres Lebens bewusst geworden.

Am Tag des Mauerfalls hatten die Steine in Halle gespielt, im Turm, und am Tag nach dem Mauerfall in Erfurt, im Komödchen. Wir haben doch Verträge, hatte Conny gesagt, ihr Manager. Die anderen hatten nicht gemurrt. Conny ging es ums Geld, Alex um die Ordnung, und Paul war sowieso alles scheißegal. Sie kannten den Westen ja schon. Halle! Erfurt! Verträge! Die beiden Konzerte waren ihr seltam drucklos vorgekommen, nach all der Zeit, in der sie zwischen den Songs Resolutionen verlesen hatten, mit Forderungen an die Herrscher ihres Landes. Die Wand, gegen die sie angespielt hatten, war weg, und Nora hatte sich, auch das ein neues Gefühl, dabei ertappt, wie sie die Menschen im Saal dafür verachtete, dass sie ihre Lieder mitsangen wie Schlager aus einer anderen Zeit. Natürlich begehrten die Leute immer das, was sie kannten, aber das war etwas anderes. Es war so viel passiert. Man brauchte neue Lieder. Als sie zwei Tage später endlich zurück nach Berlin gekommen waren, am 11. November, hatte ihr Mann mit einem Zahnarztgerätekatalog aus dem Westen am Küchentisch gesessen und über Kredite geredet und irgendeine Praxis in der Nähe von Hannover, in die er einsteigen könnte.

Sie steckte in einer Sackgasse, sowohl was die Band als

auch was ihre Familie anging. Sie war 29 Jahre alt, sie wollte keine Zahnarztgattin werden, die in ihrer Jugend gesungen hatte. Sie war jung genug für einen Neuanfang. Die Welt war plötzlich riesengroß. Man wurde auf einmal von einem New Yorker Musikproduzenten eingeladen, der Ratschläge von Keith Richards bekam. Und man konnte die Einladung annehmen.

Melde dich, wenn du in der Stadt bist. Halleluja.

Ihr Vater hatte über seine sterbenden Verbindungen zu den Entscheidungsträgern im Land ein Flugticket der rumänischen Fluggesellschaft Tarom organisiert, die zweimal in der Woche von Bukarest nach New York flog. Ihre Mutter schrieb ihr die Telefonnummer von Onkel Kurt, der in Brooklyn wohnte, und die Adressen von ein paar Leuten, die sie aus der Emigration kannte, auf eine dieser Karteikarten, die sie ihr Leben lang benutzte, um aufmüpfige Lehrer und Schüler zu kategorisieren beziehungsweise Einkaufslisten zu schreiben.

Dann hatte sich Nora von der Band und ihrem Mann verabschiedet, als ziehe sie in den Krieg. Es war kein Abschied für immer gewesen, sie hatte ein Rückflugticket für den 15. Februar, aber man wusste nie.

Nora dachte an die Visitenkarte, die sie in der Innentasche ihres roten Ledermantels trug, gleich neben dem Pass. »Gotham Entertainment« stand in leicht erhabenen goldenen Lettern auf der Karte und darunter, fast genauso groß, Timothy S. Klein, Executive Producer. Sie war dieser Visitenkarte gefolgt wie einer Schatzkarte.

Als sie Klein dann, gleich am Tag ihrer Ankunft in der

Stadt, angerufen hatte, schien der sich nur noch vage an ihre Begegnung zu erinnern. Wahrscheinlich hatte sein Treffen mit Václav Havel ihr kurzes Gespräch im Bauch der Deutschlandhalle überstrahlt. Velvet Underground, die samtene Revolution undsoweiterundsofort. Nora hatte in Kristinas Loft in der Broome Street gestanden, auf die dünnen japanischen Tänzerinnen geschaut, die dort tagsüber übten, und in ihrem bröckligen Englisch erklärt, wer sie eigentlich war. Timothy S. Klein hatte lange geschwiegen, bis Nora dachte, er habe bereits aufgelegt, aber dann hatte er angefangen Deutsch zu sprechen und sie für diesen Mittag in sein Büro am Columbus Circle eingeladen. Sie hatte keine Vorstellung mehr davon, wie der Mann aussah, mit dem sie so viel Hoffnung verband. Sie erinnerte sich an ein Strahlen, an einen Blick, der mehr sah als all die aufgeregten Menschen, die den Augenblick feierten.

Nora lief die 7. Avenue nach Norden, für die sie sich beim Studium ihres Faltplans von Manhattan entschieden hatte, weil sie sie aus dem Simon & Garfunkel-Song kannte. »The Boxer«. Der verlorene Held des Liedes hatte bei den Huren der 7. Avenue »Comfort« gefunden, wenn er sich allein in der Stadt fühlte. Die Avenue sah schäbig aus, übermüdet, schlecht gelaunt und so, als würde sie streng riechen, wenn es warm war. Es gab jede Menge Sex-Kinos und wenig Frauen. Einige der triefäugigen Männer sahen sie schamlos an, was sicher an ihrem roten Ledermantel lag, den dunkelgeschminkten Augen und ihrer blonden, hochgesprühten Löwenmähne, die in der kristallklaren New Yorker Mittagsluft leuchtete wie eine Sonnenblume. Irgendwann wurden die

Häuser höher, die Avenue wirkte steiniger, seriöser. Sie mündete in den Broadway, und kurz bevor sie auf den Central Park traf, erreichte sie die Hausnummer von »Gotham Entertainment«.

Nora war eine halbe Stunde zu früh da. Das war ihr in den letzten Jahren auch nicht oft passiert. In ihrem alten Leben hatte man auf sie gewartet.

Die Lobby war mit Marmorplatten ausgelegt, auf denen die Gummisohlen ihrer Turnschuhe glitschten. Mit vorsichtigen kleinen Schritten näherte sie sich dem müde aussehenden Schwarzen, der in einer Art Kanzel saß, hinter der eine große Tafel hing, auf der die Bewohner des Gebäudes aufgelistet waren. Auf der Tafel standen unglaublich viele Namen. Nora setzte sich auf eine Bank, die in der Ecke der Lobby vor einem kleinen Tischchen stand, und wartete. Der Mann in der Kanzel sah sie misstrauisch an, sagte aber nichts. Nora saß einfach da und beobachtete die Menschen, die mit flinken Schritten durch die Lobby liefen. Sie hielt die Tower-Records-Tüte auf den Knien ihrer Lederhose wie eine Handtasche.

In dem großen Plattenladen hatte sie am Nachmittag zuvor zum ersten Mal begriffen, dass sie sich auf einer Zeitreise befand. Sie hatte nach den Schallplatten gesucht, die sich ihre Bandkollegen von ihr gewünscht hatten, aber es gab gar keine Schallplatten mehr. Überall standen nur noch Regale mit CDs. Ganz hinten in der Ecke des turnhallengroßen Ladens fand sie eine kleine Box, in der die letzten Platten lagen wie Überbleibsel eines untergegangenen Reiches. Nora hatte sich »Steel Wheels« gekauft, die neue LP von den Stones. Die hatte sich zwar niemand bestellt, und es war auch keine gute

Platte, aber sie kannte sie und nahm sie mit, bevor sie auch noch verschwand. Eine letzte Platte aus New York.

Alles würde anders werden, und sie hoffte, dass sie mit 29 wirklich noch jung genug war, um dabei mitzumachen.

Als zwanzig Minuten um waren, stand Nora auf und sagte dem schwarzen Mann in der Kanzel, wo sie hinwollte. Der Mann wählte eine Nummer, fünf Minuten später erschien eine junge Frau in einem Kostüm und sagte: »Nora?«

Sie nickte.

»Hello, I'm Sally.«

Sie fuhren mit einem Fahrstuhl in die 34. Etage. Nora fühlte sich seltsam exaltiert und aufgetakelt in Gegenwart dieser wohlangezogenen, freundlichen Frau, die sicher fünf Jahre jünger war als sie.

»Du kommst aus Ostdeutschland?«, fragte Sally.

»Berlin«, sagte Nora.

»Ich habe im Fernsehen gesehen, wie die Leute auf der Mauer tanzten. Aufregend«, sagte Sally.

»Ja«, sagte Nora. Wie ungehörig, dass sie an jenem entscheidenden Abend nicht in ihrer Heimatstadt, sondern in Halle gewesen war. Halle an der Saale. Sie konnte das nicht erzählen, hier, in dem Fahrstuhl, der geräuschlos in den Himmel von New York summte, begriff sie das zum ersten Mal. Ihr Leben hielt nicht den Erwartungen stand, die man an es stellte.

»Es war sehr aufregend«, sagte Nora. »Very exciting.«

Die Fahrstuhltüren öffneten sich zu einer weiteren Empfangskanzel, über der in großen, goldenen Buchstaben »Gotham Entertainment« stand. In der Kanzel saß eine Frau in

Sallys Alter, die glücklicherweise nicht ganz so vorbildlich gekleidet war. Sie trug ein T-Shirt, auf dem »Too young to die« stand, keinen BH.

»Nicky«, sagte das Mädchen.

»Nora«, sagte Nora, aber offenbar war Nicky niemand, bei dem man sich länger aufhielt, und Nora beeilte sich, Sally hinterherzulaufen, die mit den flinken Schritten der New Yorker durch einen großen, offenen Raum ging, hinter dessen Fenstern der kristallblaue, wolkenlose Himmel New Yorks leuchtete wie ein Farbdia. In dem Raum standen viele Schreibtische, an denen junge Menschen saßen, die ihr freundlich zulächelten. Manche hielten Telefonhörer in der Hand, manche trugen Kopfhörer. Die meisten Schreibtische waren winzig, überall lagen CDs herum und Fotos von Popmusikern. Am Ende des Raums erkannte sie Timothy Klein in einem gläsernen Verschlag. Auch er hielt ein Telefon in der einen Hand und winkte ihr mit der anderen zu. Er wirkte älter, als sie ihn in Erinnerung hatte, aber auch mächtiger und besser aussehend. Sally öffnete ihr die Tür zu dem gläsernen Büro und ließ sie dann mit Timothy Klein allein.

»Nora Schwarz«, sagte Timothy und legte das Telefon ab. Er zögerte einen Moment, küsste sie nicht, schüttelte ihr die Hand, wie einem Jungen auf dem Schulhof die Hand schüttelten. Das gefiel ihr. Er trug Jeans, ein T-Shirt und ein Jackett. Er sah aus wie ein Mittvierziger mit der Figur und der Gesichtshaut eines Enddreißigers. Glatte Haut wie die Männer in den karierten Hemden im Modekatalog. Womöglich lag es am Nichtrauchen. Sie sah keinen Aschenbecher.

»Timothy Klein«, sagte sie.

»Lass uns essen gehen«, sagte er und griff sich einen Mantel, einen Schal und eine Baseballkappe vom Garderobenständer, der die Form einer E-Gitarre hatte. Hinter ihm an der Wand hingen ein paar gerahmte goldene Schallplatten. Nora fiel ihre Platte ein, die sie die ganze Zeit mit sich herumgetragen hatte.

»Ich habe dir was mitgebracht«, sagte sie und zog die LP der Steine aus der roten Tower-Records-Tüte.

»Oh«, sagte Timothy Klein, der bereits mit einem Arm in seinem Mantel steckte. »Eine Schallplatte. Danke.«

»Es ist unsere letzte«, sagte Nora und gab sie Timothy, der nun auch den zweiten Arm im Mantel hatte. Er drehte die Platte vorsichtig in seinen Händen, als könne sie jederzeit zu Staub zerfallen. Auf der Vorderseite sah man ein Toastbrot aus dem Berliner Backwarenkombinat, BAKO, in dem ein Pfeil steckte. Eigentlich hatten sie für das Cover einen Würfelbecher gewollt, aus dem drei verpackte Toastbrote rollten wie Würfel, aber auf dem Andruck konnte man die Toastbrote dann nicht mehr richtig als Toastbrote erkennen. Conny, ihr Manager, war dann auf die Idee mit dem Pfeil gekommen, was angeblich sowieso »mehr Druck« hatte, wie er sagte, aber vermutlich wollte er einfach nur fertig werden. Auf der Rückseite war die Band vor einem Kohlenhaufen im Hinterhof von Alex' Miethaus in der Marienburger Straße zu sehen. Hochgesprühte blonde Mähnen, die ihnen Susi in dem kleinen Karlshorster Salon baute, Lederklamotten, die ihnen Astrid in ihrer Wohnung nähte, fetter schwarzer Lidstrich. Alles ziemlich wütend und niedergeschlagen und nicht mehr wahr.

»Ist der Song drauf, den du in Berlin gesungen hast? Das mit den deutschen Schienen?«, fragte Timothy.

»›Mitropa Rocka‹, ja, ist drauf«, sagte Nora.

»Guter Song«, sagte Timothy, der längst nicht mehr so euphorisch schien wie in Berlin. Vielleicht fehlte ihm die Fremde, die revolutionäre Luft oder auch die Wehrmachtsuniform, die sie damals getragen hatte. Er drehte die Platte vor und zurück, bestimmt hatte er lange Zeit keine richtige Schallplatte mehr in der Hand gehabt. Nora sah keinen Plattenspieler in dem Büro. Sie spürte, wie ihn ihr Gastgeschenk verlegen machte. Es wirkte wie eine Forderung, und natürlich war es auch so gemeint. Nora hatte gehofft, dass er mit ihrer Musik auch hier in New York irgendetwas anfangen konnte, aber es sah nicht so aus, als habe er einen Platz dafür. Es gab keine Aschenbecher, keine Schallplatten mehr, offenbar war Nora nicht nur auf einem neuen Kontinent angekommen, sondern in einer neuen Zeit.

»Ich habe einen Tisch im Yamato reserviert«, sagte Timothy, legte die Platte auf den Tisch und zog sich die Baseballkappe über. Sie war blau und hatte vorn die weißen Buchstaben NY, die ineinander verwunden waren.

»Magst du Sushi?«, fragte er.

»Ich hoffe«, sagte sie.

Er lachte, und seine Kollegen lachten von den Schreibtischen, als sie an ihnen vorbeigingen, und Nicky an der Rezeption lachte sie an, und sogar der müde Mann im Foyer lachte sie an. Sie war jetzt Teil einer New Yorker Gesellschaft, sie war nicht mehr unsichtbar, sie wurde gegrüßt. Die Platte, an der sie sich noch vor einer Stunde festgeklammert hatte wie an einem Geländer, benötigte Nora nicht mehr. Sie hatte sie abgegeben. Sie hatte den Anker gekappt. Sie war frei. Sie fühlte sich an der Seite von Timothy wohl und behütet.

Das Sushi warf sie zurück. Sie hatte das Gefühl, ihre kleingeschnittene Lederhose mit kaltem Reis zu essen. Der Tee, den es dazu gab, schmeckte wie lauwarmes Wischwasser und sah auch so aus. Sie sagte das Timothy, als er fragte. Er lachte und bestellte ihr ein Steak, dick und schwarz wie ein Stück Kohle, aber innen rosa wie eine Babyzunge. Ein völlig neues Gefühl im Mund, knusprig und zart, süßlich und kräftig, alles zugleich. Dazu trank sie ein Glas Rotwein, der sie angenehm schläfrig machte. Sie war froh, als ihr Timothy erklärte, dass er am Nachmittag einen wichtigen Termin hatte. Er lud sie für den Abend in ein Restaurant ein, das »Russian Tea Room« hieß und – wie er sagte – eine Küche anbot, die ihr sicher vertrauter war als der kalte Fisch. Dann bestellte er ihr eine Limousine, die sie zurück in die Broome Street brachte, nickte dem Fahrer zu und küsste sie zum Abschied auf die Wange. Er roch ganz leicht nach Meer.

Sie saß im Fond des Wagens, rauchte und sah hinaus auf die frierenden Menschen. Zum ersten Mal seit ihrer Ankunft in New York schwamm sie mit den Fischen. Bevor er sie an dem verwitterten Fabrikgebäude in der Broome Street absetzte, in dem sich Kristinas Loft befand, teilte ihr der Fahrer mit, wann er sie heute Abend abholen würde. Nora nickte, als habe sie damit gerechnet.

Sie schlief zwei Stunden, duschte und wusch sich das klebrige Spray aus den Haaren. Sie schminkte sich nur leicht, band sich einen Pferdeschwanz und zog das Kleid an, das ihr Kristina gegeben hatte, als sie hörte, wo das Abendessen mit Timothy Klein stattfinden würde. Es war ein einfaches schwarzes Kleid, das leicht über ihren Brüsten spannte. Es stand ihr sicher besser als Kristina, die sechs Jahre älter war. Nora sah ihren bewundernden, verletzten Blick, das tapfere Lächeln. Auch sie selbst sah eine andere Frau im Spiegel und fragte sich, ob sie sich bislang immer verkleidet hatte oder gerade damit anfing. Sie zog schnell die schweren Lederstiefel und die grüne Lederjacke an, die sie auf dem Coverfoto von »Toastbrot und Spiele« angehabt hatte. Es war ein bisschen wenig für die eiskalte New Yorker Nacht, aber sie rechnete inzwischen damit, zurückgefahren zu werden. Wenn das überhaupt nötig war.

Timothy saß mit einem kleinen nervösen Mann an der Bar des Russian Tea Rooms, den sie Stunden später auf der großen Bühne des Bowery Ballrooms wiedersehen sollte. Er hieß Roger Fulton und war der Sänger von Trashbag, einer Rockband, die auf der Liste der Platten stand, die Nora aus New York mitbringen sollte. Trashbag waren seit kurzem bei Gotham Entertainment unter Vertrag und galten nach ihrem Hit »Cold Sun« als große neue Hoffnung des Rock'n'Roll. Axel, ihr ehemaliger Schlagzeuger, hatte sich die Platte gewünscht, und Nora erzählte das nach dem ersten Wodka Tonic. Nach dem zweiten bat sie Fulton um ein Autogramm für ihren alten Trommler.

»Keep on rockin', Axl«, schrieb Fulton mit dem Lippenstift der Frau, die neben ihnen an der Bar saß, auf eine Serviette des Russian Tea Rooms. Nora wedelte das dunkelrote Autogramm trocken, faltete die Serviette und steckte sie in ihre

Lederjacke. Sie tat Acki gern einen Gefallen. Die Band hatte sich von ihm getrennt, als er in Schwierigkeiten war, und Nora hatte nie aufgehört, sich schuldig zu fühlen. Ein bisschen schuldig.

»Der zweite Axl, den ich kenne«, sagte Roger Fulton, und Nora nahm sich vor, diesen Satz zu behalten. Axel Bergemann und Axl Rose. Womöglich lagen die kleine und die große Welt des Rock'n'Roll dichter zusammen, als sie angenommen hatte.

Sie redeten ein bisschen über Berlin und New York, wobei Timothy behauptete, dass man die kreative Energie der beiden Städte miteinander vergleichen konnte, soweit Nora das verstand. Es war das erste ernsthafte auf Englisch geführte Gespräch, an dem sie teilnahm. Ihr Englisch war schlechter, als sie angenommen hatte, und die beiden Männer sprachen einen breiten Dialekt. Nora fühlte sich, als sei sie in einen Countrysong geraten. Sie nickte, sie lächelte oder sagte »Maybe« oder »Yes« oder »No«. Irgendwann wurde Fulton, der Schwierigkeiten hatte, sich auf ein Thema zu konzentrieren, das nicht mit seiner Band zu tun hatte, von einem Fahrer abgeholt, der ihn zum letzten Soundcheck in den Bowery Ballroom brachte. Nora war erleichtert, dass er weg war. Jetzt konnte sie Deutsch sprechen. Timothy berührte sie an der Schulter, als der Kellner sie zu ihrem Séparée führte. Sie lehnte sich in die Berührung wie in ein weiches Tuch.

Sie saßen dicht zusammen auf einer roten Ledersitzbank, aßen Buchweizenpuffer mit Kaviar, süßsauren Fisch und tranken Champagner. Timothy bat sie, ihn Tim zu nennen. Er erzählte ihr von dem Nachmittag, den er mit Fulton verbracht hatte. Der Sänger sei ungeheuer nervös gewesen, was zum Teil am bevorstehenden Konzert lag, dem ersten großen in New York, aber wohl auch daran, dass er für ein paar Stunden ohne Drogen auskommen musste. Es schmeichelte ihr, derart ins Vertrauen gezogen zu werden. Sie nannte ihn Tim. Sie genoss den Blick, mit dem er sie als Frau erkannt hatte, gleich als sie die Bar betreten hatte, und nicht mehr damit aufhörte. Er erzählte ihr, dass Fulton und der Trashbag-Gitarrist aus Nebraska kamen wie er selbst. Ein Staat, in dem man wie in kaum einem anderen Staat Amerikas auf sich selbst zurückgeworfen sei.

»Es gibt nichts in Nebraska«, sagte Tim. »Man versinkt dort, oder man bricht auf.«

»Erinnert mich an meinen Staat«, sagte Nora.

»Ich weiß«, sagte Tim.

Er erzählte ihr von jüdischen Sommercamps am Stadtrand von Omaha und sie von ihren Eltern, die sich als Jugendliche im Exil in Buenos Aires kennenlernten und Anfang der fünfziger Jahre als Kommunisten nach Deutschland zurückkehrten. Sie bauten Eisenhüttenstadt auf, das damals noch Stalinstadt hieß, zogen später nach Berlin, zeugten zwei Kinder und wurden Parteiarbeiter. Er hörte ihr zu, so, wie ihr lange niemand mehr zugehört hatte. Sie fühlte sich verstanden, was nicht nur an der Sprache lag. Sie spürte ein Band. Seine Großeltern kamen aus Osteuropa, die Oma aus Polen, der Opa aus der Ukraine, und Nora suchte nach den Spuren dieser Vergangenheit in seinem Gesicht. Sie schaute auf seine Hände, die kräftig waren und elegant, und dachte daran, an welchen Stellen sie diese Hände einmal berühren würden. Sie redeten nicht darüber, warum sie nach New York gekommen war, nicht über die Platte, die über den Atlantik geflogen war und nun in seinem Büro lag wie ein Faustkeil, verloren und aus der Zeit gefallen. Sie sparten ihre Hoffnungen und seine Ratlosigkeit aus, nur später, als sie in der Limousine zum Bowery Ballroom rollten, erwähnte er einen Rockjournalisten der New York Times, der sich in den nächsten Tagen bei ihr melden würde, um mit ihr über die Steine zu reden und die Zukunft des ostdeutschen Rocks.

Es war das erste Konzert ihres Lebens, das sie aus einer Art Loge beobachtete. Sie fühlte die Distanz zu der schwitzenden Band und zum tobenden Publikum. Sie sah von oben auf die Bühne, hinter ihr gab es ein kaltes Büffet, eine kleine Bar und viel Platz, in dem ein paar Männer und Frauen herumstanden, die sie niemals in Zusammenhang mit einer Garagenband namens Müllsack gebracht hätte. Sie schienen sich auch nicht für die Musik dort unten zu interessieren, meist stand Nora ganz allein in der Loge. Hin und wieder trat Tim an ihre Seite, und sie sahen hinunter auf das wildgewordene Volk wie ein Königspaar. Seltsamerweise störte sie das alles nicht. Ihre neue Rolle passte gut zum Kleid von Kristina.

Sie trank zu viel, und auf beunruhigende Art verschmolz das Konzert mit einer Aftershowparty, ohne dass Nora sich an einen einzigen Song erinnern konnte, den Trashbag gespielt hatten. Es war alles ineinander übergegangen, der Gitarrenbrei, das Geplapper der Gäste, die Wirkung des Alkohols, der Weg vom Ballroom zur Aftershowparty, und irgendwann stand Nora, ein weiteres Glas in der Hand, in einem fensterlosen, von Fackeln und Kerzen beleuchteten Raum mit einer zwanzig Meter hohen Decke. Ein englisches Schloss mitten in der Stadt. Neben ihr stand Timothy Klein, ihr gegenüber Roger Fulton mit seinem Gitarristen.

»Norma hier kommt aus Ostberlin, Gary«, sagte Fulton. »Fucking East Berlin, baby.«

»Nora«, sagte Timothy.

»Whatever«, sagte Fulton, der inzwischen offensichtlich Gelegenheit zum Drogenkonsum gehabt hatte. Seine Pupillen waren riesig.

»The fucking Wall. Ich habe die Bilder im Fernsehen gesehen. Es muss aufregend gewesen sein«, sagte Gary, der winzig war, kahlköpfig und die aufrichtige, naive Nachdenklichkeit im Blick hatte, die Nora von ihrem Bassgitarristen Paul kannte und einst gemocht hatte.

»Very exciting«, sagte Nora ohne schlechtes Gewissen. Was sollte sie den Männern hier von Kirchen erzählen und dritten Wegen und Resolutionen und Runden Tischen. Sie hatte gar nicht die Worte dafür, und am Ende stimmte es ja auch so.

»Sie hat eine Band. Und ihr Schlagzeuger ist ein Fan von uns«, sagte Fulton. »Axl.«

»Eine Band. No shit. Wie heißt ihr denn?«, fragte Gary.

»Steine«, sagte Nora.

»Ssssteune«, wiederholte Fulton. »Cool, und was heißt das?«

»Stones«, sagte Nora.

»Wow«, sagte Fulton.

»Ich weiß«, sagte Nora. Sie spürte, wie sie Timothy leicht am Arm berührte. Sie sah ihn an und nickte. Es war spät, und es würde nicht besser werden, jedenfalls nicht hier.

Am Ausgang holte sie Fulton, der Sänger aus Nebraska, ein und drückte ihr eine CD in die Hand.

»Nimm das mit nach Hause, Baby«, sagte er und schaute so ernst dabei, als überreiche er die zehn Gebote.

»Klar«, sagte Nora. Sie schaute die CD an, auf der ein umgefallenes Kinderfahrrad auf einer verlassenen Straße in einer amerikanischen Kleinstadt zu sehen war, vermutlich irgendwo in Nebraska. Auf die Plastikhülle hatte Fulton mit einem schwarzen Stift geschrieben: »To the Stones of East Germany. Love. R.« Dazu hatte er ein von einem Pfeil durchbohrtes Herz gemalt, das sie an den Toastbrotwürfel ihrer eigenen Platte erinnerte.

Sie umarmte Fulton wie einen alten Freund, dann folgte sie Timothy in die Nacht. So wie sie ihm den ganzen Abend gefolgt war. In der eiskalten Luft, die ihr auf dem Weg zum Auto ins Gesicht schlug wie ein nasses Tuch, wurde ihr das schmerzhaft bewusst. Vor ein paar Stunden noch war sie frierend über die 7. Avenue gelaufen, rotäugige Männer hatten sie angestarrt wie eine Hure, jetzt hielt ihr ein mittelalter Mann in einem Filzmantel und Cowboystiefeln die Tür zu einem langen schwarzen Auto auf, als sei sie ein Staatsgast. Sie rettete sich in die Wärme des Wagens.

Sie fuhren schweigend durch die schlafende Stadt. Der Wagen hielt vor einem schmalen dreistöckigen Haus im West Village. Das Haus wirkte auf eine angenehme, zurückhaltende Art wertvoll. Der Wagen summte, der Fahrer wartete, keine Ungeduld zeigend. Die Stadt hatte aufgehört zu rennen. Timothy berührte sie mit seiner kräftigen, gepflegten Hand am Knie, so leicht, dass es eine versehentliche Berührung hätte sein können. Sie sah im Halbdunkel die gerade Linie seines Kiefers, der ihn auch noch in zehn Jahren gut aussehen lassen würde, vielleicht sogar in zwanzig. 2010. Dann wäre sie 49 Jahre alt. Sie sah auf das Haus, das so einladend in der Dunkelheit stand. Nora stellte sich knarrendes Parkett vor, Kamine und eine Bibliothek. Die großen schweren Türen, die sich zwischen zwei Laternen am Ende einer kurzen, breiten Steintreppe befanden, könnten sich zu einem neuen Leben öffnen. Ein Leben ohne Aschenbecher, in dem sie sich irgendwann an den Geschmack von rohem, kaltem Fisch gewöhnen würde. Sie hatte keine Vorstellung, wie dieses Leben darüber hinaus aussehen könnte. Im Jahr 2010, so hatte sie sich das als Schülerin im Zeichenunterricht ausgemalt, könnten die Autos fliegen. Wie einsam wäre man in so einem Haus? Zwei Menschen auf drei Etagen. »You can check out any time you like, but you can never leave.« Seltsam, wie vieles in dieser neuen Welt direkt aus ihren Songs zu stammen schien. Sie kannte Amerika nur aus seinen Liedern. Sie hatte keine Ahnung. Sie wollte nur noch schlafen, nüchtern werden, nachdenken. Sie dachte an eine Winternacht in Weimar, die sie mit Alex verbracht hatte. Der Schnee, der zunächst ganz leicht war, der dann schwerer wurde und sie später begrub wie eine Lawine. Sie hatte Carsten geheiratet, weil er verlässlicher schien als die zappelnden dünnen Männer, mit denen sie auf der Bühne stand, und er war ihr aus demselben Grund heute fremd. Der Wagen summte, das

Haus wartete, alle warteten. »Last thing I remembered, I was running for the door.« Sie war 29 Jahre alt. Sie wollte nicht widerstandslos in diese Rolle fallen, für die sie sich vor ein paar Stunden zurechtgemacht hatte, als sie sich einen Pferdeschwanz band und in das schwarze Kleid schlüpfte, das nicht ihr gehörte. Sie war als Rockerin in die Stadt gekommen, die ein Lied suchte. Alles, was sie hörte, war ein alter Eagles-Song. Sie hatte Timothy ihre Platte angeboten, nicht ihren Körper. Sie spürte die Dinge, die sie bei ihrer Unterhaltung auf der roten Ledersitzbank im Séparée ausgespart hatten, wie Wunden. Sie hoffte, dass auch er sie spürte. Sie hoffte, dass er sie verstand. Sie konnte sich nicht vorstellen, Timothy in dieses Haus zu folgen.

»Night, Nora«, sagte er, küsste sie leicht auf die Wange und stieg aus. Der Wagen fuhr ab. Sie roch noch den leichten Meeresduft, aber als sie fünf Minuten später in der Broome Street stand und den verglühenden Schlusslichtern der Limousine hinterhersah, war auch der verflogen. Mit ihm ging die signierte CD der Gruppe Trashbag, die Nora auf der Rückbank vergessen hatte.

Als sie am späten Vormittag aufwachte, versuchte sich Nora, noch immer Timothy S. Kleins elegante kräftige Hände vor Augen, selbst zu befriedigen, aber ihr wirbelten alle möglichen Bilder im Kopf herum, darunter ein Reihenhaus in der Nähe von Hannover, in dessen Erdgeschoss sich ihr Mann eine Zahnarztpraxis eingerichtet hatte. Außerdem war es kalt und so laut in dem Souterrain unter Kristinas Loft, in dem das Gästebett stand, dass Nora den Eindruck hatte, direkt auf der Straße zu liegen. Timothys Gesicht löste sich vor ihren geschlossenen Augen auf. Sie roch ihn nicht mehr. Sie wusste nicht einmal, wofür das S. in seinem Namen stand. Sie zog die Hand aus dem Slip und beschloss, Timothy später anzurufen.

Das Souterrain, in dem Nora schlief, war etwa dreißig Quadratmeter groß und mit Kisten und Kartons vollgestellt. In der Ecke stand eine zusammengeklappte Tischtennisplatte. Es gab ein Bett, einen Stuhl und einen Schrank, aber im Grunde war es eher ein Keller als ein Zimmer. Beleuchtet wurde der Raum durch ein Fensterloch zur Straße, hinter dem man ab und zu die Beine vorbeieilender New Yorker sehen konnte. Allerdings eilten nicht so viele Menschen durch die Broome Street. Es war keine Laufgegend, in der Nähe gab es vor allem Lagerhäuser und Autowerkstätten. Nora wusch sich notdürftig an dem Becken, das direkt neben ihrer Klappliege an der Wand hing. Darüber ein fleckiger Spiegel. Sie sah blass aus, die Haare lagen wie ein Mopp auf ihrem Kopf. Sie überlegte, ob sie sie sofort wieder in die Höhe frisieren sollte, entschied sich dann aber dagegen.

Sie zog sich Jeans und T-Shirt an, nahm Kristinas Kleid vom Stuhl und stieg die schmale Eisentreppe hinauf, die ihr Verlies mit dem Loft von Kristina verband.

Das Loft war ein riesiger offener Raum, in dem man jede Bewegung gleichzeitig wahrnahm, was Nora, die noch etwas wacklig war, schwindlig machte.

Im hinteren Teil übten vor einer Spiegelwand sechs japanische Mädchen, die zu den Tanzcompanys gehörten, an die Kristina ihr Loft vermietete. Vor ihnen stand eine ältere Lehrerin in einer schlammfarbenen Uniform, die nicht so aussah, als würde sie Spaß verstehen. Die Mädchen hoben ihre dünnen Beine zu einer spitzen, maschinenartigen Musik aus der Boombox, die auf dem Fußboden stand, in unvorstellbaren Winkeln. Die rechte Seite des Raums bestand nur aus alten Industriefenstern, durch die das eisklare New Yorker Winterlicht in Hunderten kleinen Quadraten in den Raum fiel. Auf einem Podest stand das Bett, in dem Kristina und ihr Lebensgefährte Georg schliefen. Darauf lag eine bunte Patchworktagesdecke. An der Stirnseite des Raums befand sich eine offene Küche und ein langer Esstisch mit mindestens zwanzig Stühlen, daneben waren das Bad und die Toilette, die einzigen abgetrennten Räume in der Fabriketage. Das Herz des Raums bildeten zwei große Ledersofas, die um einen Couchtisch herumstanden. Fünf Meter davon entfernt, in einem Bereich, den das Tageslicht erst in ein paar Stunden erreichen würde, standen zwei Schreibtische mit jeweils einem Stuhl davor. Auf einem saß Kristina und blätterte in irgendwelchen Rechnungen. Nora war erst seit drei Tagen hier, Kristina blätterte immerzu in Rechnungsmappen.

Nora ging mit langsamen Schritten, das Kleid überm Arm, auf Kristina zu und tippte ihr, damit sie keinen Schreck bekam, vorsichtig auf die Schulter. Kristina trug Ohrstöpsel, die sie vor der scharfkantigen Tanzmusik der Japanerinnen und dem Höllenlärm der Broome Street schützen sollten. Sie schaute Nora verärgert an. Nora, das Kleid über dem Arm wie eine Zugehfrau, lächelte entschuldigend. Sie ahnte, dass sie Kristinas Gastfreundschaft nicht überstrapazieren konnte. Sie hatten sich bei einem Telefongespräch auf eine Woche geeinigt, und viel Spielraum gab es da wohl nicht. Sie kannten sich ja kaum. Nora hatte Kristinas Adresse von Astrid bekommen, die die Lederklamotten für die Band nähte und Ende der siebziger Jahre gemeinsam mit Kristina auf die Erweiterte Oberschule in Erkner gegangen war. Anfang der Achtziger, kurz bevor Kristina mit ihrem Graphikstudium fertig geworden war, hatte sie den Osten verlassen, war zunächst nach Hamburg und später nach New York gezogen. Der Kontakt der beiden Schulfreundinnen schien in den letzten Jahren eingeschlafen zu sein. Kristina hatte sich nicht nach Astrid erkundigt, die rote Lederhose, die Nora als Gastgeschenk mitbrachte, hatte sie angesehen wie eine überfahrene Katze.

»Dein Kleid«, sagte Nora.

»Und wie war's?«, fragte Kristina und zog sich einen Stöpsel aus dem Ohr.

»Anstrengend«, sagte Nora. »Das Essen war gut.«

»Irgendwelche Angebote?«

»Die New York Times will mich interviewen.«

»Herzlichen Glückwunsch«, sagte Kristina.

»Danke«, sagte Nora, überfordert von der schnippischen Gleichgültigkeit ihrer Gastgeberin. Sie hätte gern einen Kaffee getrunken und ein Glas dieses dicken, kalten Orangensaftes, der in riesigen Packungen in Kristinas großem Kühlschrank lagerte, aber sie wollte nicht fragen. Betteln war nicht ihre Stärke. Sie überlegte, ob es nicht doch besser gewesen wäre, in dem eleganten Townhaus im West Village aufzuwachen, womöglich zum Duft des Kaffees, den Timothy oder seine Haushälterin für sie zubereitete, hatte aber gleichzeitig nicht das Gefühl, etwas verpasst zu haben. Eigentlich hatte sie genug erlebt gestern Abend. Kristina steckte sich den Stöpsel ins Ohr und wandte sich wieder ihren Rechnungen zu. Nora ging zurück ins Souterrain, zog sich ihren Ledermantel an und schlich an der hohen Fensterfront entlang, unbemerkt von Kristina und den dünnen Japanerinnen, aus dem Haus.

In einem Coffeeshop bestellte sie einen Kaffee, einen Orangensaft und einen Bagel mit Butter, der ihr im Magen lag wie ein Stein. Sie lief zum East River, setzte sich am Pier 17 auf eine Bank, schaute in die Wintersonne und wartete, bis sie fror.

Dann ging sie zu einer Telefonsäule und rief Timothy an. Nicky meldete sich. Sie war freundlich, beinahe fröhlich, schien sich aber nicht an sie zu erinnern, obwohl Nora sicher die erste ostdeutsche Rockmusikerin gewesen war, die ihre Rezeptionskanzel passiert hatte. Sie erklärte, dass Mister Klein leider in einer Konferenz sei. Wie lange die dauern würde, könne sie nicht sagen. Und Sally? Auch in der Konferenz. Nora konnte keine Rückrufnummer hinterlassen. Sie lief ein paar Stunden ziellos durch die Stadt, machte immer mal wieder halt an einer Telefonsäule und bekam von Nicky jedes Mal die gleiche Information, mit der gleichen freundlichen Unverbindlichkeit. Keiner ihrer Anrufe schien irgendeine Spur in Nickys Bewusstsein zu hinterlassen. Nora fing immer wieder von vorn an. Beim letzten Mal, sie stand an einem Telefonautomaten am Union Square, hinterließ sie Kristinas Telefonnummer, war sich aber nicht sicher, ob Nicky die auch aufschrieb. Innerhalb von 24 Stunden war Timothy S. Klein zu Tim und dann wieder zu Timothy S. Klein geworden. Eine Tür hatte sich für einen Augenblick geöffnet und war dann zugefallen. Nora befand sich wieder auf der Straße.

Sie stand unter dem kleinen Plastikdach an der Telefonsäule und dachte schauernd daran, wie absurd und peinlich es war, dass sie die Einladung in ein Bett mit der Einladung in ein neues Leben verwechselt hatte. Sie dachte an die jungen Brüste unter Nickys bedrucktem T-Shirt und die schönen, kräftigen Hände von Timothy. Das S in seinem Namen. Sam? Sie wusste, zum ersten Mal seit sie in der Stadt war, nicht mehr, wie es weitergehen sollte. Mister Klein hatte sich in seine Festung im New Yorker Himmel zurückgezogen, und bei Kristina konnte sie auch nicht mehr lange bleiben. Der Union Square wimmelte im Feierabendverkehr. Sie musste in Bewegung bleiben, das war klar. Too young to die. Sie zog die graue Karteikarte aus der Jackentasche und rief die Nummer von Kurt Taler an, die ihre Mutter an die Spitze ihrer amerikanischen Kontakte gesetzt hatte. Dahinter stand in Klammern »Onkel Kurtchen«.

Kurt Taler war der jüngere Bruder ihrer Großmutter, war 1946 nach Amerika ausgereist und hatte ein Geschäft in Brooklyn. Mehr wusste Nora, die Onkel Kurtchen nur von einem alten Foto kannte, nicht. Kurt Taler klang nicht besonders erfreut, als er ihre Stimme hörte, aber auch nicht überrascht. Er sprach so gut Deutsch, als sei er nie weg gewesen, ein Akzent, der eher nach Berlin klang als nach Brooklyn. Sie verabredeten sich für den nächsten Tag, mittags um zwölf an der Second Avenue. Er würde sie mit dem Auto abholen. Second Avenue, Ecke 9. Straße.

»Zwölf Uhr, scharf«, sagte Kurt.

»Scharf«, sagte Nora, hielt den Telefonhörer noch eine Weile am Ohr und lauschte in die Stille. Kein Lied. Nur das metallische Knistern in der Muschel und der stampfende Rhythmus der Stadt.

Als sie wieder in der Broome Street ankam, war es bereits dunkel. Die Tänzerinnen waren verschwunden, Kristina saß zusammen mit ihrem Freund Georg an dem langen Esstisch. Sie tranken Tee. Nora setzte sich dazu, und obwohl die beiden nicht miteinander geredet hatten, hatte sie das Gefühl, ihr Gespräch zu unterbrechen.

»Die New York Times hat angerufen«, sagte Kristina.

»Gut«, sagte Nora.

»Du sollst zurückrufen.«

»Ja«, sagte Nora.

»Was wollen die denn?«, fragte Georg.

»Ich weiß nicht«, sagte Nora, darauf bedacht, nicht wichtigtuerisch zu klingen. »Irgendwas über ostdeutsche Bands. Über uns. Timothy, der Produzent, den ich gestern getroffen habe, hat das vermittelt. Ich habe ihm übrigens auch eure Nummer gegeben, falls er mich zurückrufen will. Ich hoffe, das ist in Ordnung.«

»Na klar«, sagte Georg und goss ihr eine Tasse Tee ein. »Hier läuft alles nur über Kontakte.«

»Das kenn ich ja von zu Hause«, sagte Nora und lachte Kristina an. Sie hätte gerne ein wenig über die alten Zeiten geredet, auch weil sie den beiden nicht vormachen musste, auf der Mauer getanzt zu haben, aber Kristina und Georg hatten aus irgendeinem Grund keine Lust zurückzuschauen.

»Man muss hier nach vorn schauen«, sagte Kristina. »Niemanden interessiert, was du gestern gemacht hast.«

Es war der Startschuss zu einer ausführlichen Einführung in das anstrengende, aber schöne Leben in New York, während der sie immer mehr Tee und später Wein tranken. Nora stellte manchmal eine Zwischenfrage, aber nicht oft, und sie hatte nicht den Eindruck, dass es nötig war. Die beiden schienen diese Einführung oft gegeben zu haben. Sich selbst und ihren Besuchern, die sich darüber wunderten, dass sie in ihrer Freizeit über Rechnungen brüteten, die Ohren gegen den Lärm verstöpselt, der 24 Stunden lang auf sie einbrüllte. Man müsse flexibel sein, hart, fleißig, und man brauche einen Plan, um in dieser wunderbaren Stadt überleben zu können. Es sei die beste Stadt der Welt, und dafür müsse man natürlich einen Preis bezahlen. Sie redeten von Netzwerken, Energie und dem Zentrum der Welt, was in Noras Ohren seltsam religiös klang. Sie schienen eine Art New Yorker Rosenkranz herunterzubeten. Nora war kein religiöser Mensch. Sie wollte kein Leben führen, in dem man nur nach vorn schauen durfte. Sie war noch nie besonders gut im Nachvornschauen gewesen. Sie ahnte, dass sie die beiden bewundern musste, wusste aber nicht wofür. Wenn man die Stadt nicht bewunderte, in der sie in der Lage waren zu überleben, blieb nichts mehr übrig.

Sie redeten auf sie ein wie auf ein Kind. Es erinnerte sie an eines der vielen unerfreulichen Abendbrotgespräche mit ihren Eltern. Sie auf der einen Seite des Tisches, zwei Missionare auf der anderen. Auch ihre Eltern wollten sie ständig von etwas überzeugen, das man nicht mehr in Worte fassen konnte. Eine Religion. Wie Georg und Kristina rannten sie in die Zukunft, angetrieben von der Gewissheit, dass sie ihre Idee verrieten, wenn sie umkehrten oder nur stehen blieben. Während jetzt die beiden Erwachsenen auf der anderen Seite des langen Tisches, die eigentlich nicht gern zurückschauten, ihr lächelnd und sich gegenseitig ins Wort fallend das winzige Zimmer beschrieben, in dem sie ihre ersten New Yorker Monate verbracht hatten, dachte Nora an ihre Eltern. Sie waren 1953 aus Buenos Aires in Stalinstadt angekommen, einem Acker an der polnischen Grenze, wo die Zukunft aufgebaut werden sollte. Sie war nicht dabei gewesen, sie hatten nie darüber geredet, und sie hatte auch nie nachgefragt. Noras Leben hatte in einer kleinen Villa in der Weißenseer Parkstraße begonnen. Ihre Eltern waren, herumgescheucht von ihrer Idee, selten zu Hause gewesen. Sie war mit Ursula aufgewachsen, der Haushaltshilfe, die ihr die Pausenbrote für die Schule machte und ihr abends, vor dem Einschlafen, vorlas. Ursula, eine Frau ohne Mann und eigene Kinder, aber mit einem Damenbart und großen, roten Händen. Noch heute wünschte sich Nora, wenn sie so hilflos und müde war wie jetzt, in die Obhut dieser alterslosen Frau zurück, die leicht nach dem Parfüm roch, das ihr ihre Eltern zu Geburtstagen und Weihnachten schenkten. Tosca von 4711.

»Wir sind jedenfalls nicht von der New York Times interviewt worden, als wir hier ankamen«, sagte Kristina.

Georg sah sie mit einem flehenden Blick an, und Nora begriff, dass Kristina sich nicht nur darüber ärgerte, dass ihrem Gast das schwarze Kleid besser passte als ihr. Das ganze Leben passte ihr besser. Für Kristina war sie ein ostdeutsches Mädchen, das mit einem silbernen Löffel im Mund geboren worden war. Sie hatte nicht über die Mauer klettern müssen wie sie, sie hatte gewartet, bis sie sich öffnete. Und nun wartete sie darauf, sich ins nächste gemachte Bett zu legen. So, dachte Nora, sah Kristina die Dinge, und sie hatte nicht die Kraft und auch nicht die Argumente, ihr das auszureden. Sie nickte nur und sah Kristina an, deren Wangen vom Wein und der langen, kämpferischen Rede gerötet waren. Nora würde diesen Streit nicht gewinnen, nicht heute Abend. Sie war hier Gast und benahm sich wie ein Gast, und selbst das hätte Kristina in ihrer Haltung bestätigt.

»Wir sind auch keine Rockmusiker, Kris«, sagte Georg, der in München aufgewachsen war und nur ahnen konnte, worum es ging.

»Seid froh«, sagte Nora, und da endlich lächelte Kristina, als sei ihr ein Eisenband vom Herzen gesprungen. Sie öffnete eine weitere Flasche Wein. Später, als sie im Bett lag, stellte sich Nora, an die fleckige Decke ihres Kellerverlieses starrend, vor, wie ihre Gastgeber auf dem großen Bett, das wie ein Opferplatz in ihrem endlosen Loft herumstand, miteinander schliefen. Ein Akt, der gewissermaßen als Schlusspunkt hinter ihrer langen Exilantenrede stand, ein finales Argument, alles richtig gemacht zu haben. Glücklich zu sein.

Punkt zwölf stoppte ein langes, flaches Auto an der Ecke Second Avenue, 9. Straße. Es war an der Seite mit einer Art Holzfurnier beklebt und erinnerte an einen fahrenden Schrank. Nora stand seit einer Viertelstunde an der Straßenecke und war bereits ziemlich durchgefroren. Sie sah in das Auto hinein, erkannte aber nur einen Hut hinter dem Lenkrad. Der Hut bewegte sich leicht in ihre Richtung. Nora versuchte die Beifahrertür zu öffnen, aber das ging nicht. Hinter dem Auto hupte jemand. Nora ging in die Hocke, sah in den Wagen und lächelte den Hut an. Das Hupen wurde lauter. Die Scheibe ging ein Stück nach unten.

»Nora Schwarz?«, fragte eine Stimme aus dem Wagen.

»Onkel Kurt?«, fragte Nora. Die Tür wurde entriegelt und von innen leicht aufgestoßen.

»Steig ein«, rief die Stimme.

Nora kletterte auf den Beifahrersitz, sie saß noch nicht, als das Auto losfuhr.

»Idioten«, sagte der Mann am Steuer und lenkte seinen Wagen mit einem entschiedenen Schlenker in den dichten Verkehr auf der Second Avenue. Nora schloss die Tür im Fahren. Sie fühlte sich wie ein Entführungsopfer.

»Keine gute Gegend hier«, sagte Onkel Kurt.

Nora schaute ihn an. Ein kleiner, kräftiger Mann, der aussah wie Ende sechzig, aber mindestens achtzig Jahre alt sein musste. Er saß tief im Fahrersitz, die Nase reichte kaum über das Lenkrad. Der Hut war kariert. Von außen musste es aussehen, als steuere der Hut das Auto.

»Aber du hast den Ort doch vorgeschlagen«, sagte Nora.

»Es gibt noch schlimmere Gegenden.«

Der Wagen rollte die Avenue nach Süden, er schaukelte wie ein Schiff. Draußen leuchtete ein strahlend kalter Januartag, die Menschen dampften und rannten. Nora war wieder ein Fisch, der gemeinsam mit den anderen Fischen schwamm. Aber kein großer Fisch wie gestern Abend. Sie war Teil des

Schwarms. Die Stadt dort draußen wirkte anders, flacher, arbeitsamer, aber auch bunter. Erstaunlich, wie viele verschiedene Welten auf diese schmale Insel passten, dachte Nora, die tief in den Polstern des Autos saß und auf die verwitterten Steinwürfel schaute, die von der Januarsonne gnadenlos ausgeleuchtet wurden.

»Lower East Side«, sagt Onkel Kurt. »Katz«, sagte er, und irgendwann sagte er: »Williamsburg Bridge.«

Sie schoben sich, eingezwängt zwischen Lastkraftwagen, die aussahen, als stammten sie aus einem Vorkriegsfilm, über eine lange, mit Schlaglöchern und Eisenplatten gefleckte Rampe auf eine gewaltige Brücke. Sie schienen auf einen Berg zu klettern, und je weiter sie stiegen, desto atemberaubender wurde der Blick. Unter ihnen glitzerte der East River, rechts und links sah Nora weitere Brücken, die den breiten Strom überspannten. Nora sah Schiffe und kleine Inseln, sie sah einen silbernen Subwayzug über die Brücke rechts von ihnen gleiten, sie sah Flugzeuge und Helikopter und die Hochhäuser an der Spitze Manhattans, die wie ein Gebirge in der Wintersonne standen. Sie sah das Meer am Horizont mit dem Himmel verschmelzen, und sie sah den Mann im Cockpit des hausgroßen Trucks, der neben ihnen zum Stehen kam, sie sah die ganze Welt. Davon also, dachte Nora, redeten Georg und Kristina und Billy Joel und Lou Reed, wenn sie von New York redeten, und sie beschloss, diesen Eindruck für die Daheimgebliebenen abzuspeichern, auch wenn sie ahnte, dass sie ihn nicht in Worte fassen können würde.

»BMW«, sagte Onkel Kurt, als sie die Mitte der Brücke erreicht hatten.

»Was?«, fragte Nora.

»Eine, wie sagt man, Eselsohrbrücke. BMW. Das sind die ersten drei Brücken, die du rechts siehst. B ist die Brooklyn Bridge, M ist die Manhattan Bridge, und wir sind auf der Williamsburg Bridge. BMW.«

»Das ist gut«, sagte Nora.

»Sag ich doch. Eselsohrbrücke«, sagte Kurt und grinste zufrieden. Er schien sich zu entspannen, je näher sie dem Ende der Brücke kamen. Als sie über weitere Schlaglöcher und Eisenflicken aufs Festland holperten, war er beinahe gutgelaunt.

»Brooklyn«, sagte Onkel Kurt.

Wieder eine andere Welt, noch bunter, noch wuseliger, noch flacher, aber auch langsamer. Die Menschen auf den Bürgersteigen schienen mehr Zeit zu haben als ihre Landsleute am anderen Ufer. Nora hatte den Eindruck, mit dem Fluss eine Staatsgrenze überquert zu haben. Das neue Land wirkte unordentlicher, staubiger und somit vertrauter. Je weiter sie nach Osten fuhr, desto näher schien sie ihrer Heimat zu kommen. Sie fuhr nach Hause.

»Esther schreibt, du machst Musik«, sagte Onkel Kurt.

»Ich bin Sängerin in einer Band«, sagte Nora.

»Tanzmusike«, sagte Onkel Kurt.

»Ja«, sagte sie. »So was in der Art.«

»Kann man davon leben?«

»Bisher ging es ganz gut«, sagte Nora.

»Tanzmusike«, sagte Onkel Kurt und schnaufte belustigt. Nora gefiel das Wort, das in ihm überlebt hatte wie eine Steinzeitmücke im Bernstein. Sie fragte sich, was er damit verband. Die Comedian Harmonists? Glenn Miller? Ginger und Fred? Was hatte er gehört, bevor sie ihn ins KZ steckten? Und was danach? Frank Sinatra? Elvis? Hatte ihn Elvis noch erreicht? Hatte Onkel Kurt den Jailhouse Rock getanzt? Nora bezweifelte es. Er trug einen karierten Hut, und das Radio in der Mittelkonsole seines Wagens war ausgebaut.

»Esther schreibt, es wird jetzt alles anders«, sagte Kurt.

»Ja«, sagte Nora. »Für sie auf jeden Fall.«

Sie fragte sich, ob er wusste, was seine Nichte in den letzten dreißig Jahren eigentlich gemacht hatte. Was es hieß, Schuldirektorin in so einem Land gewesen zu sein. Einem Land, das sie momentan mit dem Land verglichen, aus dem sie einst geflohen war und er auch. Sie fragte sich, was ihre Mutter ihrem Onkel in Amerika über die Menschen zu berichten hatte, die diese Vergleiche anstellten. Waren sie irregeleitete Schafe oder gefährliche Konterrevolutionäre? Hatte sie Angst vor den Veränderungen, oder war sie nur wütend?

»Atlantic Avenue«, sagte Onkel Kurt, und Nora war froh, wieder aus dem Fenster in die Gegenwart schauen zu können, in der es gerade nur schwarze Menschen gab und dann wieder nur weiße und der rollende Schrank ihres Großonkels irgendwann auf einem vergitterten Parkplatz landete, der neben einem zweistöckigen Gebäude lag, auf dessen Fassade in roten schwungvollen Buchstaben »Taler's Department Store« stand.

»Home sweet home«, sagte Onkel Kurt.

Nora hatte damit gerechnet, dass sie, die verschollene Nichte aus Übersee, der Familie vorgestellt werden würde, aber Kurt stellte sie seinem Warenhaus vor. Sie liefen eine

Stunde lang durch Räume, die mit allen Produkten vollgestopft waren, die man sich vorstellen konnte. Strümpfe, Fernseher, Teppiche, Seife, Uhren, Kühlschränke, Schlipse, Toilettenbürsten. Es gab alles bei Taler's, und selbst Nora, die nicht sonderlich kompetent war, was die westliche Warenwelt anging, begriff instinktiv, dass das Konzept hinter diesem Durcheinander der niedrige Preis war. Sie zwängten sich durch die engen Gänge zwischen Kleiderständern, Kartonstapeln und Regalen. Onkel Kurt lief mit flinken Schritten voraus, sie hinterher. Es war ihr vierter Tag in New York, und sie lief immer noch hinterher. Ab und zu trafen sie auf einen Verkäufer, alle trugen rote, steif aussehende Jacken, auf der Brust der Schriftzug »Taler's Department Store« und kleine Namensschilder.

»Meine Großnichte Nora Schwarz aus Berlin«, sagte Kurt jedem seiner Mitarbeiter. Es klang so, als stelle er ihnen eine neue Kollegin vor. Alle lächelten höflich, ein bisschen unterwürfig, sie war eine Verwandte des Chefs. Kurt Taler zeigte ihr die Umkleideräume und führte sie anschließend in sein Büro, durch dessen Fenster man den gesamten Verkaufsraum überblicken konnte.

»Ich bin gleich wieder da«, sagte Onkel Kurt und drückte ihr einen vergilbten Katalog in die Hand. »Damit du mal einen Eindruck hast«, sagte er und verschwand.

Auf dem Titelblatt des schmalen Heftes sah man das schwarzweiße Bild eines kleinen Ladens und daneben eine schlecht gedruckte Farbaufnahme des jetzigen Kaufhauses. Darüber die Jahreszahlen 1950–1975. Es war zum 25. Jahrestag erschienen, vor fünfzehn Jahren. In zehn Jahren stand das fünfzigste Jubiläum an, dachte Nora. Sie trat dicht an die Glasscheibe und schaute in den Verkaufsraum. Sie sah, wie ihr Onkel mit schnellen Schritten durch das farbenfrohe Meer marschierte. Verglichen mit den vielen Waren gab es erstaunlich wenig Kunden. Kurt ging auf einen seiner Mitarbeiter zu. Sie redeten, und dann sahen sie zu ihr herauf. Nora fühlte sich ertappt. Sie winkte durch die Glasscheibe, ihr Onkel nickte, sie zog sich zurück. Sie setzte sich an den Schreibtisch, wo der Katalog zwischen allerlei Papieren lag. Am Rand stand ein gerahmtes Foto mit zwei dunkelhaarigen Männern in Anzügen, wahrscheinlich Kurts Söhnen. Sie waren ihm nicht besonders ähnlich, und vor allem sahen sie nicht so aus, als würden sie in seinem Laden arbeiten. Nora überlegte, ob ihre Mutter Söhne erwähnt hatte und in welchem Verwandtschaftsverhältnis sie eigentlich zu den Söhnen ihres Großonkels stehen würde. Großcousins, was für ein seltsames, umständliches Wort, eine Beziehung an dünnem Faden, kaum sichtbar. Fremde Männer.

Der Brief lag ganz oben in einer hölzernen Ablage, und Nora fragte sich, ob es der Gedanke an ihre Mutter oder deren Schrift gewesen war, was ihre Aufmerksamkeit auf ihn gelenkt hatte. Sie stand auf, sah wieder in den Verkaufsraum, wo ihr Onkel immer noch mit seinem Angestellten debattierte. Er hatte sie ganz bewusst mit dem Brief allein gelassen. Er wollte, dass sie ihn las. Sie setzte sich wieder hin und nahm das Schreiben aus der Ablage.

Es war ein Blatt des Büttenpapiers, auf dem ihre Mutter ihre private Post niederschrieb. Handgeschöpftes Bütten, nannte sie es, ein Rest Bürgerlichkeit, den sie sich gönnte, nachdem sie sich von Noras Vater getrennt hatte und in die winzige Zweiraumwohnung nach Pankow gezogen war. Altneubau, mit wenigen Helleraumöbeln eingerichtet wie ein Klosterzimmer. Nora hörte den Füllfederhalter ihrer Mutter auf dem muffigen Papier kratzen. Links oben stand das Datum. 29. Dezember 1989.

Kurtchen,
frag nicht nach Sonnenschein, mein lieber Onkel. Es sind bewegte Zeiten, wie du sicher aus den Nachrichten erfahren hast. Ich fürchte, dass Euch dort drüben nur ein Bruchteil von dem erreicht, was hier gerade passiert. Geschichte wird ja immer schlichter, je weiter sie reist. Sicher hast du die Bilder von den jubelnden Menschen an der gefallenen Mauer gesehen, vielleicht auch die Gesichter der hoffnungslos überforderten Politiker. Aber glaube mir, zwischen Hoffnung und Verzweiflung gibt es viele, viele Grautöne. Ich verstehe die Menschen, die sich eingesperrt gefühlt haben und auch bevormundet, aber ich bin auch enttäuscht, dass sie sich der Aufgabe nicht gewachsen fühlten. Es war ein großes Ziel, aber kein schlechtes. Wir haben den Kampf verloren, das muss man so sagen. Die Menschen wollen reisen, und sie wollen kaufen, wer weiß das besser als Du, mein lieber Onkel.

Was mich angeht, so fahre ich weiter jeden Tag in meine gute alte Schule. Aber natürlich sind meine Tage dort gezählt. Die Partei, meine Partei, versucht sich ja zu erneuern, aber sie kann gar nicht so schnell reagieren, wie die Verhältnisse sich ändern. Sie hat jetzt einen neuen Namen und auch einen neuen Vorsitzenden, einen kleinen, gewitzten Anwalt, vielleicht kennst du seinen Vater noch. Er war im Widerstand. Einer von uns, könnte man sagen, aber so einfach sind die Dinge nicht. Alles wird sich verändern, und ich fürchte, nicht nur zum Guten. Wir sind das Volk!, rufen die Menschen auf der Straße, aber ich weiß nicht, was das bedeuten soll. Es macht mir Angst. Ich traue dem Volk nicht, von dem ich doch dachte, dass es mein Volk ist, und wahrscheinlich habe ich ihm nie getraut. Das ist eine schmerzliche Erkenntnis.

Die Menschen haben die Zentralen der Macht gestürmt, wie sie das nennen. Sie haben die Gebäude unseres Sicherheitsdienstes besetzt, einige Parteiführer wurden verhaftet, unter ihnen der Generalsekretär, der unter den Nazis zehn Jahre im Zuchthaus saß. Ein schlichter Mann, sicher, ein Dachdecker, aber dennoch, wie konnten sie das tun? Es ist so unhistorisch, so gnadenlos. Es ist nur eine Frage der Zeit, dass sie auch vor unseren Türen stehen. Ich bin Geschichtslehrerin, und die Geschichte wird neu geschrieben werden. Aber, weißt du, ich bin fast sechzig Jahre alt, ich werde in den Ruhestand gehen. Walter ist noch sieben Jahre älter. Er sagt, er will ein Buch schreiben, aber ich weiß nicht, wer das lesen soll. Wir reden leider kaum noch miteinander. Ich mache mir Sorgen um unsere Kinder, vor allem um Nora, die Kleine. Sie ist auch der Grund, warum ich Dir heute schreibe.

Sie ist Sängerin in einer Rockgruppe. Die Gruppe ist, soweit ich das einschätzen kann, ziemlich erfolgreich. Nora ist sehr bekannt hier. Auch sie wollte, dass sich das Land verändert. Sie hat es in ihren Liedern eingefordert, manchmal hatte ich den Eindruck, sie schreit mir diese Lieder direkt ins Gesicht.

Aber jetzt, wo es so weit ist, ihr Feind am Boden liegt, hat sie, glaube ich, auch einen Schreck bekommen. Sie hat, so könnte man es wohl sagen, keine Lust, dem alten Löwen am Bart zu zupfen, wie all die Menschen auf der Straße, die plötzlich so mutig werden. Sie ist eben doch mein Kind. Wir können leider nicht darüber reden, es endet immer in Vorwürfen und Streit. Wir haben uns gestritten, solange ich denken kann, wir sind einfach zu verschieden, aber sie ist ein gutes Mädchen.

Wie auch immer, sie hat sich, kurz nachdem die Mauer gefallen war, entschieden, nach Amerika zu reisen. Nach New York. Ich weiß nicht genau, was sie dort will, aber ich habe sie verstanden. Es hat mich, so seltsam es in Deinen Ohren klingen mag, gefreut. Wenn ich die Kraft hätte, hätte ich sie begleitet. Aber das ist natürlich das Letzte, was sie will. Walter hat ihr über irgendeinen Freund, der noch im Außenministerium sitzt, die Papiere besorgt. Sie fliegt am 15. Januar. Sie wohnt bei irgendeiner Freundin auf der Lower East Side, sagt sie. Ich glaube nicht, dass es eine besonders enge Freundin ist, wohl eher die Freundin einer Freundin. Nora ist ein patentes Kind, aber natürlich war sie nie so weit weg von zu Hause. Ich habe ihr deshalb eine Liste mit alten Bekannten gemacht. Dein Name steht ganz oben. Ich weiß nicht, ob sie sich wirklich meldet – Nora ist, wie gesagt, etwas störrisch, was meinen Rat betrifft –, aber wundere Dich nicht, wenn sie plötzlich vor der Tür steht. Hilf dem Mädchen ein wenig, hörst Du, Kurtchen?

Betrachte Nora als den Besuch, den Du Dir immer von uns wünschtest. (Nora sieht mir sogar ähnlich, auch wenn sie es unter einer bunten Maskerade verbirgt.) Und, wer weiß, vielleicht kann ich mich, wenn ich mich etwas gefasst habe, ja irgendwann einmal zu einer Reise über – wie sagt man so schön – den großen Teich aufmachen.

Sei herzlich gegrüßt, mein lieber Onkel Kurtchen,
von Deiner
Esther.

Nora starrte auf die Schrift, eindeutig die Schrift ihrer Mutter, in der sie ihr kleine Mitteilungen auf Karteikarten gekritzelt hatte, Anweisungen. Müll! Zimmer aufräumen! Deutsch! Vater anrufen! Die Schrift war ihr vertraut, nicht aber der Ton. Abgesehen von der denunzierenden Kurzeinschätzung, diesem Zeugniseintrag, den ihre Mutter, weil er nicht zum Rest des Textes passte, in Klammern gesetzt hatte. Wo kam dieser Ton her? Hinter welcher Maskerade hatte sie immer all die Nachdenklichkeit, Hilflosigkeit, Einsicht, Weichheit versteckt? Nora warf den Brief zurück in den Kasten. Sie war den Tränen nah. Sie war nicht traurig, sie war wütend, zum Heulen wütend. Nie hatte ihre Mutter so mit ihr gesprochen. Nie. Sie sparte sich ihre mütterliche, solidarische Seite für einen Onkel aus Amerika auf, den sie seit über vierzig Jahren nicht gesehen hatte. Und sie machte es Nora, auch das war typisch, unmöglich, darauf zu reagieren, ohne sich den Vorwurf gefallen lassen zu müssen, Post gelesen zu haben, die nicht für sie bestimmt war. Nora konnte nun, da sie diesen Brief kannte, nicht mal mehr auf ein Angebot ihres Onkels eingehen. Nicht, dass sie vorgehabt hätte, sich bei Taler's an die Kasse zu setzen, aber sie hätte es gern selbst entschieden.

Nora hasste ihre Mutter. All die Emotionen, die ihr hier in der Fremde bislang nicht möglich gewesen waren, stiegen in ihr auf. Es tat gut, endlich wieder einmal wütend zu sein, nicht ängstlich oder ratlos oder still wie in den letzten Tagen. Sie hatte sich in eine Maus verwandelt, in dem Moment, in dem sie amerikanischen Boden betrat.

Sie saß, die Hände zu Fäusten geballt, am Schreibtisch, starrte auf den Katalog zum 25. Jubiläum von Taler's Department Store, als Onkel Kurt in sein Büro zurückkehrte. Sie sah, wie er in den Postkasten schaute, und er sah, dass sie es sah. Er hatte ihr die Zeit gegeben, den Brief zu lesen, aber er hatte den Brief seiner Nichte missverstanden. Er war kein Empfehlungsschreiben. Niemals hätte sich ihre Mutter gewünscht, dass ihre Tochter in so einem Ramschladen arbeitete. Niemals. Das wäre der einzige Grund, es doch zu tun, dachte Nora. Sie hatte Zerspanungsfacharbeiterin im VEB Bergmann-Borsig gelernt, nur um ihre Mutter zu ärgern. Die hatte die Diktatur eines Proletariats verteidigt, das sie im Herzen für dumm wie Bohnenstroh hielt. »Ein schlichter Mann, sicher, ein Dachdecker.« Natürlich konnte Nora das Onkel Kurt nicht sagen, ohne ihn zu beleidigen. Und natürlich wollte sie nicht in seinem Laden arbeiten, so wie sie keine Lust gehabt hatte, Dreherin bei Bergmann-Borsig zu werden. Die Kälte, das frühe Aufstehen, die klobigen Arbeitsschuhe, das Öl, die Haarnetze, die Blicke der Jungs in ihrer Lehrlingsklasse. Sie, das einzige Mädchen. Sie hatte sich gequält, anderthalb Jahre lang. Dann hatte sie aufgegeben und sich von ihrem Vater einen Platz auf der Musikhochschule besorgen lassen. Ihre Mutter hatte gelächelt, als sie das erfuhr. Schmale Lippen.

»Lass uns Mittagessen gehen, Mädchen«, sagte Kurt.

Eine halbe Stunde lang saßen sie in einem winzigen Schnellrestaurant, gleich neben dem Warenhaus. Es roch nach ranzigem Öl, die Tischdecken waren aus Plastik, auf dem man flüchtige Wischspuren sah. Nora aß ein Sandwich, das mit unfassbar vielen Scheiben Truthahnbrust belegt war, dazu gab es eine Tüte Chips und eine Büchse Diet Coke, die schmeckte wie Tuschwasser. Ihr Onkel kaute, schwieg, erwähnte nicht einmal den Jubiläumskatalog. Er hatte sie mit dem Brief allein gelassen. Er hatte seinen Zug gemacht, jetzt war sie an der Reihe. Vermutlich hatte er gar keinen Arbeitsplatz für sie. Er würde sich einen ausdenken müssen. Er wollte sie nicht, er fühlte sich verpflichtet. Der Onkel aus Amerika.

Nora erzählte, dass sie nur kurz nach New York gekommen sei, um sich zu orientieren. Ein Schnitt. Den Kopf freibekommen für neue Lieder. Eine neue Platte für die neuen Zeiten. Sie war Musikerin, keine Kauffrau. Ladenschwengel, dachte sie, sagte aber Kauffrau. Sie wollte es ihm leichtmachen. Sie war gut untergekommen, ein großes Loft in der Lower East Side, gute Freunde aus Berlin, sie hatte Kontakt zu einem wichtigen Produzenten aufgenommen, Gotham Entertainment, großes Büro mit Blick über den Park, demnächst gebe sie der New York Times ein Interview.

»Eines dieser typischen New Yorker Märchen«, sagte ihr Onkel und strahlte. »Diese Erfolgsstorys findest du nur hier. Es ist die Stadt.« Er wischte mit seiner dicken, alten Hand über den Katalog zum Firmenjubiläum, an dem er sich festhielt, wie Nora sich an ihrer Platte festgehalten hatte. Seine Geschichte.

»So kann man es sagen«, sagte sie.

Onkel Kurt schien erleichtert, entwickelte aber in der Stille, die nach ihrem Erfolgsbericht einzog, offenbar das Gefühl, mithalten zu müssen. Theo, sein großer Sohn, lebte in Kalifornien, ein wichtiger Job in irgendeiner wichtigen Elektronikfirma, von der Nora nie gehört hatte. Jonah, der kleine, leitete ein Autogeschäft in Buffalo, Mercedes-Benz. Onkel Kurt sprach Mercedes-Benz so stolz aus, als habe er Deutschland nie verlassen. Vier Enkelkinder, drei Mädchen. Nora nickte begeistert, sah sich Bilder an, die er mit dicken, steifen Fingern aus seiner Brieftasche fummelte. Häuser, Kinder, Autos, ein Boot. Der Onkel aus Amerika. Seine Frau erwähnte Kurt Taler nicht, sie hatte ihn verlassen oder war tot. Er trug keinen Ring, Nora fragte nicht nach.

Ein Kaffee noch, so dünn, dass man den Boden der Tasse erkennen konnte, und trotzdem bitter. Auf der Untertasse ein winziges Stück Schokolade, eingewickelt in Silberpapier, zuckersüß, zwischen den Zähnen krümelnd wie die Ersatzschokolade ihrer Heimat. Onkel Kurt bezahlte den Lunch, drückte ihr den Jubiläumskatalog in die Hand und ließ sie von einem Car Service zurück in die Stadt bringen. Das Auto stank nach fettigem Essen, am Steuer ein Mann, der weder Englisch sprach noch Autofahren konnte, aus einem Funkgerät quollen schnellsprechende spanische Stimmen, dazu lateinamerikanische Schlager aus dem Kassettenrekorder, an der Frontscheibe baumelten Rosenkränze und Marienbilder. Nora wurde schlecht vom ständigen Bremsen und Anfahren: Die Skyline Manhattans war nun nicht mehr als eine Fototapete. Am Ende verlangte der Mann zwanzig Dollar, eine unangenehme Überraschung nach Timothy S. Kleins Limousinenservice, der nie bezahlt werden musste. Es war Onkel Kurts Reaktion auf ihre märchenhaften New Yorker Erfahrungen. Wer reiche Bekannte in Manhattan hat, kann für sich selbst sorgen. Er hatte sicher kein einfaches Leben als Onkel in Amerika gelebt. Seine Söhne weg, die Frau weg, keine Heimat, in die er zurückkehren konnte. Nora reichte zwei Zehn-Dollar-Noten nach vorn. Zwei CDs, dachte sie, eine Levi's.

»Tip«, sagte der Fahrer und starrte sie an. »Tiptiptip.«

»Vergiss es«, sagte Nora.

Sie versuchte die Tür zu öffnen, aber das ging nicht. Der Fahrer starrte sie schamlos fordernd an wie ein hungriger Kater, sie starrte zurück. No way, José. Er fluchte irgendetwas auf Spanisch, entriegelte das Auto, sie stieg aus. Kaum hatte sie beide Füße auf der Straße, fuhr der Mann los. Die durchdrehenden Reifen wirbelten ihr den seifigen, kalten Straßendreck der Lower East Side bis ins Gesicht.

»Du Arsch!«, schrie Nora dem davonschaukelnden Auto hinterher. Der Schrei, geschluckt vom Rauschen der Stadt, dröhnte in ihrem Kopf. Zum zweiten Mal an diesem Tag fühlte sie sich wie ein Entführungsopfer, achtlos abgeworfen am Straßenrand. Sie war wütend auf ihre Mutter, die am Ende dafür verantwortlich war, dass sie hier stand, dreckbeschmiert, zwanzig Dollar leichter. Sie hasste sie dafür, dass sie sich in ihr Leben einmischte, immer noch, dass sie sie nicht losließ, hasste sich für ihre Tränen, warm und ungewohnt auf der kalten, dreckigen Haut.

»Scheiße«, schrie Nora, sie stampfte mit dem Fuß in den

Matsch wie ein Kind. Niemand hörte ihre Verzweiflung, die drei blassen Chinesinnen auf der anderen Seite der Broome Street beschleunigten nicht einmal ihren Schritt. Sie hatten andere Sorgen, größere. In Noras Manteltasche steckte der Katalog von Taler's Department Store, den es in zehn Jahren nicht mehr geben würde. Keine Chance, eine Spur in dieser Welt zu hinterlassen.

»Scheißescheißescheiße«, schrie Nora. Dann wischte sie sich die Tränen und den Dreck aus dem Gesicht, lief zum Eingang des alten Fabrikgebäudes, bereits an eine Geschichte denkend, die sie Kristina und Georg von ihrem Ausflug nach Brooklyn mitbringen konnte. Eines dieser typischen New Yorker Märchen.

Stewart Miller, so schien es Nora, hatte die Geschichte, die er schreiben wollte, bereits im Kopf gehabt, bevor sie auch nur den Mund aufmachte. Es war eine Geschichte, die wenig mit Musik zu tun hatte und noch weniger mit ihrer Band. Stewart Miller sah von oben auf die Welt, er hatte ihre Lieder, ihre Resolutionen, all das revolutionäre Gezappel bereits verdaut, eingeordnet in den Strom der Zeit. In diesem Strom war Nora nur noch ein leichter Wirbel, ein Strudelchen. Nach all den Amerikanern, die von ihr bestätigt haben wollten, dass sie vor zwei Monaten auf der Mauer getanzt hatte wie die anderen glücklichen deutschen Menschen im Fernsehen, irritierte sie dieser ernsthafte, wohlinformierte Mann.

Außerdem hatte sie Hunger oder wenigstens Appetit. Stewart Miller hatte sie in ein Restaurant gebeten, Nora hatte damit gerechnet, dass er sie auch zum Essen einladen würde. Aber Stewart Miller schien nicht daran zu denken.

Sie saßen im Odeon am Broadway, das groß, licht und gut besucht war, auf dem Tisch eine Wasserflasche, zwei Gläser, ein winziger Kassettenrekorder und Stewart Millers Visitenkarte, die ihn als Senior Editor des Kulturteils der New York Times auswies. Das Senior wirkte seltsam, denn Stewart Miller war sicher kaum älter als sie selbst, ein Umstand, den er durch ein verschossenes, filziges Jackett und eine Krawatte zu tarnen versuchte, die er immer wieder berührte, als könne er selbst nicht glauben, dass er sie trug. Er sprach Deutsch. Ob er auch nur einen Steine-Song kannte, war nicht klar, spielte aber auch keine Rolle.

Stewart redete über die Funktion des Theaters in Nordkorea, das er aus einer französischen Dokumentation zu kennen schien.

»Es gibt praktisch keinerlei Ironie in der nordkoreanischen Dramatik. Die Ventilfunktion, die die Kunst in osteuropäischen Diktaturen hatte, fällt dort weg«, sagte Stewart Miller. Noras Magen grummelte. Das Wort »Ventilfunktion« klang seltsam, wenn man es mit amerikanischem Akzent aussprach. Wo lernte man als Amerikaner solche Wörter? In Harvard? In Heidelberg? »Natürlich gab es auch in Osteuropa Staatskunst, aber nicht wie in Nordkorea, wo Theater, Musik und Literatur ausschließlich der Machterhaltung dienen.«

Stewart Miller sah sie an.

Da war keine Frage, aber eine Pause. Nora fühlte sich verpflichtet mitzuarbeiten, schließlich war sie von Timothy S. Klein als Zeitzeugin empfohlen worden. Sie dachte an das

Steak in dem japanischen Restaurant, die Sensation in ihrem Mund. Vielleicht redeten sie ja später noch über ihre Band. Oder bestellten etwas zu essen.

»Nordkorea«, sagte sie.

»Zum Beispiel«, sagte Stewart Miller.

»Im letzten Sommer waren da ja diese Weltfestspiele«, sagte Nora.

»Weltfestspiele?«

»Also Weltfestspiele für Jugend und Studenten. Eine riesengroße Propagandashow. Jedenfalls sind auch zwei Bands aus unserem Land hingefahren. Nach Pjöngjang. Das hat in unserer Kapelle für ziemlich viel Aufregung gesorgt.«

»Interessant«, sagte Stewart und rückte seinen Kassettenrekorder ein paar Zentimeter in ihre Richtung.

Nora sah auf das Gerät. Sie wusste nicht, wo sie anfangen sollte. Die Bilder waren verblichen, beinahe schwarzweiß. Der letzte Sommer lag weit zurück.

Irgendein Kulturhaus, Bautzen oder Görlitz oder Hoyerswerda, eine Stunde bis zum Konzert, Uli, ihr Trommler, hatte von Nordkorea erzählt. Eine Tratschgeschichte unter Kollegen. Sie war explodiert. Alex, der als Kind mit seinen Eltern ein paar Jahre in Pjöngjang gelebt hatte, schwieg. Auch Conny, ihr Manager, schwieg. Beredtes Schweigen könnte man sagen. Die Steine waren selbst oft auf politischen Festivals aufgetreten, bei den Kommunisten in Frankreich und Portugal sowieso, aber auch auf diesen FDJ-Festivals in Berlin. Rock für den Frieden und so weiter. Daran hatten sie wohl gedacht, aber es war Nora egal gewesen. Das Schweigen hatte sie nur noch wütender gemacht. Es war der Sommer 1989, falsche Wahlen im Frühjahr, die Menschen flohen in Scharen aus dem Land, die Luft stand still. Sie wollte das alles nicht mehr. Sie war ganz oben im Schaum der öffentlichen Erregung mitgeschwommen. Sie hatte ihre Kollegen angeschrien, die Band. Immer öfter passierte ihr das in letzter Zeit, eine Ehefrau, die ihre Nerven verlor. So fühlte sie sich, und die anderen hatten den Eindruck nicht zerstreut. Keine Erinnerungen mehr an das Konzert oder die Stadt, nur noch an Conny, der auf den Boden starrte, wartete, dass es vorbeiging, ihr Anfall. An Pauls gleichgültiges Bassmannlächeln, it's only Rock'n'Roll. An Alex' Blick, der sie wahnsinnig machte, dieser allwissende Blick, der sie auszog. Sie fühlte sich wie in einer Gummizelle unter diesem Blick, und Alex beobachtete sie hinter einer dieser halbverspiegelten Scheiben. Diese allgegenwärtige Vernunft machte sie rasend. Bleib ruhig, Mädchen.

Das Diktiergerät lag wie ein kleines böses Tier auf dem Tisch. Stewart schaute sie an. Er wollte ein paar Farbtupfer für sein historisches Gemälde von ihr, ein schmerzverzerrtes, ein wütendes Gesicht, ganz tief im Schlachtengetümmel. Aber ihre Erregung war lange verdampft, alles, was sie ihm geben konnte, war Kunstgewerbe. Abgehangene Gefühle, reproduziert für das kleine japanische Kassettengerät auf dem Tisch im Odeon. Sie war wütend auf die Band gewesen, auf den vernünftigen Alex, auf den gleichgültigen Paul, auf den geschäftstüchtigen Conny, nicht auf Nordkorea. Am Ende war auch dieses Gespräch hier nicht viel anders als die paar Worte, die sie mit Sally im Aufzug gewechselt hatte, der sie in den Himmel über Manhattan brachte. Very exciting.

»Uns hatte man ja gar nicht eingeladen zu diesen Weltfestspielen«, sagte Nora. »Aber wir wären auch nicht gefahren. Es war zu viel passiert in dem Jahr. Ich wäre nicht gefahren.«

Zwei Tische weiter bekamen zwei Männer ihr Essen. Nora sah nur zwei gelbe Hügel, Pommesberge. Sie glaubte zu riechen, wie gut die schmeckten.

»Warum hat man euch nicht eingeladen?«, fragte Stewart.

»Wir galten als zu unangepasst«, sagte Nora.

Sie spürte, wie falsch das klang, obwohl es richtig war. Die Steine waren immer ein bisschen unberechenbar gewesen, und sie hatten den Preis dafür bezahlt. Manchmal wurde ein Lied nicht im Radio gespielt, ein Fernsehauftritt abgesagt, ihre erste Platte durfte nicht erscheinen. Sie waren bei den Funktionären nicht beliebt, aber sie wurden gebraucht. Sie wussten, dass sie gebraucht wurden, und sie spielten mit diesem Wissen. Nora war nicht nach Nordkorea gefahren, sondern in die Toskana, Westurlaub. 1988 hatte auch ihr Mann einen Reisepass bekommen, ein Entgegenkommen, um sie ruhig zu halten, im Lande zu halten. Ein Deal. Wie passte der in das Schlachtenbild von Stewart Miller? Siena? Sie und Carsten in der Mittagshitze auf irgendeiner Piazza, italienische Speisekarten studierend. Sie konnten sich nicht viel leisten, aber sie waren da. Der erste Wartburg-Tourist in Pisa. Die Männer dort drüben mussten ihre Hamburger mit beiden Händen halten, so mächtig waren die.

»Oder lass es mich so sagen: Wir waren zu wenig vorzeigbar. Das trifft es besser. Zu wenig vorzeigbar«, sagte Nora. Ihre kargen Worte, in Stewart Millers Artikel in der New York Times gestreut, würden selbstgerecht und unhistorisch klingen. Irgendeiner las es ja immer. Sie wäre eine Verräterin nicht nur an den beiden Bands, die nach Nordkorea gefahren waren, wie sie selbst dann zum Pressefest der »L'Humanité« nach Paris gefahren waren, sondern auch an der Zeit, in der sie gelebt hatte. Ihr Magen grummelte, irgendwo tief in ihrem Bauch löste sich eine große Luftblase und ploppte leise. Stewart verzog keine Miene. Er wartete. Sie erzählte ihm von den Weltfestspielen 1973 in Berlin, die sie als junges Mädchen erlebt hatte. All die fremden Stimmen und Farben, die Hitze und das erotische Knistern, ein Sommer der Liebe auf dem Alexanderplatz. Das schönste Ferienerlebnis einer Dreizehnjährigen, absurd und naiv. Sie plapperte, sie wollte Nordkorea irgendetwas Lebenswertes entgegensetzen, dem steinernen Gesicht von Kim Il Sung. Ihre Mutter hätte sich gefreut. Man zupfte dem kranken Löwen nicht am Bart.

»1973«, sagte Stewart Miller, zum ersten Mal etwas verwirrt. Er blätterte in seinem Recherchematerial, auf der Suche nach einem Ostberliner Sommer der Liebe.

Es war unmöglich für ihn, die kleinen Widerborstigkeiten, das Strampeln und Feilschen, das Geben und Nehmen zu durchschauen, dachte Nora, und vielleicht war es nicht wichtig, vielleicht brauchte man jemanden, der mit breitem Pinselstrich ihre Geschichte für die Nachwelt überlieferte. Sie konnte das nicht. Sie hatte Sehnsucht nach Menschen, die sie kannten, mit denen sie streiten konnte, ohne in riesige historische Zusammenhänge zu geraten. Sie hatte Sehnsucht nach zu Hause. Und Hunger. Sie hatte heute Vormittag nur ein paar schmale Scheiben von einem Käsestück geschnippelt, so wenig, dass es Kristina und Georg, die ausgeflogen waren, nicht merken würden. Dazu ein Schluck dieses dicken Orangensaftes und eine Scheibe Toast. Wie Schneewittchen bewegte sie sich durch die neue Welt, aß von fremden Tellerchen, schlief in fremden Bettchen, hoffte, dass die sieben Zwerge sich um sie kümmerten. Sie hatte eine weite Reise hinter sich, sie kam aus dem armen Teil der Welt, sie war eine verwunschene Prinzessin.

Nora kippte den letzten Rest Wasser in ihr Glas, trank es in einem Schluck und wartete darauf, dass ein Ober kam, um zu fragen, ob sie noch etwas wollten.

»Ist es nicht so, dass die Kunst in eurem Land zunehmend die Funktion übernahm, die in den westlichen Demokratien Zeitungen und Fernsehen wahrnahmen?«, fragte Stewart Miller.

»Das kann schon sein«, sagte Nora, aus den Augenwinkeln beobachtend, wie sich zwei Kellner im Halbdunkel der Bar miteinander unterhielten. Wahrscheinlich hatten sie sie bereits als Nichtesser abgeschrieben, Wassertrinker. »Unsere Zeitungen haben jedenfalls nicht das beschrieben, was im Land passierte, sondern eine Wunschwelt der Funktionäre. Jeder wusste, dass es nicht die Realität war. Auch die Journalisten.«

Stewart Miller nickte, Nora lächelte ins Halbdunkel. Vielleicht aß man um diese Zeit nicht. Stewart Miller jedenfalls schien keinen Hunger zu haben, oder er fand es unprofessionell, während der Arbeit zu essen. Es war vier Uhr nachmittags. Seit dem Truthahnsandwich bei ihrem Onkel Kurt hatte Nora nichts Richtiges mehr gegessen. Der Gedanke machte sich in ihrem Kopf breit. Sie konnte sich nicht vorstellen, warum sie eine halbe Tüte Chips in Brooklyn liegengelassen hatte.

»Kann Kunst funktionieren, die nur die Realität beschreibt?«, fragte Stewart Miller.

Sie würde einen Hamburger bestellen, dachte Nora, Pommes dazu, vielleicht ein Bier. Oder eines dieser dicken Sandwiches, die sie am Anfang des Gespräches am Nebentisch gesehen hatte. Zehn Zentimeter hoch, zusammengehalten mit einem kleinen Holzspieß. Speichel sammelte sich in ihrem Mund.

»Oder anders gefragt: Was bleibt von dieser Kunst in einer liberalen Gesellschaft mit freier Presse eigentlich übrig? Wer braucht sie?«

Stewart Miller sah sie mit offenem Blick an, zufrieden, eine Frage gefunden zu haben, auf die es ankam, nicht aggressiv, aber angriffslustig, gespannt auf einen Disput.

»Ich würde wirklich gern erst mal etwas essen«, sagte Nora und nickte dem Kellner zu, der sich langsam aus dem Halbdunkel der Bar löste.

»Natürlich«, sagte Stewart Miller und streichelte nervös seinen Schlips. Dann schaltete er den Kassettenrekorder aus. Sie bestellten Hamburger. »Du bist selbstverständlich eingeladen.« Nora dachte an die dicken, stark geschminkten Mädchen, die am S-Bahnhof Alexanderplatz auf ihre Westberliner Freier gewartet hatten, die ihnen Seife mitbrachten, Strumpfhosen und sie zu Eisbechern einluden. Riesige Eisbecher, die die Männer aus dem Westen nur Pfennige kosteten. Schneewittchen aus Lichtenberg, Prinzen aus dem Wedding. Stewart massierte seine Krawatte.

»Oh, danke«, sagte sie, als sei sie überrascht.

»Danke der Times«, sagte Stewart.

Sie erzählte, als wolle sie den Aufwand rechtfertigen, von einem Friedensfestival in Süddänemark, wo die Steine vor 40 000 Leuten gespielt hatten, und einer Tour an die Erdgastrasse im Ural. Konzerte vor Schlossern und Kraftfahrern, die seit Monaten keine Frau mehr gesehen hatten. Sie wollte, dass er einen Eindruck bekam von dem irren Leben einer Rockband im Sozialismus. Sie verkaufte ihm ihre Geschichte, wie die dicken, geschminkten Mädchen am Alexanderplatz ihre Körper verkauft hatten. Für ein Essen. Stewart nickte mitfühlend, sein Kassettenrekorder schlief. Nora sprach von ihrer Rockoper »Thälmannpark«, die sie in einem Kulturhaus der Nationalen Volksarmee aufgeführt hatten. Soldaten in fünfziger Stuhlreihen im Publikum, die Mützen auf den Knien.

»Folsom Prison Blues«, sagte Stewart Miller.

Sie nickte, ohne zu wissen, wovon er sprach. Dann kam das Essen.

Es tat gut, einfach nur zu essen. Nicht nur, weil sie hungrig war. Das Schweigen war angenehm. Sie dachte an die Frage, die ihr Stewart Miller gestellt hatte, bevor er seinen Kassettenrekorder ausmachte. Was blieb von ihnen übrig? Sie dachte an die Konzerte nach dem Mauerfall, auf denen die Leute die alten Songs gesungen hatten wie Schlager. Sie brauchte ein Lied. Die meisten Texte der letzten Platte hatte sie geschrieben. Sie waren ihr zugefallen, sie konnte kaum so schnell schreiben, wie die Strophen auftauchten. Aber die Platte war ein Jahr alt. Sie mochte sie nicht besonders. Nichts von all dem sagte sie. Sie redeten über das Konzert im Bowery Ballroom, über Seattle, Berlin und die staatliche Plattenfirma AMIGA. Stewart erzählte ihr von einem Konzert, das heute Abend in einem Club in der Lower East Side stattfand. Zwei hoffnungsvolle Bands aus New Jersey. Er konnte leider nicht hingehen, würde ihren Namen aber auf die Gästeliste setzen. Sie schaffte ihren Burger nicht und ließ auch die Hälfte der Pommes frites liegen. Es war alles zu viel für sie.

Stewart Miller bezahlte und verabschiedete sich, ohne seinen Rekorder wieder eingeschaltet zu haben. Offenbar waren alle Fragen beantwortet.

»Viel Glück«, sagte er zum Abschied und lief mit schnellen Schritten in den Nachmittag. Nora schaute ihm hinterher, bis er in einem Subwayeingang verschwand, ihre Geschichte mit in die New Yorker Unterwelt tragend.

Das Konzert am Abend wirkte wie der Schlussparagraph seines Kommentars zum kurzen Leben einer eingesperrten Kultur. Fünf Bands, die jeweils eine Dreiviertelstunde spielten. Nora war nicht in der Lage herauszuhören, welches die vielversprechenden Bands aus New Jersey waren. Sie waren alle gut, und sie waren alle jünger als sie. Sie verstand die Texte nicht, aber sie spürte die Energie. Nach ihren Sets verpackten die Musiker ihre Instrumente, tranken ein Bier, hörten der nächsten Band zu, verschwanden in der Nacht. Dünne Jungs mit flachen Brustkörben. Ruhelos und doch gelassen. Der Laden war nicht mal zur Hälfte gefüllt, wahrscheinlich spielten überall in der Stadt Bands. Die Welt war offen und groß und frei, Nora war jetzt ein Teil davon. Sie saß an der Bar, bis die letzte Gitarre verpackt war, und nippte in großen Abständen an ihrem Bier, das Zweidollarfünfzig kostete und dünn war wie Wasser.

Den Morgen des sechsten Tags ihrer New-York-Reise verbrachte Nora damit, ihren Rückflug nach Berlin um drei Wochen vorzuverlegen. Es war schwierig, weil die rumänische Fluglinie Tarom keine Dependance auf dem John F. Kennedy Airport betrieb. Nora führte mehrere längere Telefongespräche mit einer überforderten Frau aus dem Reisebüro am Alexanderplatz, den Zettel ignorierend, den ihr Kristina direkt neben den Telefonapparat gelegt hatte. »Nur für Local Calls!« Sie kaufte in einem Discountladen am südlichen Broadway eine Levi's für Carsten und in einem Baby Gap ein paar winzige rosafarbene Turnschuhe für Emma, die zweijährige Tochter von Paul, ihrem Bassgitarristen. Am Nachmittag lief sie einmal über die Brooklyn Bridge und wieder zurück, machte in der Mitte halt, schaute auf die Stadt wie auf eine Postkarte. Sie kaufte in einem Delikatessengeschäft zwei Flaschen italienischen Rotwein, die sie am Abend mit Kristina austrank. Georg war zu irgendeiner Fotomesse in Cleveland. Sie redeten über die alten Zeiten, sie lachten, und am Ende weinte Kristina, konnte gar nicht mehr aufhören zu weinen.

Den siebenten Tag ihrer Reise verbrachte Nora im Bett. Sie wachte spät auf und lauschte lange den Geräuschen der Stadt. Sie lag im Halbdunkel ihres Verlieses wie in einem Konzertsaal, eingehüllt in den symphonischen Lärm. Sie ahnte, dass er länger bei ihr bleiben würde als die Bilder. Sie frisierte sich die Haare wieder nach oben, packte ihren Koffer und legte nach einem kurzen Zögern den Jubiläumskatalog von

Taler's Department Store obenauf. Zum Abschied, am Nachmittag, hatte Kristina ihre Welten wieder getrennt. Sie stand geschäftsmäßig in ihrem Loft, das Gesicht gepanzert, eine kurze Umarmung, dann wandte sie sich der älteren Frau zu, die die japanische Tanzgruppe kommandierte.

Im Taxi dachte Nora bereits an Berlin. Die Stadt, die an den Fenstern vorbeiflog, surrte zu einer Erzählung zusammen. Die Glaspaläste Downtowns funkelten in der untergehenden Wintersonne wie eine Märchenwelt, eine Smaragdenstadt aus dem russischen Kinderbuch, das sie als Kind geliebt hatte. Ihre Version des »Wizard of Oz«. An der Spitze Manhattans tauchte das Taxi in den Battery-Tunnel. Tief unter dem Fluss, während die Scheinwerfer der entgegenkommenden Autos an ihrem Blick vorbeiwischten, glaubte Nora den Sinn ihrer Reise zu verstehen. Der Duftbaum, der unter dem Rückspiegel des Taxis baumelte, tappte beim Bremsen und Anfahren an die Windschutzscheibe. Eine kleine grüne Tanne, ein deutscher Baum, aber nicht ihrer. Ihr Baum war die Kiefer. Sie dachte an einen ersten Sommerferientag, das Wochenendhaus ihrer Eltern in Kallinchen, das Insektengesumme, Vogelgezwitscher, den Harzgeruch. Die Julisonne tanzte auf den Seen, mit jedem Schritt schaufelte sie sich Nadeln in die Jesuslatschen. Sie lag auf dem Waldboden, die Kienäppel drückten sich in ihre nackten Beine, die dünnen Stämme der Kiefern wuchsen in den Sommerhimmel. Eine Woche in Amerika, und sie hatte nur Deutsch gesprochen. Für einen Augenblick fügte sich ihre Welt zusammen, süß und schwer, Nora verstand, wer sie war. In diesem Moment ergab alles einen Sinn. Ein Lied. Endlich ein Lied.

Ich bin eine Kiefer im märkischen Sand.

Mich dürstet nach Wasser im trocknen Land.

So begann das Kiefernlied von Noras erster Solo-LP, die anderthalb Jahre später erscheinen würde, nachdem Nora sich von ihrer Band und ihrem Mann getrennt hatte. Ein paarmal lief das Lied im Radio, dann verschwand es. Die Platte würde in der fröhlichen deutschen Musiksee untergehen wie ein Stein.

Ein Blues, dachte Nora, während der grüne Duftbaum im Rhythmus der endlosen Bremsleuchten vor ihnen an die Windschutzscheibe des New Yorker Taxis tippte, natürlich ein Blues.

Am Vormittag des achten Tags ihrer Reise in die neue Welt – Nora saß auf einem harten Stuhl des verrauchten Bukarester Flughafens, wo sie fünf Stunden lang auf ihren Anschlussflug nach Berlin warten musste – trug ein New Yorker Postbote einen schmalen Briefumschlag in die Broome Street. Es war ein gepolsterter Umschlag, der drei Dinge enthielt. Eine signierte CD der Band Trashbag. Die Kopie eines zweispaltigen Essays der New York Times zur Rolle der osteuropäischen Kultur in den Zeiten des Umbruchs, in dem es zwei Absätze zu einer Ostberliner Rockband namens Steine gab, deren sympathische, sinnsuchende Sängerin der Autor in New York getroffen hatte. Und die Einladung zu einer kleinen Dinnerparty in Timothy S. Kleins Townhaus im West Village, wo er seinen 44. Geburtstag feierte. »Ich würde mich sehr freuen, wenn Du kommst, Nora. Tim«, hatte der Gastgeber mit einem Füllfederhalter unter die vorgedruckte Einladung geschrieben.

Der Postbote brauchte eine Weile, bis er die Hausnummer des alten Fabrikgebäudes in der Broome Street gefunden hatte. Es gab drei Briefkästen, aber keiner trug den Namen Nora Schwarz, der auf dem Kuvert stand. Er überlegte, ob er den Brief einfach in einen anderen Schlitz stecken sollte, aber er war ein junger Postbote, erst vier Tage im Amt, er wollte keine Fehler machen. Der Brief war schwer und so ordentlich beschriftet, als sei er dem Absender wirklich wichtig. Er steckte ihn zurück in seine Postbotentasche.

Return to sender.

Geheime Liebe
Alex, die späten Achtziger

Die Männer hatten sich Alex zunächst als Kriminalisten vorgestellt, die dabei waren, einen internationalen Schmugglerring zu knacken. Das hatte ihn interessiert, aber die Legende wäre nicht nötig gewesen. Alexander Barthels war von der Notwendigkeit eines ostdeutschen Geheimdienstes überzeugt. Er hatte als Kind vier Jahre in Pjöngjang gelebt und später noch einmal drei Jahre in China. Sein Vater war Kulturattaché im DDR-Außenministerium gewesen, Alexander war mit Staatssicherheitsleuten groß geworden, und sie waren nicht die schlechtesten Menschen, die er in diesen Jahren kennengelernt hatte. Sie erschienen ihm oft stiller, sachlicher und pragmatischer als die anderen Funktionäre. Das gefiel Alex, denn er war selbst still, sachlich und pragmatisch.

Die Männer waren in seinem Alter, wirkten aber älter, was an ihren Windjacken lag, den Haarschnitten und den ernsthaften Gesichtern. Einer hieß Bernd, einer Frank. Es waren sicher nicht ihre richtigen Namen, aber sie passten. Frank und Bernd. Sie hatten sich zum ersten Mal in einem Café getroffen, das sich im Erdgeschoss dieses zwanzigstöckigen Wohnturms am Franz-Mehring-Platz befand. Sie saßen im Séparée ganz hinten, ziemlich verdruckst. An den anderen Tischen alte Frauen, die ihre Hüte nicht abnahmen, obwohl es sehr warm war. Er hatte die Erleichterung in den Gesichtern der Männer gesehen, als er nicht aufstand und ging, nachdem sie sich als Stasimitarbeiter zu erkennen gegeben hatten. Sie wirkten gleich jünger, entspannter. Vermutlich auch kein leichtes Leben, das sie da führten.

Es war um die zweite Westreise der Steine gegangen, ein Konzert auf einem Stadtfest in Köln. Sie wollten wissen, wer sich ihnen da näherte, ob es Abwerbungsversuche gab und so weiter. Er hatte ihnen später in irgendeinem anderen Café einen Bericht geliefert, mündlich. Es war nichts passiert in Köln. Sie hatten auf einer kleinen Bühne gespielt, irgendwo in der Südstadt. Ein paar Gewerkschaftsredner, drei lokale Bands, die Zuschauer waren erschienen, wie man zu so einem kleinen Wohngebietsfest eben erscheint. Luftballons, Bratwürste, ein bisschen gucken. Niemand war gekommen, um sich die Steine anzuhören. Anschließend ein paar Bier, die der Veranstalter spendierte, wer immer der Veranstalter war. Er wusste es gar nicht. Sie hatten in einer Jugendherberge am Stadtrand geschlafen. Axel, Vonnie, Conny, Paul und er in einem Zimmer. Nora hatte mit ein paar Studentinnen in einem anderen gelegen. Am nächsten Tag waren sie durch ein paar Geschäfte gezogen. Eine Fußgängerzone in der Kölner Innenstadt, Jeans, T-Shirts, ein paar Platten, ein paar Comichefte. Das meiste Geld sparten sie sowieso für Instrumente und Technik, zu Hause war das Westgeld, so seltsam das klang, viel mehr wert als hier. Die Details verschwieg er den beiden Männern natürlich. Es ging ihm darum, sie zu beruhigen. Irgendeiner musste das machen, und irgendeiner würde es machen. Es war ihm lieber, dass es jemand war wie er. Jemand ohne Angst, jemand ohne Vorurteile. Nora war viel zu aufbrausend für so eine Aufgabe, den anderen Bandmitgliedern fehlte die Phantasie und die Kompetenz, sie hatten gar keine Sprache für diese Art von Gesprächen. Es war ein Geben und Nehmen. Friedliche Koexistenz.

Er versuchte den beiden Männern klarzumachen, dass so eine Westreise keine große Sache war. Alles ganz unspektakulär. Die Kölner Fußgängerzone sah auch nicht viel anders aus als die in Potsdam oder Neubrandenburg. Niemand »näherte« sich einer Ostberliner Band, das war doch Unsinn. Er spürte eine leichte Enttäuschung bei den Männern, als er seine Berichte ablieferte. Sicher hatten sie sich das Leben einer Rockband etwas glamouröser vorgestellt. Aber da konnte er ihnen nicht helfen.

Er erzählte ihnen nichts von dem Grau, das ihn eingehüllt hatte wie ein Fangnetz, als sie mit dem Bus zurück in den Osten rollten. Alle Farben waren der Landschaft schlagartig entzogen worden, so als fahre man in einen Sandsturm. Eine Reise in die Nacht und doch eine Reise in die Heimat. Ein Gefühl, als betrete man nach langer Zeit das enge, muffige Wohnzimmer seiner Großeltern, das man größer und lichter in Erinnerung gehabt hatte. Vertraut und fremd zugleich. Davon hatte er den Männern nicht berichtet, es hätte sie, so sah es Alex, überfordert.

Er sprach mit ihnen, um die Freiräume der Steine zu erhalten. Sie wollten ja weiterhin in den Westen reisen, ohne den

Osten zu verlassen. Er war der Vermittler. Es war eine diplomatische Mission, wenn man so wollte, und damit kannte er sich aus.

Ab dem dritten oder vierten Treffen kam Frank allein. Es erschien Alex folgerichtig, weil es eine gewisse Normalität signalisierte. Die leichte Verhörsituation der ersten Treffen verschwand, es waren nun Gespräche auf Augenhöhe. Außerdem mochte er Frank lieber als Bernd. Er wirkte weicher, nicht so getrieben wie sein Kollege. Zu einem ihrer Treffen brachte Frank »Thälmannpark« mit, die Live-Platte ihres Rockspektakels. Er bat Alex, sie zu signieren, er war regelrecht verlegen. Frank mochte die Steine. Er mochte auch die Rolling Stones, was natürlich kein Zufall war, sie waren ja alle Fans der Stones. In dieser Phase, Mitte der Achtziger, hörte es man ihren Songs auch ziemlich deutlich an. Die Riffs, das Ulalala und das Uh Uh Uh, das Treibende und Dreckige waren natürlich deutlich von ihren Vorbildern inspiriert. »Beggars Banquet« war Franks Lieblingsalbum, gefolgt von »Some Girls«. Das konnte Alex unterschreiben. Konnte es eine Ostberliner Version der Stones geben? Was war unser »Sympathy for the devil«, was unser »Beast of Burden«? Darüber redeten sie. Alex nahm Franks Platte mit zu einer Probe und ließ sie auch von den anderen Bandmitgliedern signieren.

»Für einen Fan«, sagte er.

»Wie heißt er denn?«, fragte Nora.

»Frank«, sagte er.

»Für Franky«, schrieb Nora. Das war typisch Nora. Die Dinge konkret halten.

Frank schaute irritiert auf die Platte, als Alex sie ihm später zurückgab. Sie war einem Mann gewidmet, den es nicht gab. Später bat er Alex, sich selbst einen Tarnnamen auszudenken. Alex zögerte einen Moment, weil es ihrer Beziehung einen so offiziellen Anstrich gab, andererseits war es wohl notwendig. Er entschied sich für Brian, aus naheliegenden Gründen. Wegen Brian Jones.

Einmal träumte er, wie Frank auf einer Bandprobe erschien, die Platte unterm Arm. Er sagte Nora, dass er nicht Frank heiße. Nora fragte, wie er denn heiße. Er schwieg und sah Alex an. Auch Nora sah ihn an, die ganze Band sah ihn an. Aber er wusste den Namen ja auch nicht. Der Traum hatte Alex ein paar Tage verfolgt. Aber in der Regel schlief er gut.

Es gab Zeiten, in denen sie sich monatelang nicht sahen. Dann rief Frank wieder an. Alex spürte anfangs immer einen leichten Widerwillen, und wenn er die Cafés betrat, in denen sie sich verabredeten, fühlte er sich unwohl, wie ein Ehebrecher. Aber das verschwand in den Séparées nach ein paar Minuten, wenn er in Franks weiches, staunendes Gesicht sah. Die steife Windjacke, der unvorteilhafte Haarschnitt, die gebügelten Wisent-Jeans, das alles flößte ihm Vertrauen ein. In der Gegenwart dieses uneitlen Mannes entspannte sich Alex, der in einer eitlen Welt lebte, schnell. Es gab keine Konkurrenz, keinen Wettbewerb zwischen ihnen. Sie hätten alte Schulfreunde sein können, die verschiedene Wege eingeschlagen hatten. Sie tauschten sich über die Lage im Land aus. Frank schien die Sorgen zu teilen, die Alex hatte. Er war unzufrieden mit der Lage im Land. Alles stand still, fiel auseinander, keine Visionen mehr, nur noch Losungen. Sie arbeiteten an der gleichen Aufgabe, mit verschiedenen Mitteln. Wie seine Kollegen in Peking und Pjöngjang wirkte auch Frank ernsthafter, sachlicher und pragmatischer als die Schwätzer, die Alex in den anderen Behörden traf, die Kulturfunktionäre, die Fernsehredakteure, die Berufsjugendlichen.

Im März 1987 rief Alex zum ersten Mal die Kontaktnummer an, die Frank ihm hinterlassen hatte. Bei der Ausreise zu einem Konzert in Westberlin hatten sie Axel, ihren Schlagzeuger, festgehalten. Niemand wusste warum. Axel hatte die ganze Nacht in einem Untersuchungsgefängnis gesessen. Sie hatten das Konzert mit einem anderen Schlagzeuger spielen müssen. Zwei Tage später war Axel aus der Haft entlassen worden. Sie hatten ihm nicht gesagt, was sie ihm vorwarfen, aber sie entzogen ihm die Reisegenehmigung. Das war schlecht für die Band, die im Herbst zu einer kleinen Tournee in die Schweiz eingeladen worden war. Es gab Gesprächsbedarf.

Frank schien von der ganzen Sache nichts zu wissen, war aber bereit, sich sofort mit Alex zu treffen. Er erzählte etwas von verschiedenen Abteilungen, unvorstellbarer Bürokratie, einer Hand, die nicht wisse, was die andere tat, er klang wirklich ahnungslos. Alex versicherte ihm, wie zuverlässig Axel sei, obwohl sie seit Monaten Probleme mit ihrem Schlagzeuger hatten, der zu viel trank. Aber das ging die Staatssicherheit nichts an. Sie waren ein Geheimdienst, keine Trinkerheilanstalt. Frank versprach, sich um die Angelegenheit zu kümmern.

Er stach, so sah es aus, in ein Wespennest. Zu ihrem nächsten Treffen brachte Frank wieder seinen Kollegen Bernd mit.

Alex hätte ihn nicht mehr erkannt. Es hätte durchaus ein anderer Mann sein können. Er nannte sich Bernd, es spielte auch keine Rolle. Die beiden Männer hatten sorgenvolle Mienen. Bernd erzählte, dass sich Axel bei einem früheren Konzert in Oberhausen mit einer westdeutschen Band getroffen habe, die einen Schlagzeuger suchte.

»Ich frage mich, warum wir das nicht wussten«, sagte Bernd.

»Sie wissen es doch offenbar«, sagte Alex.

»Aber nicht von Ihnen«, sagte Bernd, eine erschreckende Schärfe in der Stimme. Alex begriff, dass es ihnen nicht um seine Informationen ging, sondern um seine Seele. Er spürte den Druck, er spürte, wozu sie in der Lage waren, er spürte das Wesen des Geheimdienstes, das allumfassende Misstrauen. Viele Jahre später erkannte er, dass dies der Moment gewesen wäre, aufzustehen und zu gehen. Da allerdings befand er sich bereits in einer anderen Gesellschaftsordnung. In dieser hier blieb er sitzen, um die Dinge geradezurücken, denn das war seine Aufgabe, seine diplomatische Mission. Je ernster die Lage war, desto mehr wurde er gebraucht. Der Dialog durfte nicht abreißen. Er rückte die Dinge gerade. Er verteidigte Axel, um der Band willen. Er legte die Hand für seinen Schlagzeuger ins Feuer. Frank nickte, aber Bernd schaute ihn an wie ein Fisch. Es war ein kurzes Treffen, am Ende hatte Alex den Eindruck, dass Bernd seinen Kollegen Frank genauso zur Ordnung rufen sollte wie ihn.

Axel bekam seine Reisegenehmigung nicht wieder. Die Band trennte sich wenig später von ihm, weil er sein Alkoholproblem nicht in den Griff bekam. Zumindest war das der

Grund, den sie ihm nannten. Alex war nicht in der Lage, ihren Schlagzeuger mit den Vorwürfen zu konfrontieren, die ihm die Staatssicherheit machte. Er hatte sich verpflichtet, mit niemandem über seine Kontakte zu reden. Er hatte im Rahmen seiner Möglichkeiten für ihren Trommler gekämpft. Das eine hatte nichts mit dem anderen zu tun. Die Welten waren getrennt. Sie ließen Axel gehen, weil er trank. Davon war Alex überzeugt. Conny überbrachte die Nachricht. Jeder hatte seine Aufgaben. Der neue Schlagzeuger hieß Uli und kam von Faktisch, einer Band aus Rostock.

Frank erschien wieder allein zu ihren Treffen. Aber er hatte sich verändert. Er wirkte niedergeschlagen, grau, älter. Zunächst dachte Alex, seine Vorgesetzten hätten, nach der Sache mit Axel, das Vertrauen in ihn verloren. Frank ging darauf nicht ein. Er habe privaten Ärger, sagte er. Seine Frau hatte eine Affäre mit einem Kollegen begonnen. Zumindest vermute er das. Er konnte nicht mit ihr darüber reden, niemand redete darüber, auch der Kollege nicht. Es war das Wesen ihrer Existenz. Alex erfuhr, dass sie alle zusammen in einem Wohnblock lebten. Ein zehngeschossiges Haus, unmittelbar neben ihrer Arbeitsstelle. Die Ehefrau arbeitete als Sekretärin irgendwo in dem Komplex, den sich Alex vorstellte wie ein riesiges Labyrinth. Ein geschlossenes System. Es gab kein Entkommen, alles dort erinnerte Frank an die Frau, die er verlor. Jedes Gesicht, jeder Schritt. Es musste die Hölle sein.

Franks Unglück brachte die beiden Männer zusammen, denn auch Alex hatte Liebeskummer.

Es war der Herbst 1988. Im Sommer hatte Alex begriffen,

dass Nora, ausgerechnet Nora, die Liebe seines Lebens war. Er hatte es genau in dem Moment begriffen, als er sie verlor. Sie war durch eine Lücke zwischen zwei Backsteinmauern in eine andere Welt getreten, unerreichbar für ihn. Während die Verhältnisse im Land immer bedrückender wurden, redeteten Frank und Alex, die doch zusammengekommen waren, um die Gesellschaft zu verändern, über Frauen.

Alex hatte vier Jahre zuvor das erste Mal mit Nora geschlafen. Er schrieb die Lieder, die sie sang. Sie hatten sich jahrelang gestritten. Es war nur eine Frage der Zeit gewesen. Er hatte es gewusst, sie hatte es gewusst, nach einem Konzert in Weimar war es dann passiert. Sie hatten länger als die anderen an der Hotelbar gesessen. Zusammen im Fahrstuhl, dieselbe Etage. Es hatte sich ergeben. Nora hatte als Frau ja immer ein Einzelzimmer. Es war Februar gewesen, es hatte geschneit in der Nacht. Sie standen nackt am Fenster und sahen in einen kleinen Park, nachts um vier. Mehr als an den Sex erinnerte er sich an den Schnee. Die Unschuld. Sie standen am Fenster, sahen hinaus, planlos, sorgenlos. Nur der Augenblick zählte.

Sie schliefen dann noch ein paarmal zusammen, im Frühsommer, als sie auf einer Ostseetour waren. Greifswald, Göhren, Ahlbeck, Binz, Kühlungsborn. Sie ließen sich nichts anmerken. Nora lebte ja mit Carsten zusammen, er mit Andrea. Keine Schwüre, kein Händehalten, keine Pläne. Vielleicht veränderte es die Atmosphäre in der Band ein wenig, so eine Band war ein sehr fragiles Gebilde. Jedenfalls sprachen sie nicht darüber, niemand machte Andeutungen.

Irgendwann, es war Sommer geworden und dann Herbst,

sie arbeiteten an »Weißenseer Wölfe«, brachte Nora einen Text mit. Er hieß »Winter«, ein Liebeslied. Alex las es als Erinnerung an ihre Nacht in Weimar. Die Band wollte den Text nicht, Paul sagte, es sei ein Schlagertext. Nora war den Tränen nah, sie sah Alex an, aber er fühlte sich nicht in der Lage, für sie zu kämpfen. Es war wirklich kein Text, der zu ihnen passte. Ihre Liebeslieder waren ironisch. Das sagte er nicht, weil er mehr wusste als die anderen. Er schwieg einfach und hoffte, dass sie ihn verstand.

Aber es war natürlich schwer für sie. Sie bemühte sich um einen Platz in der Band. Sie wollte nicht nur Sängerin sein. In einer Rauchpause vor dem Studio berührte er ihre Hand, aber sie zog sie zurück. Alex glaubte, dass es besser so war. Ein Ende mit Schrecken statt ein Schrecken ohne Ende. Sie hatten ja keine Zukunft, nicht in der Band. Er dachte daran, eine Melodie zu ihrem Text zu schreiben. Als Trost. Er bat sie um den Text, aber sie gab ihn nicht mehr heraus.

Im nächsten Frühjahr heiratete Nora Carsten, der gerade mit seinem Zahnarztstudium fertig geworden war. Die beiden bezogen eine kleine Wohnung in den Neubauten am Platz der Akademie. Es war ein ziemliches Privileg, dort zu wohnen, wahrscheinlich hatten Noras Eltern nachgeholfen. Nora hasste ihre Eltern, aber nutzte deren Beziehungen, wenn sie nicht weiterkam. So war sie. Unterm Dach wohnte ein berühmter Opernsänger, im fünften Stock ein Volksmusikduo, das eine eigene Fernsehsendung hatte. Axel, ihr Schlagzeuger, sagte, dass es nicht zu ihnen passte, zur Band. Wasser predigen, Wein saufen. Nora schüttelte das ab. Wenn die anderen dort wohnten, konnte sie das schon lange. Es war keine große Wohnung. Sie nahm sich, was sie bekommen konnte. So war sie. Alex verstand sie beide, Axel und auch Nora. Er mischte sich nicht ein. Im Herbst schrieb er ein kleines Liebeslied im Gedenken an die Winternacht in Weimar. Er zeigte es niemandem. Es passte nicht zum Image der Band.

Im Winter trennte sich seine Freundin Andrea von ihm. Sie hatte keinen neuen Freund, sie konnte nur nicht mehr mit ihm leben. Er sei nicht bei ihr. Das waren ihre Worte. Er wehrte sich nicht, denn sie hatte recht. Es gab kaum noch etwas, was sie verband. Sie verstand ihn nicht. Nahm er sie mit zur Band, sorgte er sich vor allem darum, dass sie keinen Unsinn erzählte. Bislang war jede seiner Beziehungen so zu Ende gegangen, ausgelaufen. Er zog in eine Zweizimmerwohnung in der Marienburger Straße, die ihm die Mitarbeiterin auf dem Wohnungsamt ohne Zögern zuwies. Lächelnd schob ihm die Frau die Adresse über den Schalter, sie hatte ihn erkannt. Ein kleines Privileg. Die Wohnung hatte in der Küche und im Wohnzimmer sogar Gasheizung. Alex kaufte sich im Möbelladen am Spittelmarkt eine Liege und stellte sie in das größere der beiden Zimmer. Sie sah verloren aus, aber nach der vollgestopften Wohnung, die er mit Andrea geteilt hatte, genoss Alex den Freiraum. Er war ja ohnehin selten zu Hause.

Im Frühjahr spielten die Steine sechs Konzerte an der Erdgastrasse im Ural. Sie flogen nach Moskau, fuhren mit dem Zug nach Perm, wo sie ein Bus abholte und in die Wälder brachte. Dort kam er Nora wieder näher.

Es war die Fremde, vermutlich war es die Fremde. Überall Schlamm, Bäume, riesige Rohrleitungen und Lichtungen, auf denen kleine Wohnviertel herumstanden wie Forschungsstationen auf dem Mars. Mücken. Und streunende Hunde. Sie spielten in Baracken vor bärtigen Männern, die sie betrunken feierten wie ein Rettungsteam. Sie waren so weit weg von zu Hause. Die Band ließ sich in der Wildnis gehen. Manchmal tranken sie schon zum Frühstück Bier. Nora war nicht glücklich, er war allein. Ihre Herkunft, so dachte Alex, verband sie. Sie entstammten ostdeutschen Königsfamilien. In Noras Raum standen zwei Doppelstockbetten, in der dritten Nacht zog sie ihn mit in den Raum. Sie krabbelten in das untere Bett neben der Tür, die Enge, die Geräusche, ein Ferienlagergefühl. Er hörte Noras Atem, während er noch wachlag, er fühlte, dass sie allein waren auf diesem fremden Planeten. Das letzte Paar oder das erste.

Die Nacht war nicht von frischem Schnee erhellt, sondern von Bauscheinwerfern. Vor den Fenstern summten Grillen und Notstromaggregate.

Als er nach zwei Wochen die Tür zu seiner leeren Wohnung in der Marienburger Straße aufschloss, vermisste er Nora. Er hatte die Fremde mit nach Hause getragen. In der Nacht hörte er die Grillen des Urals singen. Alex dachte daran, ihr sein Winterlied zu schicken, aber es wirkte inzwischen seltsam verstaubt, so als habe er es einst für eine andere Frau geschrieben. Nora hatte angefangen, Texte zu schreiben, die zur Band passten. Harte Texte. Ihre Liebeslieder hatten jetzt die Ironie, die man von den Steinen erwartete. Immer neue Texte brachte Nora an, sie redete jetzt auch bei den Arrangements mit. Mehr als die Hälfte der Texte auf der neuen Platte stammten von ihr. Auch der Titelsong

»Toastbrot und Spiele«. Ihre Unabhängigkeit schmerzte ihn. Sie erstritt sich ihren Platz in der Band, auch gegen ihn, vor allem gegen ihn. Alex waren einige der Texte zu wütend.

Zu zerstörerisch, sagte er. So seien sie auch gemeint, sagte sie.

Zu ihrem Text »Wartesaal«, dem hoffnungslosesten von allen, schrieb Vonnie, ihr Keyboarder, eine Popmelodie. Es war Alex' Vorschlag gewesen, er wollte der Niedergeschlagenheit etwas entgegensetzen. Es funktionierte erstaunlich gut. Ein bittersüßer Song. Bittersüß wie die Zeit.

Schon im Kindergarten
ham wir gelernt zu warten
zu warten, zu warten
schon im Kindergarten
Wir warten auf Reisen
Wir warten auf Speisen
Susanne und Hagen
warten auf'n Wagen
Peter und Sabine
warten auf ne Waschmaschine
Wir warten nicht auf London und nicht auf Paris
Wir warten auf ein kleines Paradies
Später dann im Schrebergarten
macht's uns Spaß zu warten
Das Licht geht aus, der Kopf wird kahl
Im Wartesaal, im Wartesaal

Manchmal versuchte er mit einer Andeutung, ihre Ferienlagernächte an der Erdgastrasse heraufzubeschwören, aber Nora ging nicht darauf ein. Nora bewunderte ihn nicht mehr, sie hatte sich nur die Zeit mit ihm vertrieben. Sie hatte ihn sich ins Bett geholt wie ein Kuscheltier.

Er kaufte sich im Möbelladen am Spittelmarkt einen Tisch, zwei Stühle, ein hellbraunes Kunstledersofa und eine halbhohe weiße Schrankwand, die er mit Büchern und Platten füllte, die er aus Andreas Wohnung holte. Andrea sah ihn teilnahmslos an, als er die Sachen zusammensuchte. Es war bereits ein neuer Mann in ihrer Wohnung, Uwe. Aus den Augenwinkeln registrierte Alex die frisch gestrichene Küche, ein neues Kofferradio auf dem Fensterbrett, ein neues Leben. Uwe half ihm, die Kisten zum Auto zu tragen. Alex sortierte Bücher und Platten alphabetisch in seine neuen Regale, nach Autorennamen, er liebte Ordnung. Er bohrte sechs Löcher in die Wohnzimmerwand, schraubte Haken hinein und hängte seine Gitarren auf. Manchmal bekam er einen Schreck, wenn er nachts das Zimmer betrat und sie dort hängen sah. So tot.

Im Juli, auf dem traditionellen Sommerfest ihres Managers Conny in Hallgow, sah er Nora mit ihrem Bassgitarristen Paul in der Lücke zwischen Scheune und Stall verschwinden. Alex saß mit den anderen am Lagerfeuer, das in der Mitte des Vierseitenhofes brannte. Nora und Paul lösten sich im Dunkel zwischen den Backsteinmauern auf. Die anderen merkten nichts, es waren so viele Leute da. Connys Sommerfeste waren legendär, die halbe Rockszene feierte hier. Sie saßen am Lagerfeuer und sangen und tranken, redeten und fummelten. Alex aber stoppte in all dem trunkenen Gewimmel die Zeit, kühlen Blutes. Nora kam nach vierunddreißig Minuten ans Feuer zurück. Paul folgte fünf Minuten später. Alex lächelte sie an, wissend. Nora lächelte zurück, spöttisch. Sie hatte das Bandmitglied gewechselt. Sie tröstete sich nun mit dem Bass. Sie nahm sich, was sie wollte. So war sie. Alex zerriss es das Herz, aber er hatte nicht das Recht, das auch zu zeigen. Er hatte kein Recht auf Nora. Er betrank sich und schlief im Morgengrauen mit einem Groupie in Connys Scheune. Das Mädchen bewunderte ihn, denn er war der beste Gitarrist im Land. Sie wollte Journalistin werden, sagte sie und stellte ihm, bevor er einschlief, ein paar Fragen. Ihr Interesse lullte ihn ein wie ein Gutenachtlied. Am späten Morgen schlenderte er lächelnd aus der Scheune, sich in den Hüften wiegend wie ein Cowboy.

Nora und Paul blieben ein Paar. Paul bemühte sich nicht um die Diskretion, die Alex gezeigt hatte. Bei Konzertreisen übernachtete Paul regelmäßig in Noras Hotelzimmer. Manchmal machte Uli beim Frühstück, wenn alle auf Nora und Paul warteten, eine dreckige Bemerkung, Alex ging nicht darauf ein. Es war alles, was er tun konnte. Schweigen. Wenn er die Augen schloss, sah er die Liebe seines Lebens zwischen zwei Backsteinmauern in der Dunkelheit verschwinden, uneinholbar. Sie hatte sein Leben durch die Lücke eines Vierseitenhofes verlassen.

Der Einzige, mit dem er über seine Gefühle redete, war Frank. Geteiltes Leid war halbes Leid. Es stellte sich heraus, dass ihr Verhältnis ihnen einen merkwürdigen Schutzraum gab. Der Rockmusiker und der Staatssicherheitsbeamte. Niemand würde sich vorstellen können, dass sie eine gemeinsame Sprache finden könnten. Weder in der Welt der Rockmusik noch in der Welt der Geheimdienste.

In ihren Gesprächen verschmolz der Bassgitarrist Paul mit

dem Mitarbeiter aus der Abteilung Aufklärung, mit dem Franks Frau eine Affäre hatte. Zwei Männer mit Vorzügen, die sie sich nicht erklären konnten. Frank nannte seinen Nebenbuhler Tobias Walther, und Alex glaubte nicht, dass das noch ein Tarnname war. Frank achtete nicht mehr auf das Protokoll. Er hatte sein Visier fallen lassen. Tobias Walther war zehn Jahre älter als Frank, er war dick, glatzköpfig und verheiratet. Frank hatte keine Ahnung, was Marion, auch das wohl der richtige Name seiner Frau, bei diesem Mann suchte. Ebenso rätselhaft war Noras Verhältnis mit Paul. Paul war spindeldünn, er färbte sich die Haare tiefschwarz und schwieg meistens, wenn sie über Songs stritten oder über Politik. Er war ein Mitläufer, ein typischer Bassspieler.

»Manchmal trägt er Strumpfhalter auf der Bühne«, sagte Alex.

»Strumpfhalter?«, fragte Frank.

»Strapse«, sagte Alex.

»Na, dann weißt du doch, was sie an dir vermisst hat«, sagte Frank. Er lachte, bis ihm die Tränen kamen. Er konnte überhaupt nicht mehr aufhören zu lachen.

»Tobias Walther hat Haare auf dem Rücken«, sagte er irgendwann, das Gesicht tränennass. »Sie quellen hinten am Nacken aus seinem Kragen.«

»Ein Teufel«, sagte Alex. »Sie hat einen Pakt mit dem Teufel.«

»Sympathy for the Devil«, sagte Frank und schaute so leidenschaftlich und fiebrig, als habe er das Welträtsel geknackt.

Irgendwann zwischen Herbst und Winter schlief Noras

Verhältnis mit Paul ein. Auf Reisen übernachtete Paul wieder bei den Männern. Sie reagierten darauf so selbstverständlich, als sei er aus einem Urlaub zurückgekehrt. Paul wirkte nicht geknickt, er redete jetzt mehr über seine kleine Tochter Emma. Sie lernte gerade laufen, er hatte immer ein paar Fotos in seiner Brieftasche. Nora dagegen sprach inzwischen vor allem über die Lage im Land. Irgendein Chefarzt aus ihrem Wohnhaus am Platz der Akademie war bei einer Urlaubsreise im Westen geblieben. Sie sprach darüber, als habe sich die Erde bewegt. Jeder kannte solche Geschichten, aber sie schienen sich in der Tat zu häufen. Ihr Song »Wartesaal«, der wegen Vonnies Popmelodie von ihrer Plattenfirma als Hitsingle ausgewählt worden war, durfte nicht mehr im Radio gespielt werden. Im Frühling, zu den Wahlen, beteiligte sich Nora an irgendwelchen Bürgerkomitees. Sie redeten bei den Proben nun mehr über Wahlbetrug und über das Verbot von »Wartesaal« als über neue Songs.

Als Alex das anmerkte, schrie Nora: »In welcher Welt lebst du eigentlich, Alexander?«

Die anderen schauten betreten nach unten. Alex fühlte sich, als habe er ein kostbares Glas fallen gelassen. Wie ein unartiges Kind. Alexander hatte ihn seine Mutter immer nur genannt, wenn sie wütend auf ihn war.

»Wir sind Rockmusiker, Nora, keine Politiker«, sagte er.

Sie schüttelte nur den Kopf.

In ihren Konzerten sangen die Leute im Publikum »Wartesaal« mit wie eine Hymne. Nora hatte die Ohnmacht des Landes in Worte gefasst. Sie stand auf der Bühne und sah triumphierend in den Saal.

Zu Warten, zu warten
Schon im Kindergarten
Ham wir gelernt zu warten

Paul hatte keine Lücke in Noras Leben hinterlassen, die Alex hätte füllen können.

Auch Franks Verhältnisse waren nicht mehr zu reparieren. Seine Frau hatte die Scheidung eingereicht. Die Frühjahrsferien hatte sie mit Tobias Walther und den Kindern in einem Ferienheim im Vogtland verbracht. Sie hatten ihm eine Postkarte geschickt, unterschrieben von allen, auch von Tobias Walther. Frank zeigte ihm die Karte, die völlig zerknittert war, so als habe er sie mehrfach zusammengeknüllt und dann wieder glattgestrichen. Alex sah sie an, wusste nicht, was er dazu sagen sollte. Vorn ein holzverkleideter Ferienheimbau, ein paar Bäume und der Schriftzug »Grüße aus dem Vogtland«, hinten ein paar leere, aufgeräumte Worte. Das Wetter ist gut. Wie ist das Wetter bei Dir?

Sie trafen sich am späten Nachmittag, manchmal auch abends, oft schien Frank bereits etwas getrunken zu haben, wenn er kam. Er hatte auch angefangen zu rauchen, oder er rauchte nun in Alex' Gegenwart. Frank wirkte haltlos, und Alex konnte das verstehen. Die Frau war weg, das Land fiel auseinander. In den großen gesellschaftlichen Stürmen gingen die privaten unter. Alex stellte sich vor, dass die Geheimdienstler wie Ameisen in ihrem riesigen Bau herumwimmelten, orientierungslos, aber emsig, zwischendrin der einsame, reglose Frank. Eine zerzauste, angeschlagene Arbeitsameise. Franks Windjacke war zerknautscht und fleckig, die Haare zu lang, er erschien unrasiert, dunkle Beutel unter den Augen. Wenn er trank, verschwamm die Verzweiflung über seine verlorene Liebe mit den verlorenen Illusionen von einer besseren Gesellschaft. Er schien sich dann eine Revolution herbeizuwünschen, weil die auch den haarigen Tobias Walther mit in den Abgrund reißen würde.

Im Frühsommer fuhr Nora mit ihrem Mann Carsten in die Toskana. Alex fragte sich, ob sie das ihren neuen Freunden in den Bürgerkomitees mitteilte. Sagte aber nichts. Niemand in der Band sagte etwas. Sie hatten ja alle Reisepässe, und Axel, ihr Schlagzeuger, der Einzige, der sich gegen Noras Selbstgerechtigkeit aufgelehnt hatte, war nicht mehr dabei. Niemand legte sich mit Nora an, deren Zorn grenzenlos geworden war. Auch mit Frank redete Alex nicht über Noras Italienreise. Er hatte nicht mehr das Gefühl, dass Frank damit umgehen konnte. Der Sicherheitsmann war zu einem Sicherheitsrisiko geworden. Zum ersten Mal hatte Alex den Eindruck, dass seine Worte in ein Getriebe fielen, das er nicht kontrollieren konnte. Frank war nicht mehr sachlich, still und pragmatisch, und das verstörte Alex.

Es war Zeit, aufzustehen und den Tisch zu verlassen.

Ihr letztes Treffen fand in einer Kneipe in der Pfarrstraße statt, einer finsteren Gegend, in der Exhäftlinge aus dem Rummelsburger Gefängnis Wohnungen zugewiesen bekamen. Frank hatte die Kneipe vorgeschlagen, vielleicht, weil er aus einem letzten professionellen Impuls heraus verstand, dass er hier am wenigsten auffiel. Es funktionierte, Alex hätte ihn in dem verrauchten, dunklen Raum zwischen all den verlorenen Gestalten fast nicht gefunden. Er saß an einem kleinen Tisch neben den Klos, bärtig, mit verfilztem

Haar, den Blick nach innen, vor ihm ein fast leeres Bierglas, nullfünf. Alex wischte instinktiv mit der Hand über den Stuhl, bevor er sich setzte. Es dauerte einen Moment, bis Frank begriff, dass er Gesellschaft hatte. Er trank die Neige aus und knallte sein Bierglas auf den Tisch, den Blick zum Tresen.

»Zwei neue«, rief Frank.

»Langsam«, sagte Alex.

»Nee«, sagte Frank. »Ich habe die Schnauze voll von langsam. Langsam wirst du dich daran gewöhnen, langsam wird alles besser. Das stimmt doch alles nicht.«

»Was ist denn los?«, fragte Alex.

»Was los ist?«, fragte Frank. Er starrte ihn an, als würde sein ganzes Leben an ihm vorbeiziehen. Wo sollte er auch anfangen, zu beschreiben, was los war, dachte Alex. Seine Welt ging unter. Er starrte und starrte, dann kamen die Biere. Frank nahm einen großen Schluck.

»Ich gehe in den Untergrund«, sagte er. »Das ist los.«

Er erzählte von einem Heizungskeller in Marzahn, in den er sich vor ein paar Tagen zurückgezogen habe. Er redete von einer Materialsammlung, die er dort anlege, ein Archiv, und erläuterte, wie er den Keller sichere, er redete von Schlössern, Isolationsmaterial. Jede Menge technische Details sprudelten aus Frank. Was er dort eigentlich ausrichten wollte, im Untergrund, worum es ging, sagte er nicht. Frank schien sich in eine Höhle zurückzuziehen wie ein verwundetes Tier.

Alex erzählte ihm noch einmal von dem Winterlied, das er einst für Nora geschrieben hatte. Er beschrieb den Schnee in Weimar, der den Park vor ihren Fenstern in eine Landschaft verwandelte, die noch niemand betreten hatte. Er beschrieb den Anfang. Die Unschuld. Das Neuland. Das Weiß. Die Zeit, in der alles möglich schien. Er erzählte es nicht, um Frank auf andere Gedanken zu bringen oder sich selbst. Er erzählte es, weil in der Geschichte dieses Liedes alles steckte, was die beiden Männer jenseits der geheimdienstlichen Vorgänge in den letzten vier Jahren zusammengehalten hatte. Das, was ihre Treffen besonders gemacht hatte, universell und groß, besser als die muffigen, halbdunklen Ecken, in denen sie stattfanden. Er wollte das einfach sagen, bevor er aufstand und für immer ging. Er wusste, dass er nie wieder darüber sprechen konnte. Es war sein Schlussstrich.

In den Aktenblättern, die ihm Nora eines Tages, in einer anderen Zeit, mit vorwurfsvollem Blick über den Tisch schieben würde, fand er keine Bestätigung für das Treffen in der Pfarrstraße, natürlich nicht. Aus all den Jahren waren ein paar lose Blätter übrig geblieben, auf denen ein Informeller Mitarbeiter namens Brian ein paar lustlose, dürre Auskünfte zu den Auslandsreisen der Steine abgegeben hatte. So lustlos und dürr, dass sie die Zusammenarbeit irgendwann eingestellt hatten. Unmittelbar nach dem letzten Treffen mit Bernd hatten sie die Akte geschlossen, noch bevor Frank und er über ihren Liebeskummer redeten. Zwei Namen und Dienstgrade unter dem Abschlussbericht, die ihm beide nichts sagten. Es war ihr Schlussstrich, nicht seiner. Ein Aktenvorgang, in dem weder Franks noch Alex' Verzweiflung auftauchten. Sachlich, pragmatisch und auf eine angenehme Art still. Aus den Aktenblättern stieg ein Mann, der Dinge geraderückte. Jemand auf einer diplomatischen Mission. Er hatte es für die Band getan, weil es jemand tun musste. Das war der Mann in der Akte. Das Wort Liebe tauchte in den Berichten nicht ein einziges Mal auf, und er war auch später nicht in der Lage, es als Erklärung anzuführen. Alex hielt die Welten getrennt, weil er keine Sprache fand, mit der er sie hätte verbinden können. So reagierte Nora wütend und verständnislos auf den Mann, der aus der Akte sprach. Es erschien Alex logisch, weil es ja genau diese Unbeherrschtheit gewesen war, die seinen Dienst ursprünglich notwendig gemacht hatte.

Auf ihrer zweiten und letzten Soloplatte aber sang Nora ein Lied, das den anderen Mann, der sich in der Akte versteckte, beschrieb. »Das ist kein Liebeslied«, hieß das Lied. Alex kannte es. Nora hatte es einst mitgebracht, aber die Band hatte es nicht gewollt. Er hatte es nicht gewollt. Sie hatten es nur einmal bei einem Fernsehauftritt in Westberlin gespielt, weil es das harmloseste Lied war, das ihm einfiel. Als er es auf Noras Soloplatte hörte, verstand er es zum ersten Mal. Es galt ihm. Es war ihr Lied.

Ich bin in deinem Arm gestorben
Du hast es nicht kapiert
Ich bin in deiner Hand verdorben
Elendig krepiert
Ich habe dir ein Lied geschrieben
Du hast es nie gehört
Ich habe dir ein Lied geschrieben
Es hat mich von dir weggetrieben
Es war ein Liebeslied, es war ein Liebeslied
Das ist kein Liebeslied

Das Lied traf Alex ins Herz, aber es war ihm nicht möglich, das zu zeigen. Eine Weile fragte er sich noch, ob Nora etwas zwischen den Zeilen gelesen hatte, die die Männer hinterlassen hatten, von denen er inzwischen wusste, dass es seine Führungsoffiziere gewesen waren, oder ob es ihre Art war, Frieden zu machen. Er zweifelte auch später nie daran, dass das Lied ihm galt. Sie spielten es auf ihren diversen Wiedervereinigungskonzerten, und mit den Jahren verschmolz der Text mit seinen Erinnerungen zur Version einer Biographie, mit der er leben konnte.

Woran sich Alex aber ganz genau erinnerte, war die Stille, die einzog, nachdem er in der Pfarrstraße seine Weimarer Wintergeschichte beendet hatte. Frank hatte aufgehört zu reden. Er saß hinter seinem leeren Bierglas und schwieg, den Blick nach innen gerichtet.

»Frank?«, fragte Alex, aber die Frage ging in dem verrauchten Raum verloren.

Sie saßen eine Weile so da wie eines dieser Ehepaare in Gaststätten, die sich nichts mehr zu sagen haben, weil alles gesagt war. Alex nahm an, dass Frank sich bereits in seinen Schutzraum zurückgezogen hatte. Es war nicht zu erkennen, ob er an den unberührten Schnee in Weimar dachte oder an die Silberfolie, mit der er die Holzlatten seines Kellerverschlags in Marzahn umwickelte, um sich vor Strahlen und Richtmikrophonen zu schützen. Er legte ihm die Hand auf die Schulter, aber Frank schien ihn nicht zu bemerken.

So ließ er ihn zurück.

Als Alex wenig später auf dem S-Bahnhof Rummelsburg stand und auf seinen Zug wartete, hatte er Franks Gesicht schon fast vergessen. Er sah über die Gleise hinweg Richtung Westen, ein paar verrumpelte Lagerhallen und das Autodepot, wo Vonnie seinen Mazda abgeholt hatte, dahinter die Mauer und der unsichtbare Fluss, in der Mitte geteilt. Das Ende der Welt. Alex spürte, wie sich Franks flüchtige Erscheinung in der warmen Sommernacht auflöste. Er würde ihn nicht wiedererkennen, so wie er das Gesicht eines Fans nicht wiedererkannte, der bei einem Konzert kurz aus der Masse am Bühnenrand tauchte. Ein Blick, ein Lächeln, einen Takt lang grenzenloses Verständnis. Dann riss sie die Zeit auseinander, jeder fiel in sein Leben zurück.

Himmel über Berlin
Max, 2012, Mai

Der Himmel! Max Kopinski konnte sich nicht erinnern, jemals so einen Berliner Himmel gesehen zu haben, von dem es doch immer hieß, er hänge tief und bleiern, direkt über der Hundekacke. Dieser hier war leicht und hoch und wolkenlos, und vor allem fühlte Max sich, als stehe er mittendrin. Es war eine Audienz bei Gott, und Max hatte entsprechend lange darauf gewartet.

»Herr Dittmann ist in wenigen Minuten bei Ihnen«, sagte eine Stimme neben ihm, unbeeindruckt von dem Ausblick. Angela, die Assistentin. Blond, höchstens 25, kleiner Ring im Nasenflügel. Wenn Dittmann Gott war, war sie ein Engel.

»Supi«, sagte Max und versuchte in der Glasfront irgendeinen Spalt zu erkennen, einen Rahmen, eine Klinke oder wenigstens einen Fleck.

»Darf ich Ihnen was zu trinken anbieten?«

»Ein Wasser«, sagte Max.

»Still?«, fragte das Mädchen.

»Mit Gas«, sagte Max. Mit Gas. Wer dachte er, war er? Karl Lagerfeld? Er musste sich erst ein wenig zurechtschaukeln, eine Sprache finden für diesen Raum.

Max sah sich im Büro um, das so groß war wie seine gesamte Agentur. Ein paar goldene Schallplatten an den Wänden, signiert. Seeed, dachte er. Rammstein vielleicht. Silbermond. Alles Acts, die ihm durch die Lappen gegangen waren. Er hatte kein Händchen für Durchstarter und war auf seltsame Weise stolz darauf. Der Schreibtisch war sechs Meter lang und unerhört aufgeräumt. Ein Telefon, ein Schreibblock, drei Bleistifte. Eine Wand bedeckt vom riesigen Schwarzweißfoto einer jubelnden Menge, aufgenommen vom Bühnenrand. Leuchtende Augen, aufgerissene Münder, bewegungsunscharf. Max dachte an Springsteen in Weißensee, ein Konzert, von dem er nur gehört hatte. Eine Legende. Er war dreizehn Jahre alt gewesen damals, seine Eltern hatten ihm davon erzählt. Ein Ostberliner Woodstock, so stellte Max sich das vor, der geprägt war von diesen feurigen Erzählungen aus einer Zeit, die ihm seine Geschichtsbücher als dunkel und freudlos beschrieben hatten. Ein kompliziertes Erbe, tief in seinem Herzen. Es hatte ihm zum Booker der halben ostdeutschen Popszene gemacht, der weniger erfolgreichen Hälfte. Sein jüngster Klient war zehn Jahre älter als er.

Zwei rote Couches, die sich gegenüberstanden, dazwischen ein flacher Tisch, auf dem ein Vanity-Fair-Bildband lag und ein Rolling Stone Magazine, auf dem Titel ein Mann mit schwarzer Brille, Elvis Costello oder Michael Stipe oder Woody Allen. Irgendwann sahen sie alle gleich aus. Das war die Herausforderung, auch für ihn. Rechts, unter den goldenen Schallplatten, eine Art Liegestuhl, in dem Danny Dittmann wahrscheinlich meditierte, daneben zwei Gitarren. Ein Flachbildschirm auf einem hohen Fuß, eine Musikanlage, obenauf ein Plattenspieler. Und natürlich der Himmel. Das Büro war eingerichtet worden, Eindruck zu schinden. Es funktionierte. Max Kopinski fühlte sich fünf Zentimeter kleiner, und er war kein großer Mann. Er hatte das dringende Bedürfnis, diesen Raum zu verlassen.

Angela stellte eine Flasche Wasser auf den Tisch, dazu ein Glas und eine kleine Schale, in der drei Limonenscheiben lagen.

»Danke«, sagte Max.

»Gern«, sagte Angela.

»Denken Sie, ich kann auf dem Balkon warten?«

»Natürlich, es ist ja schönes Wetter«, sagte das Mädchen. »Lassen Sie mich mit den Türen helfen.«

Angela drückte auf eine Fernbedienung, und das Glas öffnete sich. Ein Luftzug, das Rauschen der Stadt. Max trat auf die Terrasse wie auf die Brücke eines Ozeandampfers. Leicht verwitterte Holzplanken, die Reling, dahinter der Fluss. Er hörte Möwen, sah aber keine. Aus Treptow schaukelte ein Sightseeingboot der Weißen Flotte heran, schnatternde Touristen, eine knarrende Lautsprecherstimme. Vielleicht redete der Fremdenführer über die geteilte Stadt, eine Grenze, die mitten durch die Spree verlief. Fluchtversuche im Taucheranzug. Man konnte sich das alles nicht mehr vorstellen, schon gar nicht Max, der ein Kind war, als die Mauer fiel. Allerdings Jungpionier, ein Furzfleck des Sozialismus im blütenweißen Schlüpfer seiner Biographie. Links die Treptowers und diese seltsame gelöcherte Figur im Wasser, rechts die Oberbaumbrücke, der Fernsehturm, die O2 World, die Arena, alles Locations, die für seine Künstler unerreichbar waren. Den Postbahnhof, wo das Tourfinale der Steine stattfinden würde, sah man von hier aus nicht. Am anderen Ufer Fabriken, herausgeputzt, verglast, von Penthouses gekrönt. Die ganze Spree hinunter Paläste und Baustellen für weitere Paläste. Noch größere Terrassen, noch fugenlosere Fensterfronten. Das Niemandsland war eine Goldgrube geworden. Max zündete sich eine Zigarette an, blies den Rauch in den Herbsthimmel. Den rechten Ellenbogen auf der Reling des Dampfers von Global Entertainment.

»Nicht schlecht, oder?«, sagte eine warme Stimme hinter ihm.

Dittmann.

Max Kopinski, vorübergehend auf seine richtige Größe zurückgewachsen, womöglich ein, zwei zusätzliche Zentimeter obendrauf, wegen der Position auf der Brücke, Kapitän Kopinski schrumpfte augenblicklich. Ein Maat nur noch, ein Heizer. Beinahe hätte er die Zigarette in die Spree fallen lassen.

»Beeindruckend«, sagte er. »Echt beeindruckend.«

Danny Dittmann, Jeans, Converses, ein weißes Hemd, zwei Knöpfe weit geöffnet, darüber ein dunkelblaues Jackett, das so gut saß, wie nie ein Jackett auf Max' Oberkörper gesessen hatte, und natürlich: volles Haar. Ein bisschen länger und doch sorgsam geschnitten, Jackson-Browne-Style. Max waren schon mit achtzehn die ersten Haare ausgefallen. Die Welt war nicht gerecht. Dittmann sah auf die Zigarette, die halbgeraucht zwischen Max' Fingern brannte.

»Auch eine?«, fragte Max, kramte die Schachtel hervor. Eine blaue Pall Mall mit polnischen Gesundheitshinweisen, er hatte sich zwei Stangen in Słubice gekauft, zwischen zwei Konzerten, die Peter Luck in der Frankfurter Stadthalle gegeben hatte. Peter, sein bestes Pferd im Stall. Ein ostdeutscher Schlagersänger. *Der* ostdeutsche Schlagersänger, doppelt so alt wie Max. »Moskauer Nächte« und natürlich »Rosa, ich habe dich schlafen sehen«. Dittmann sah auf die Schachtel, ein Blick, den Max lange nicht vergessen würde. Alles, was sie unterschied, lag in diesem Blick. Max schrumpfte. Zehn Zentimeter, nur dieser eine Blick auf die polnische Zigarettenschachtel kostete ihn zehn Zentimeter.

»Oh, nein«, sagte Danny Dittmann. Ein gesundes Lächeln. Max glaubte sich dunkel daran zu erinnern, dass Dittmann Marathon lief. Oder er tauchte. Oder er machte beides.

Max sah sich nach einem Aschenbecher um, aber da war keiner. Keine Kippen, nirgends, nur blankgeschruppte Dielen, wahrscheinlich tropisches Holz mit Umweltzertifikat. Die Zigarette in die Tiefe zu schnippen war auch keine Alternative. Er drückte sie sich an der Schuhsohle aus. Kleine Funken regneten auf die Dielen.

»So«, sagte Dittmann.

Max hielt die Kippe in der Hand, wusste nicht, wohin damit, ließ sie, während sie nach drinnen gingen, in die Tasche seiner Parkajacke fallen. Dittmann hatte sich gnädig abgewandt, wohlwissend, dass Max keine Chance hatte, seine Kippe anständig loszuwerden. Seine illegal über die Grenze gebrachte, krebserregende und die Umwelt belastende Zigarette. Übrig geblieben aus den alten, ungesunden Zeiten wie seine Klienten. Die verkrumpelte Kippe lag in Max' Parkatasche wie ein 40er Schraubenschlüssel. Dittmann setzte sich in eine der roten Ledercouches und wies mit leichter Geste Max einen Platz auf der anderen zu, von der aus man den besseren, aber auch einschüchternden Blick auf den Himmel hatte.

»Die Steine wollen's also noch mal wissen, Max.«

Warme Stimme, First-Name-Policy, Lächeln, eine Sitzhaltung, als habe er alle Zeit der Welt. Und doch fühlte sich Max in der Gegenwart dieses Mannes wie ein Staubsaugervertreter.

»So sieht's aus.«

»Macht ihr eine Tour?«

»Klar.«

»Im Osten?«, fragte Dittmann. Er wollte gleich am Anfang die Claims abstecken. Als habe er nicht schon das Büro, den Himmel, die vielen Haare und dieses ausgemergelte Bergsteigergesicht auf seiner Seite.

»Vor allem im Osten natürlich. Dresden, Leipzig, Potsdam, klar, aber wir wollen auch in ein paar kleinen Clubs in München und Köln spielen, vielleicht Hamburg. Und dann ein Festival in Stuttgart«, sagte Max. Das war natürlich alles gelogen. Das Festival in Stuttgart war die Idee eines ostdeutschen Kulturamtsmitarbeiters gewesen, der seit Jahren in Baden-Württemberg lebte. Es war inzwischen gecancelt. München, Hamburg und Köln waren komplette Phantasie. Max wollte es Dittmann nicht ganz so einfach machen. Es war ein Pokerspiel. Er war hier, um einen Plattenvertrag bei Global Entertainment Deutschland zu bekommen. Und mit dem GED-Deal meldete sich dann vielleicht auch München. Oder Köln. Oder Hamburg. So lief das doch. Dittmann nannte sich

Danny, obwohl er in Wahrheit Olaf hieß. Mit ihrem Hauslabel Mischpoke aus der Schönhauser Allee blieb es eben bei Leipzig und Hoyerswerda.

»Stuttgart«, sagte Dittmann.

Kleine Pause, Pokerface.

»Genau«, sagte Max. »Nach der Geschichte im Stern kommt sicher noch die ein oder andere Location dazu.«

»Der Stern schreibt über die Steine? Wer denn?«

»Carola Jürgensen«, sagte Max. Er hatte ihr auf den Anrufbeantworter gesprochen, weil sie eine alte Freundin der Band war. Aber das machte er nach jeder Platte. Sie hatte noch nicht zurückgerufen. Sie rief eigentlich nie zurück.

»Die gute alte Caro«, sagte Dittmann.

»Ja«, sagte Max.

»Gibt's denn irgendein Mauerfalljubiläum?«, sagte Dittmann und sah auf seine Uhr.

»Hast du mal in die Songs reingehört?«, fragte Max.

»Klar.«

»Und was denkst du?«

»Interessanter Stoff. Klingt wie die alten Steine. Dreckig. Aber ich weiß nicht, ob das genügt. Spontan würde ich sagen, wir mischen es mit ein paar alten Hits. Zwei, drei neue, zehn alte. Du hast ja nur drei Songs geschickt. Es ist ein erster Eindruck. Überzeug mich vom Gegenteil, Max.«

Kleiner Ballwechsel. Ping-pong-ping-pong. Der Ball war wieder bei ihm, Dittmann wusste, was er tat.

»Ich finde, dass es einen neuen Ton gibt. Die Platte ist dreckig, richtig, aber sie ist auch optimistisch. Sie haben ihren Frieden mit der Welt gemacht. Der Titelsong gibt den Schlag vor. Es ist ein Konzeptalbum, ohne ein Konzeptalbum zu sein«, sagte Max. Er hörte sich reden, was nie ein gutes Zeichen war. Er befand sich außerhalb des kleinen kahlköpfigen Mannes, der auf der roten Ledercouch saß und Vertretersätze sagte. Ein Konzeptalbum, ohne ein Konzeptalbum zu sein. Das war eine so einfache Beute, dass sie sogar Dittmann verschmähte.

»Ich find, es ist beinah altersmilde«, sagte Max.

»Auch nicht unbedingt das, was man von einer Rockplatte erwartet«, sagte Dittmann.

»Du weißt schon, was ich meine.«

»Nicht unbedingt.«

»Es ist nicht mehr so selbstzerstörerisch, niederschmetternd. Sie haben ihre Erfahrungen gemacht, sie waren am Boden, aber sie sind aufgestanden. Leben weiter. Still Standing.«

»Elton John?«

»Wenn man schon nach den Sternen greift, dann eher Springsteen.«

»Oh.«

»Vom Prinzip her. Ja.«

»Welches ist denn der Titelsong?«

»›Du hast mich wachgeküsst‹.«

»Das Schneewittchenlied?«, sagte Dittmann. Ein leichtes Lächeln, er war wieder in der Offensive.

»Es ist doch viel mehr als das, Danny«, sagte Max. Er fuhr mit den Fäusten in die Taschen seines Parkas, voller Energie jetzt. Am Gegenstand. Er hatte das neue Material zwei Monate zuvor im Wohnzimmer ihres Keyboarders zum ersten Mal gehört. Die Band hatte sich im Halbkreis versammelt. Erwartungsvolle Blicke. Er saß wie ein Richter in der Mitte. Ein Song nach dem anderen war aus der Stereoanlage gerauscht, alles bekannt, die schleppenden Riffs aus Alex' Gitarre, Noras kratzige Stimme, gutgelaunte Bläsersätze aus Mats' Keyboard. Textfetzen, die nach dem wirklichen Leben suchten, kalte Tage, Berliner Pflaster, alte Liebe, hartes Brot. Max hatte wissend gelächelt, manchmal hatte er mit dem Bein gewippt, die ganze Zeit hatte er darüber nachgedacht, was er am Ende sagen sollte. Er mochte, was er hörte, aber das war nicht überraschend, er mochte die Band. Er hatte sie immer gemocht. Er war kein Manager, er war kein Kritiker. Er war ein Booker, nur der Mann, der den Besitzer vom Rostocker Kat House davon überzeugte, dass es wieder voll werden und Paul diesmal nicht mit seiner Freundin abschieben würde. Aber nachdem sich Conny totgefahren hatte, war nur noch er da. Max, das letzte Verbindungsglied zu den Leuten, die darüber entschieden, was die Menschen hören wollten und was nicht. Leider hatte er keine Ahnung. Max hatte kein Ohr, kein Händchen. Er hatte also dagesessen und mit dem Schuh gewippt, als der vierte oder fünfte Song begann. »Du hast mich wachgeküsst.« Er löste sich aus dem anderen Material, er ordnete es, er gab allem einen Sinn. All dem Rumgerenne, dem Hin und Her, dem ewigen Gegrübele. Das Lied stieg aus dem trüben Wasser der Vergeblichkeit wie ein Meeresgott. Es erzählte die Geschichte der Band in drei Minuten fünfundfünfzig. Und es gab, wenn Max sich nicht täuschte, auch seinem Leben eine Richtung.

Du hast mich wachgeküsst
als ich im Sterben lag

ich mach die Augen auf
und es ist Donnerstag

Er hatte gemerkt, wie ihm die Tränen in die Augen schossen und er gleichzeitig aus seinem Richtersessel springen wollte, um zu tanzen. So also war es, wenn man einen Hit zum ersten Mal hörte. All das Rumgemugge mit den sterbenden Ostbands, die gelangweilten, verunsicherten Veranstalter, die trostlosen Stadthallen und Jugendclubs hatten sich vor seinen Augen aufgelöst. Der Song war von Alex, Max hatte die Geschichte hinter dem Lied nicht gekannt. Er hatte sie nur gespürt. Die Ballade eines späten, unerwarteten Gücks. All die Lieder danach fügten sich nun zu einer Erzählung. Sie waren noch da. Sie lagen im Dreck, standen auf, klopften sich den Staub von den Mänteln und liefen weiter. Das Leben war nicht so schlecht.

Nur, wie erzählte man das diesem Sonnenkind Dittmann, der mit der Hand durch seine Fünfzig-Euro-Frisur fuhr wie durch weiches Wasser. Dittmanns Scheitel wippte leicht, ein reifes Weizenfeld, in das ein leichter Sommerwind fuhr, dann fiel er zurück in seinen perfekten Sitz. Nichts konnte diesen Scheitel durcheinanderbringen. Dittmann hatte nie im Dreck gelegen, es gab keinen Staub, den er sich vom Jackett hätte klopfen können.

»Die Steine sind durch so viel Scheiße gegangen in den letzten zwanzig Jahren«, sagte Max. »Connys Tod, Alex' Stasigeschichte, die Trennungen, die Reunions, die Soloprojekte. Das alles steckt in dieser Platte. Sie sprechen es nicht aus, sie klagen nicht. Sie machen weiter. Sie haben immer weitergemacht. Sie haben sich nie verkauft.«

»Das ist, wenn ich das richtig sehe, Max, genau das Problem«, sagte Danny Dittmann. Er fuhr mit dem Handrücken über ein mit Zahlen bedrucktes Blatt. Wo kam dieses verdammte Blatt her? Zahlen. Er erzählte ihm eine Geschichte, und dieser Arsch kam ihm mit Zahlen. Max ballte die Fäuste in den Parkataschen.

»Hier steht, dass sie von ihrer letzten Platte 2100 Stück verkauft haben. Vom letzten Best-of-Album aber fast sechstausend.«

»Ja, aber die Platten kann man nicht miteinander vergleichen.«

»Man kann alles miteinander vergleichen, Max«, sagte Danny Dittmann und sah auf seine Armbanduhr. »Es ist das, was ich tue.«

»Das ist ja das Problem«, sagte Max.

»Bitte?«, sagte Dittmann, für eine Sekunde aufgescheucht aus seiner Selbstgewissheit. Ein kleiner Riss in der gelackten Fassade, eine verletzbare Stelle zwischen den Schulterblättern, in die Max seinen Dolch stoßen musste. Man kam nicht als Danny auf die Welt, auch Dittmann musste irgendwann einmal etwas gewollt und gefühlt haben. Aber Max hatte keinen Dolch. Er hatte nur seinen Zorn, der nicht spitz war, eine stumpfe, allumfassende Wut auf die gleichgültige Welt, die ihn umgab. Max zog die Fäuste aus den Taschen seiner Parkajacke, bereit zu einer Tirade über die Unterhaltungsindustrie. Sie wussten doch alle nicht, was die Menschen dort draußen suchten, auch nicht Danny Dittmann, der seine Unsicherheit mit diesem riesigen Büro vergessen machen wollte, mit der fugenlosen Glaswand in den Berliner Himmel und seinem falschen Vornamen. Max also war bereit, einen Schwanengesang anzustimmen. Seine Zeit lief ab, er hatte nichts mehr zu verlieren. Zumindest glaubte er das. Man konnte immer noch kleiner werden.

Mit seinen Fäusten riss Max auch die Kippe aus seiner Parkatasche. Sie segelte wie ein kleiner Sprengkörper durch den lichtdurchfluteten Raum. Max saß auf der roten Couch, den Hintern auf der Sesselkante, die Hände zu einer großen Geste erhoben, und sah wie ein Ertrinkender sein Leben an sich vorbeiziehen, während er die torkelnde Flugbahn seines todbringenden, unwürdigen Zigarettenstummels verfolgte. Es war ein Leben, das untrennbar mit der Band seines Herzens verknüpft war. Bis hierher jedenfalls.

Max Kopinski war, so zumindest war es ihm immer übermittelt worden, eine Frucht des Ostberliner Sommers der Liebe. Er wurde während der Weltfestspiele 1973 im Volkspark Friedrichshain gezeugt, an einem Ort also, wo zehn Jahre später das erste legendäre Konzert der Steine stattfinden sollte. Nach seiner Geburt im April 1974 bekamen seine Eltern, beide Pädagogikstudenten, eine Wohnung in der Lottumstraße zugewiesen, anderthalb Zimmer, Außenklo. Als Max drei war, zogen sie nach Marzahn, wo er aufwuchs und zur Schule ging. Kurz vor dem Abitur war das Einfamilienhaus fertig, das seine Eltern in Biesdorf gebaut hatten. Max zog in den Prenzlauer Berg, studierte an der Freien Universität Betriebswirtschaftslehre und organisierte nebenbei die Comebacktour für einen Biesdorfer Nachbarn seiner Eltern, der im früheren Leben Schlagersänger gewesen war. Es war eine kleine, aber erfolgreiche Tour, und der Schlagersänger hatte Freunde. Ende des dritten Semesters war Max bereits mehr mit den Auftritten ostdeutscher Kleinkünstler als mit seinem Studium beschäftigt. Im vierten Semster verließ er die Universität und begann in einer mittelgroßen Berliner Agentur als Booker zu arbeiten. Es war ein Job, der zur Herzensangelegenheit wurde, als die Steine ins Spiel kamen. Die Platten der Band hatten schon in der Schrankwand seiner Eltern gestanden. Am Abendbrottisch, neben der Durchreiche, schnappte Max manchmal, wenn seine Eltern gute Laune hatten, Informationen aus dem Volkspark Friedrichshain auf, aus dem sowohl er als auch diese rätselhafte Rockband zu stammen schienen. Seine Eltern wirkten verzaubert, wenn sie darüber redeten, und er stellte sich den Park vor wie einen Märchenwald. Als er neun war, hatte ihn sein Vater mit zu einem Steine-Konzert in ein ehemaliges Weißenseer Busdepot genommen. Es war ein Erweckungserlebnis, eine Mischung aus Wut, Fröhlichkeit und Aufbruchstimmung, das Max an der Hand seines Vaters zwischen lauter hüpfenden und singenden Körpern feierte. Selten hatte er seinen Vater so ausgelassen erlebt. Später hatte Max die Platten der Band gehört, wenn er zu Hause allein war. Er war oft allein. Seine Eltern waren erst mit neuen Lehrplänen beschäftigt, später mit dem Hausbau. Er hörte Steine-Songs. Sie begleiteten ihn durch seine Marzahner Jugend. Als er Michelle aus dem siebten Stock küsste, sein erstes Mädchen, dachte er an Linda aus »Lipstick Linda«, die Heldin einer Rockrevue der Steine. Und natürlich dachte er an Nora, die Linda spielte. Rote Lippen musst du küssen. Er wurde rot, als er Nora Jahre später, mit Anfang zwanzig, in seinem Bäcker im Prenzlauer Berg traf. Sie wohnte im Nebenhaus. Wenn er abends im Bett seiner Einzimmerwohnung lag, stellte er sich vor, wie er sie ansprach. Er übte es wie eine Oscarrede. Die Band galt als schwierig, vor allem Nora und der Gitarrist Alex waren Kontrollfreaks, die ihren langjährigen Manager Jürgen »Conny« Wilhelm mit ihren Bedenken nervten. Sie trennten sich und wiedervereinigten sich in regelmäßigen Abständen. Dann starb Conny bei einem Autounfall, und Max hatte einen Grund, Nora in der Bäckerei anzusprechen. Er bot seine Dienste an. Auf einem endlosen Bandmeeting einigten sich die Steine darauf, ihn als Booker zu verpflichten. Sie hatten sich gerade wieder einmal wiedervereinigt, sie hatten eine neue Platte und wollten auf Tour gehen. Einen Manager wollten sie nicht, um Conny nicht zu entehren. So drückten sie sich aus. Entehren. Je erfolgloser sie wurden, desto größer wurden ihre moralischen Ansprüche. Mit einem Booker konnten sie leben. Es war eine überraschend erfolgreiche Tour, in Leipzig und Dresden gab es zwei Zusatzkonzerte, in Berlin fünf. Es hing sicher mit dem Tod von Conny zusammen, aber auch damit, dass Nora in ihrer Stasiakte entdeckt hatte, dass Alex, der Gitarrist, Ende der achtziger Jahre mit der Staatssicherheit zusammengearbeitet hatte. Alex war, soweit man das sagen konnte, anständig geblieben. Die Band ging offensiv damit um. Es war Teil ihrer Geschichte, sagten sie. Sie hatten viel Presse, und Global, die die Rechte an den Vorwendeplatten von der ostdeutschen Firma AMIGA übernommen hatte, brachte ein Best-Of-Doppelalbum heraus. Max verließ die Agentur und gründete eine eigene. Anderthalb Zimmer im ersten Stock eines alten Mietshauses in der

Prenzlauer Allee. Er nahm ein paar Schlagersänger mit und buchte die nächste Steine-Tour. Er steckte eine Menge Geld in die Tour und machte eine Menge Verluste. Er buchte zu große Hallen. Es gab so viele Nachrichten, es gab so viele Bands, die Menschen hatten sich an die Steine gewöhnt. Max glich die Verluste mit seinen Schlagersängern aus. Die Band war sein Steckenpferd, seine Liebe. Er leistete sie sich. Alle zwei Jahre gingen sie auf Tour, nicht öfter, um die Marke nicht abzumuggen, wie sie ihm mitteilten. Max buchte meist Studentenstädte. Die Steine waren eine Band für die Stadt, auf dem Land funktionierten sie nicht. Schlachthof in Dresden, Lindenpark in Potsdam, die Fabrik in Leipzig. Wenn es schlecht lief, kamen 250 Leute, lief es gut, tausend. Es wurde mit jeder Tour ein bisschen ruhiger, ein bisschen kleiner. Max hatte zuletzt darüber nachgedacht, die Ticketpreise zu erhöhen, um der Band weiterhin eine Garantiesumme von 2500 Euro pro Konzert zahlen zu können. Die meisten Fans kamen ja aus der Mittelschicht. Es war ein sterbender Markt, Max würde seine Band bis zum Tod begleiten. Natürlich gab es immer ein wenig Hoffnung, wenn ein neues Album erschien. Aber die ließ schnell nach. Die letzten beiden Platten waren beim winzigen Mischpoke-Label erschienen. Das Radio spielte einen Steine-Song, wenn ein Mauerfalljubiläum anstand. Es gab keine deutsche Radiostation für ihre Musik. Global schwieg seit Jahren. Das Interesse der Veranstalter ließ nach, er spürte eine leichte Ungehaltenheit bei seinen Telefonaten, jetzt wo er die neue Tour für den Winter organisierte. Die Kräfteverhältnisse verschoben sich, manche Veranstalter kannte er nicht mehr von früher. Dreizehn Städte hatte er. In einem Monat begann der Vorverkauf. Aber nun war dieses Album da. Max fühlte, was er in dem Weißenseer Busdepot-Konzert und an den langen, einsamen Nachmittagen seiner Jugend gefühlt hatte. Hoffnung und Aufbruch und Liebe. Er glaubte an das Album. Aber es musste gehört werden. Die Lieder mussten unter die Leute. Er brauchte diesen Deal. Das war die Geschichte seines Lebens. Sie hatte in einem Berliner Märchenwald begonnen und endete, wie es aussah, hier im Himmel über der Spree.

Die Kippe landete auf dem glattpolierten, milchkaffeefarbenen Betonfußboden wie ein weißes Handtuch, geworfen aus der Ecke eines geschlagenen Boxers.

»Oh«, sagte Max, katapultierte sich aus dem Sofa, lief durch den Raum, hob die Kippe auf, steckte sie in die Parkatasche, setzte sich wieder hin und sah Danny Dittmann an, in dessen Gesicht Belustigung und Mitleid miteinander kämpften.

»Also, was genau ist das Problem?«, fragte Dittmann.

»Bitte?«

»Du hast gerade gesagt: ›Das ist ja das Problem.‹«

»Richtig«, sagte Max und sah in das entspannte Gesicht seines Gegenübers. Dittmann saß da wie ein zufriedener Kater. Er selbst war die Maus. Winzig klein. Max hatte alle Bälle auf einmal zugespielt bekommen, sie flogen ihm um die Ohren. Er war überfordert, er war schwach, zu schwach, um den großen Schwanengesang anzustimmen. Er wollte raus aus der Ecke. Er hatte wochenlang darum gekämpft, einen Termin bei Dittmann zu bekommen. Allein die Zusage hatte wie ein Sieg geklungen. Die Band wusste, dass er hier war. Natürlich. Sie hofften auf eine gute Nachricht, auch wenn sie das nicht zugaben. Er dachte an Noras Augen. Die Müdigkeit und die Hoffnung. Es hatte keinen Zweck, die Verlogenheit der Plattenindustrie anzuklagen. Er konnte Dittmann nicht bei einer Ehre packen, die er nicht besaß. Er musste ihn überzeugen. Er musste ihn rühren. Max dachte an das Geheimnis, das sich hinter dem Lied »Du hast mich wachgeküsst« verbarg. Es war, so schien es ihm in diesem Moment, alles, was er noch hatte. Sein letztes Hemd.

»Das Problem ist, dass man die wirkliche Größe dieser Songs nicht mit Zahlen messen kann«, sagte er.

»Mmhh.«

»Ich erzähl dir eine Geschichte«, sagte Max.

»Ich hoffe, sie ist gut«, sagte Dittmann und schaute auf seine Uhr.

»Ich weiß nicht, ob sie gut ist, aber sie erklärt, was ich meine«, sagte Max. Er würde die Band, die er liebte, an einen Mann verraten, den er hasste, weil er sie liebte. Es war kompliziert.

»Das wird auch Zeit«, sagte Dittmann.

Und so erzählte Max die Liebesgeschichte von Alex und Emma.

Alex hatte das Lied »Du hast mich wachgeküsst« für Emma geschrieben. Emma war Anfang zwanzig, vor allem aber war sie die Tochter von Paul. Von Paul, dem Bassgitarristen der Steine. »Du hast mich wachgeküsst« war ein Liebeslied, in dem sich Alex, der coole Alex, das Herz aufriss. Er hatte sich in die Tochter seines Kollegen verliebt. Das Lied war die einzige Möglichkeit, es zu gestehen. Paul spielte den Bass dazu. Es war eine Tragödie, eine klassische Tragödie. Eine Romeo-

und-Julia-Geschichte, und wahrscheinlich war der Song genau deshalb so gut geworden. Max hatte eine leichte Verspanntheit im Raum gespürt, als er das Lied zum ersten Mal hörte. Niemand hatte etwas gesagt, natürlich nicht. Sie hatten nur dagesessen und genickt. Sie wussten ja alle, dass es der beste Song auf der Platte war. Aber er war vergiftet. Max hatte gejubelt und gejubelt, er hatte das Lied von allen Seiten ausgeleuchtet, eingeordnet, gelobt und keine Ahnung gehabt, warum die anderen sich nicht mit ihm freuten.

Nora hatte ihm später erklärt, worum es wirklich ging. Sie erzählte ihm vom faulen, aber liebenswerten Paul, der eigentlich nur eine Frau auf dieser Welt liebte, seine Tochter Emma. Sie erzählte ihm vom verspannten coolen Alex, der jeden Kontrollverlust als Schwäche empfand. Sie erzählte ihm auch von den Affären, die sie mit den beiden Männern vor vielen Jahren gehabt hatte. Damals, als Max ein Kind gewesen war. Verworrene Geschichten, die in der staubigen, schlecht beleuchteten Vergangenheit lagen, die Max nur aus den Geschichtsbüchern, den Fernsehfilmen und den Erzählungen seiner Eltern kannte. Eine Zeit, in der mit Kohlen geheizt wurde und jeder mit jedem schlief. Eine Zeit, die offenbar nie verging. Alles hatte mit allem zu tun. Die Ballade von Alex, Nora, Paul und Emma. Er konnte sich nicht vorstellen, wie das alles passiert war, und wollte es auch gar nicht. Aber er wollte dieses Lied. Er wollte die Hoffnung. Er wollte den Hit.

»Sie haben das ausgehalten«, sagte Max. »Eine Band, die so eine Tragödie erträgt, die sie in Kunst umwandelt, ist für mich eine große Band.«

»Romeo und Julia«, sagte Dittmann.

»Ja«, sagte Max atemlos, der Rausch machte den Verrat erträglich.

»Wie gesagt, ich denke, wir sollten es noch mal mit der Best-Of-Variante probieren. Versprechen kann ich natürlich nichts. Die Zahlen hier machen wirklich nicht viel Hoffnung«, sagte Dittmann, klopfte auf die Statistik. »Oldie but goldie, Max.«

Dittmann nahm das Zahlenblatt, stand auf, sah zu Max hinunter, streckte eine Hand aus. Max saß da, unfähig aufzustehen. Die goldenen Schallplatten an der Wand rotierten, der blaue Berliner Himmel stürzte ins Zimmer. Er hatte das letzte Hemd weggegeben. Er war nackt.

»Max?«, sagte Dittmann.

»Ja.«

»Noch Fragen?«

Max zog sich an der ausgestreckten Hand aus dem Sofa. Er konnte nicht fassen, dass es von hier aus nicht mehr weiterging. Er war auf Zwergengröße geschrumpft. Er hätte Dittmann jetzt einmal Olaf nennen können, aber wozu. Er wollte nicht auch noch die Haltung verlieren.

»Alles klar«, sagte Max und ging langsam auf die Tür zu, in der bereits Angela wartete. Lächelnd. Im Vorzimmer sah er den nächsten Besucher warten, schwarzer Anzug, weißes Hemd, angespanntes Gesicht. Vielleicht würde der Mann in zwei Minuten die große klassische Liebestragödie der Steine als Witz erzählt bekommen, während er auf sein Wasser wartete. Mit oder ohne Gas.

»Viel Glück in Stuttgart«, sagte Dittmann in seinem Rücken. Er wusste längst, dass das Konzert gecancelt worden war, dachte Max. Hatte es immer gewusst. Es war das, was er tat.

In der Tür drehte sich Max noch mal um.

»Erzähl die Geschichte bitte niemandem weiter, Danny.«

»Welche Geschichte?«, sagte Dittmann und grinste ihn an, die Hand bereits am Telefonhörer. Wahrscheinlich rief er Carola Jürgensen vom Stern an, um ganz sicherzugehen, dass er richtiglag. Egal.

Wieder auf der Straße, zog Max die Kippe aus seiner Parkatasche, strich sie glatt und zündete sie an. Er inhalierte tief, blies den Rauch in den hellblauen Berliner Himmel und wartete darauf zu wachsen.

Zaungast
Paul, 2003, Mai

Paul Schmidt schaute auf den Gendarmenmarkt, rauchte und fühlte die Zeit verstreichen. Er machte das seit zwölf Jahren. Auf den Gendarmenmarkt schauen, rauchen und nichts denken. Es war der schönste Platz der Stadt, hieß es. Paul würde das immer bestätigen, wusste allerdings nicht einmal, welche der beiden Kirchen vor seinem Fenster der Französische und welche der Deutsche Dom war. Manchmal fragte ihn eine Frau, die bei ihm schlief, danach, und er sagte: Das da ist der Deutsche Dom, das da der Französische. Und weil die Frauen, die bei ihm schliefen, seine Autorität nicht anzweifelten, blieb es dabei. Es war auch egal. Der Platz vor seinem Fenster war nur die Bühne, auf der er beobachtete, wie die Zeit verging.

Ein Touristenbus hielt vor seinem Haus, ein Nürnberger Kennzeichen, die Türen öffneten sich, Menschen taumelten heraus, alte Leute, die Männer trugen Westen mit vielen Taschen, als würden sie zu einer Safari aufbrechen, die Frauen winzige Rucksäcke. Sie blinzelten ins Tageslicht, versammelten sich um den Stadtführer wie Schulkinder. In einer Stunde würde der Bus sie wieder aufsaugen und abtransportieren.

So lief es, so lief es immer. Irgendwann fiel die Dunkelheit auf den Platz, fegte ihn leer und schuf Raum für die Konzertbesucher, erst ein paar frühe Vereinzelte, dann die träge Masse und schließlich die hüpfenden Zuspätkommer, Pärchen, denen man auch von hier oben ansah, dass sie sich Vorwürfe machten, weil er eine seiner berüchtigten Abkürzungen genommen oder sie zu lange im Bad herumgetrödelt hatte. Am Ende des Sommers bauten sie die Freilichtbühne auf, Stuhlreihen, die sich langsam füllten, dann wieder leerten und schließlich abgebaut wurden. Die Sonne ging auf und unter. Der Weihnachtsmarkt kam, Buden, Bäume, wenn es gut lief ein wenig Schnee. Paul stand am Fenster und rauchte.

Er hörte, wie das Mädchen, Tanja, in seinem Rücken ihre Gitarre verstaute, das Schnappen der Verschlüsse, das Rascheln der Notenblätter.

Mit sechzehn, als er auf eiskalten Berliner Baustellen Flansche verschraubte, hatte er von so einem Leben geträumt. In einem warmen Raum am Fenster stehen und den anderen Menschen dabei zusehen, wie sie durch ihr Leben wuselten. Er hatte natürlich nicht an eine Wohnung wie diese gedacht, damals, als Installateurslehrling, der noch nie ein eigenes Zimmer bewohnt hatte. Paul hatte seine Kindheit in verschiedenen Heimen verbracht. So eine Wohnung hätte er sich gar nicht vorstellen können. Es war der perfekte Platz für einen Zaungast wie ihn, der Mittelpunkt der Stadt, preiswert und zentralbeheizt. Zwei Zimmer, Küche, Bad.

Er hatte die Wohnung vor zwölf Jahren von Noras Exmann Carsten übernommen. Nora war bereits im Jahr zuvor ausgezogen, weil sie glaubte, durch eine New-York-Reise ein neuer Mensch geworden zu sein. Carsten hatte ein paar Monate getrauert und war dann mit einer Sprechstundenhilfe nach Schöneiche gezogen und eröffnete seine erste eigene Zahnarztpraxis. Paul kannte die Wohnung schon von den Nächten, die er hier mit Nora verbracht hatte, als ihr Ehemann Notdienste in der Charité leistete. Er hatte sich nichts anmerken lassen, als Carsten ihn wie ein Makler durch die Räume führte. Natürlich nicht.

Er brauchte die Wohnung als Basislager, als Halt in einem Leben, das jede Form verloren hatte. Der neue Mensch Nora hatte neben ihrer Ehe auch die Band gesprengt. Paul war seit Jahren das erste Mal wirklich zu Hause gewesen und hatte schnell gemerkt, dass er nicht zum Familienmenschen taugte. Er hatte das ja nie gelernt. Er verließ Emma und ihre Mutter Stefanie. Ein paar Monate hatte er bei wechselnden Freundinnen gelebt, aber auf Dauer wollte keine von ihnen einen arbeitslosen Bassgitarristen aushalten, der noch im Bett lag, wenn sie von der Arbeit zurückkamen. Er ging immer, bevor sie ihn rauswarfen. Außerdem brauchte er eine vorzeigbare Unterkunft für die Wochenenden, die seine Tochter mit ihm verbrachte. Er richtete Emma im kleineren der beiden Räume ein Kinderzimmer ein. Die Wohnung war gut, ein Unterstand, in dem er die Zeiten ohne die Band aussaß.

Im ersten Jahr versuchten sie es ohne Nora, aber Alex war kein guter Sänger, und die Leute wollten das volle Steine-Paket. Sie wollten das, was sie kannten. Eine Erfahrung, die auch Nora mit ihrer Soloplatte machte. Es gab eine Wiedervereinigung, eine Platte, eine Tour, so lange, bis sie sich wieder auf die Nerven gingen. Alex und Nora waren wie Hund und Katze, Vonnie, ihr Pianist, hatte es irgendwann nicht mehr ausgehalten. Es war traurig, denn er hatte die Band mehr geliebt als sie. Inzwischen hatten sie sich geeinigt, nur alle zwei Jahre auf Tour zu gehen. Die zwei Jahre waren beinahe rum. Paul war nicht unglücklich, aber er sehnte sich danach, dass ihr Manager Conny anrief und ihm sagte: Mugge, Paul. Auch wenn Conny natürlich tot war.

»Nächsten Donnerstag dann, Herr Schmidt?«

»Ich bin Paul, Tanja«, sagte Paul und drehte sich vom Platz weg, wo die Nürnberger Rentner gerade zu einer Marschformation hinter ihrem Reiseleiter angetreten waren.

»Nächsten Donnerstag, Paul?«, sagte das Mädchen, nahm ihren Gitarrenkoffer auf, in der rechten Hand den Geldschein.

»Selbe Zeit, selber Ort«, sagte Paul. Er drückte die Kippe in den Aschenbecher, zog den Geldschein aus der Mädchenhand und stopfte ihn in die Hosentasche. »Ich bring dich noch zur Tür, Tanja.«

Er spürte ihren Blick auf seinem Hintern, während er über den Flur lief. Es war ein guter Hintern, so sagten die Frauen. Paul selbst hatte nie viel über seinen Hintern nachgedacht. Er nahm es, wie es kam. Tanja war sechzehn, soweit er sich erinnerte. Fast eine Frau. Er hielt ihr die Tür auf, sie schlüpfte unter seinem Arm in den Hausflur. Ein leichter Geruch nach Deo und Mädchenschweiß. Herr Schmidt, großer Gott. Emma war fünfzehn. Manchmal machte einen die verdammte Zeit fertig. In den Jahren, die er am Fenster gestanden und geraucht hatte, war Vonnie verschwunden, Conny verunglückt, und er war zu Herrn Schmidt geworden.

»Keep on rockin', Girl«, sagte Paul.

»Ich geb mir Mühe«, sagte Tanja, kicherte, drückte den Fahrstuhlknopf. Sweet little sixteen. Sie könnte seine Tochter sein. Emma. Paul fiel die Lehrersprechstunde im Lennon-Gymnasium ein. Heute Nachmittag um fünf. Stefanie hatte ihm eine Nachricht auf den Anrufbeantworter gesprochen. Nicht, dass wir mit dir rechnen, aber es wäre schön. Keine Nachricht ohne Vorwurf. Wen meinte sie mit wir? Er sah auf die Uhr. Noch eine Stunde. Er könnte laufen. Er hätte die verdammte Lehrersprechstunde vergessen, wenn Tanja ihm nicht auf den Arsch geschaut hätte. So wie er die letzte vergessen hatte. Er nickte dem Mädchen zu. Eine gute Musikerin würde sie nicht werden.

»Danke«, sagte er.

Tanja lächelte verlegen, stieg in den Aufzug. Paul schloss die Tür und ging zum Fenster. Die Rentner waren verschwunden, wahrscheinlich schlurften sie andächtig durch einen der alten Sandsteinkästen, dessen Namen sie auf der Heimfahrt bereits vergessen haben würden. Der Fahrer stand vor seinem Bus und rauchte. Paul überlegte, ob er sich für die Sprechstunde ein Hemd anziehen sollte, ließ dann aber das T-Shirt an. Schließlich hieß die verdammte Schule Lennon-Gymnasium. Ein Hemd war sicher das Letzte, was John gewollt hätte.

Stefanie stand mit einem Mann vor dem Klassenraum, dem man ansah, dass er gerade erst seine Krawatte abgebunden hatte. Sie steckten die Köpfe zusammen wie zwei Grundstücksnachbarn am Gartenzaun. Paul fühlte sich augenblicklich fremd.

»Ach«, sagte Stefanie, ein spöttischer Blick.

»Hi, Stef«, sagte Paul, gab ihr einen Kuss auf die Wange. Kalte, samtene Haut, kleine Härchen, ein unbekannter, seifiger Duft. Als würde er eine alte Tante begrüßen.

»Das ist Paul, Emmas, äh, Vater«, sagte Stefanie. »Paul, das ist Christian, Leos Vater.«

»Christian«, sagte Paul.

»Freut mich«, sagte Christian und zerquetschte ihm fast die Hand.

»Wir haben gerade über den Herbstbasar geredet«, sagte Christian, bereit, ihn in das Gespäch einzubeziehen. Eine nette Geste. Paul nickte.

»Der Herbstbasar«, sagte er.

»Emmas Vater ist nicht so an schulischen Dingen interessiert«, sagte Stefanie, als sei er gar nicht da. Christian lächelte nervös, sah sich auf die Schuhe. Es roch nach Schweiß, alten Pausenbroten und Toiletten.

»Stefanie sagt, Sie sind Musiker, vielleicht könnten Sie auf dem Herbstfest ...«

»Ja«, sagte Stefanie.

»Was, ja?«, fragte Paul.

»Ihr könntet doch auf dem Schulfest ein paar Lieder spielen. Es ist ein Basar, jeder bringt irgendetwas mit«, sagte Stefanie. Paul sah sie an, dieses triumphierende Gesicht. Er fragte sich, was sie mitbringen würde. Irgendeinen Parteifreund aus der Stadtbezirksversammlung? Einen Stapel

Wahlkampfbroschüren? Ein paar grüne Luftballons? Stefanie, von Beruf Unterstufenlehrerin, arbeitete seit vielen Jahren für die Grünen. Er wusste nicht genau, was sie da eigentlich machte, aber er stellte es sich nicht viel aufregender vor als das, was er tat. Aus dem Fenster schauen und rauchen.

»Gute Idee. Aber die Band ist getrennt, wie du weißt«, sagte Paul.

»Richtig«, sagte Stefanie. »Getrennt. Die Geschichte deines Lebens. Emmas Vater ist immer gerade von irgendetwas getrennt.«

Christian sah verlegen auf den Fußboden, Terrazzo, kleine weiße und schwarze Teilchen. Paul suchte nach irgendeiner Erinnerung an Leo, Christians Sohn. Irgendetwas, was ihr Gespräch in ruhigeres Gewässer tragen könnte, aber da war nichts. Wenn Emma jemals einen Leo erwähnt haben sollte, hatte er es vergessen. Aus dem geschlossenen Klassenzimmer hörte man Stühlerücken. Paul studierte, um irgendetwas zu tun, die Liste, die an der Tür hing. Alle Schüler hatten ihre Namen für die Sprechstunde eingeschrieben. Emmas stand ganz unten. 18 Uhr: Emma Schmidt. Sie waren die Letzten. Vermutlich hatte sie ihm eine Chance geben wollen, pünktlich zu erscheinen. My girl, dachte Paul.

»Ich werde dann mal langsam«, sagte Christian, nickte zur Tür. »Viel Glück da drinnen.« Einen Wangenkuss für Stefanie, noch einen festen Händedruck für Paul. »Schön, Sie kennengelernt zu haben.« Dann ging er zur Treppe. Paul hörte ihn in der Stille erleichtert die Stufen hinunterhüpfen, als habe er hitzefrei.

»So«, sagte er. »Das war Christian.«

»Spar dir das. Konzentriere dich lieber auf den Namen von Emmas neuer Klassenlehrerin. Herrn Bernhardt gibt's nicht mehr. Wir haben jetzt Frau Krause.«

»Krause?«

»Krause.«

»Das krieg ich hin«, sagte Paul. Stefanie lächelte. Sie lächelte gegen ihren Willen. Lächelte und schüttelte dabei den Kopf. Die liebenswerteste Geste, die sie für ihn übrig hatte.

Die Tür öffnete sich ruckartig, und eine kleine Frau, die Paul auf den ersten Blick an ein Huhn erinnerte, erschien. Sie schloss die Tür, sah Stefanie an, ein müder, hoffnungsloser Blick, so als habe sie dort drinnen lange in ein schwarzes Loch geschaut.

»Und?«, fragte Stefanie.

»Alles gut«, sagte die Frau.

»Wirklich?«, fragte Stefanie.

»Das Übliche«, sagte die Frau. Sie schaute Paul flüchtig an. Paul nickte. Er glaubte das Leben dieser Frau zu kennen. Sie hatte den ganzen Tag an irgendeiner Supermarktkasse gesessen, dachte er, wahrscheinlich musste sie gleich wieder dorthin zurück. Drei Kinder, kein Mann. Einen Sohn, der es aufs Gymnasium geschafft hatte, die einzige Hoffnung. Kevin oder Marcel oder Maik. Jemand, der es mal besser haben würde als sie. Gerade hatte sie erfahren, dass er tagelang nicht zum Unterricht erschienen war. Sie begriff, dass sie nichts von ihm wusste, hatte das aber der Lehrerin gegenüber nicht zugegeben. Sie hatte ihren Sohn verteidigt, sie hatte ihn gedeckt. Sie würde ihn nicht verraten, schon gar nicht dieser Wichtigtuerin gegenüber, die jede Elternversammlung an sich riss, als gehöre ihr die Schule.

Stefanie berührte sie am Arm. Einen Augenblick hielt die kleine Frau still. Dann ging sie zur Treppe.

»Melanies Mutter«, sagte Stefanie leise. Paul zuckte mit den Schultern. Melanie. Er hatte keine Ahnung. Er hatte nur eine Vorstellung von einer Mutter, wie er sie sich gewünscht hätte. Stefanie straffte sich, lächelte, es schien ihr besserzugehen jetzt. Sie zog die Tür auf.

Frau Krause saß an ihrem Lehrertisch und studierte ihre Unterlagen. Davor zwei Stühle. An den Wänden Bilder von Mark Twain, Goethe, Thomas Mann sowie ein paar Männern und Frauen, die Paul nicht kannte. Offenbar wurde hier Deutsch unterrichtet. Musik wäre ihm lieber gewesen, aber Deutsch war besser als Physik oder Chemie. Frau Krause sah auf, lächelte. Sie war jünger, als er gedacht hatte, Mitte dreißig, schätzte Paul, dunkle, kurze Haare, großer Mund, ein bisschen zu stark geschminkt für eine Lehrerin, wahrscheinlich waren diese Elternsprechstunden auch für sie ein Großereignis. Eine Art Betriebsvergnügen.

Sie stand auf, streckte ihnen die Hand entgegen. Ein kräftiger, kühler Händedruck. Ein Blick auf die Tabelle, die vor ihr auf dem Tisch lag.

»Emmas Eltern, richtig?«

Stefanie nickte, die Lippen schmal, sie erwartete, von der Lehrerin ihrer Tochter erkannt zu werden, dachte Paul. Und sie wollte nicht mit ihm in einem Atemzug genannt werden.

»Ja«, sagte Paul.

Sie setzten sich auf die Schulstühle, die ein wenig niedriger waren als der von Frau Krause. Sie mussten zu ihr aufsehen. Kein Problem für Paul, er streckte die Füße aus.

»Was war denn mit Melanies Mutter los?«, fragte Stefanie.

»Bitte?«, fragte Frau Krause.

»Sie schien völlig aufgelöst«, sagte Stefanie.

»Ach, das kriegen wir hin«, sagte Frau Krause kühl, aber nicht unfreundlich. Sie wollte nicht über anderer Leute Sorgen reden. Paul mochte das, Stefanie natürlich nicht. Er spürte das, ohne sie anzusehen.

»So«, sagte Frau Krause. »Emma.« Sie blätterte in ihrem Klassenbuch. Stefanie schnaufte.

»Das sieht alles ganz gut aus«, sagte Frau Krause.

»Ganz gut?«, fragte Stefanie, leicht aus dem Schülerstuhl gebeugt, als wolle sie selbst einen Blick ins Klassenbuch werfen.

»Zwei«, sagte Frau Krause. »Mathe, Physik und Französisch ein bisschen schlechter, Deutsch und Englisch ein bisschen besser. Im Durchschnitt aber eine Zwei.«

»Das heißt, sie hat sich verschlechtert«, sagte Stefanie.

»Hat sie das?«, fragte Frau Krause.

»Sie sind die Lehrerin«, sagte Stefanie in einem Ton, den Paul aus vielen Gesprächen kannte. »Im letzten Jahresendzeugnis, unter Herrn Bernhardt, stand sie 1,5.«

»Zwei ist doch gut, Stef«, sagte Paul, überrascht, seine Stimme zu hören.

»Für dich vielleicht«, sagte Stefanie.

»Für mich wäre es sogar sehr gut«, sagte Paul.

»Eben«, sagte Stefanie.

Frau Krause sah sie an. Erst Stefanie, dann ihn, dann wieder Stefanie. Als beobachte sie ein Tennisspiel.

»Es ist schlechter als 1,5«, sagte Stefanie.

»Emma ist ein talentiertes Mädchen. Sie könnte sicher besser sein, aber für die Umstände ist es wirklich nicht schlecht«, sagte Frau Krause. »Da muss ich Ihrem Mann recht geben.«

»Er ist nicht mein Mann«, sagte Stefanie. »Er ist Emmas Vater.«

Paul zuckte die Schultern.

»Da muss ich Emmas Vater recht geben«, sagte Frau Krause.

»Welche Umstände?«, fragte Stefanie.

»Hat Ihnen Emma nichts von den Kontrollen erzählt?«

Stefanie starrte die Lehrerin an.

»Mir nicht«, sagte Paul.

»Also gut. Wir hatten vor ein paar Wochen zwei Schüler der 9a, die berauscht zum Unterricht erschienen. Drogenberauscht. Marihuanaberauscht. Es gab ein Gespräch bei unserem Direktor, bei dem die beiden Schüler über die, ich sage mal, Haschischroutine der gesamten Schulklasse Auskunft gaben. Es stellte sich heraus, dass ein Drittel der Klasse mehr oder weniger regelmäßig rauchte.«

»Emma ist bekifft zum Unterricht erschienen?«, fragte Paul.

»Nein, jedenfalls nicht, dass ich wüsste. Aber ihr Name fiel«, sagte Frau Krause.

»Und darauf bauen Sie hier Ihren Fall gegen meine Tochter auf? Auf den Aussagen von zwei bedröhnten Neuntklässlern? Das ist doch lächerlich«, rief Stefanie.

»Ich habe natürlich mit Emma gesprochen. Sie hat es zugegeben«, sagte Frau Krause.

Stefanie stieß Luft aus. Sie sah Paul wütend an, als sei er Emmas Dealer.

»Wird Haschisch oder Gras geraucht?«, fragte Paul.

»Bitte?«, fragte Frau Krause.

»Sie erwähnten beides. Aber da ist ja ein Unterschied«, sagte Paul.

Stefanies Mund öffnete und schloss sich.

»Ich bin da nicht so firm. Aber so weit ich verstanden habe, ging's eher um Marihuana. Gras also.«

»Hab ich mir gedacht«, sagte Paul.

»Wird das hier eine kleine Kifferrunde? Wir sind doch hier nicht in der Drogenberatungsstelle. Das ist eine Schule«, sagte Stefanie.

»Es ist immerhin die Lennon-Schule«, sagte Paul.

»Was soll denn das heißen?«

»Der Namenspate hätte das gelassener gesehen als du, Stef. John war ja kein Drogenfeind«, sagte Paul. »Genau genommen.«

»›Lucy in the Sky with Diamonds‹«, sagte Frau Krause und lachte. Kleine Zähne, viel Zahnfleisch.

»›Strawberry Fields Forever‹«, sagte Paul.

»Ich glaube, ich träume das«, sagte Stefanie. »Es geht um die Zukunft meiner Tochter, und Sie machen hier Scherze.«

»Ich glaube nicht, dass die Zukunft Ihrer Tochter gefährdet ist, Frau Schmidt. Emma ist fünfzehn. Solche Dinge passieren«, sagte Frau Krause.

»So sehen Sie das vielleicht. Und ich glaube, das ist Teil des Problems. Ich kann mich nicht erinnern, dass die Klasse unter Herrn Bernhardt diese Art von Problemen hatte«, sagte Stefanie. Sie war ganz weiß im Gesicht.

»Das kann ich nicht einschätzen«, sagte Frau Krause.

»Wer waren denn die beiden Kinder, die bekifft zum Unterricht erschienen? Vielleicht können Sie mir das wenigstens sagen.«

»Weshalb sollte ich das tun?«

»Weil Sie offensichtlich nicht in der Lage sind, diese Dinge zu handlen«, sagte Stefanie. Sie sprang von dem kleinen Stuhl auf und ruderte mit den Armen. Ihre Hände flatterten, als wollten sie irgendwelche Unterlagen zusammenschieben, einsammeln, wahrscheinlich die Geste eines erzürnten Parlamentariers bei einem überstürzten Abgang. Aber es war nichts einzusammeln. Die Akten lagen auf dem Lehrertisch, außerhalb Stefanies Reichweite. So raffte sie ihre Handtasche und verließ den Raum, ohne Paul noch einmal angesehen zu haben. Die Tür war zu schwer, um sie hinter sich zuzuwerfen. Sie schloss sich langsam wie eine Tresortür. Paul saß immer noch da wie am Anfang, die Beine ausgestreckt.

Frau Krause sah ihn an. Ihre gespannte Lehrerautorität verließ sie. Es war alles ein Spiel, jeder hatte seine Rolle. Die Elternsprechstunde war vorbei, aber Paul blieb sitzen, und so konnte er die Lehrerin seiner Tochter in dem Moment beobachten, in dem sie ihre Bedeutung verlor. Sie wurde eine einfache Frau, nicht mehr ganz jung, aber auch nicht alt. Er war ein Mann, der in einem Klassenzimmer übrig geblieben war. Auch seine Zeit als Emmas Vater war beinahe abgelaufen. Paul erinnerte der Moment an das Ende eines Rockkonzerts. Sie bekämpften den plötzlichen Autoritätsverlust mit ein paar Bieren im Backstagebereich. Dann gingen sie hinaus, durch den sich leerenden Saal zu den CD-Tischen und mischten sich unters Volk, gaben Autogramme und ließen sich anfassen. Normale Menschen beinahe, kaum noch schwebend, schwer und müde. Er fühlte sich in diesen Augenblicken der Verwandlung nackt und überfordert, wie ein verglühender Meteorit. Nur die Mädchen, die am Ausgang der Clubs warteten, ließen ihn noch ein wenig weiterleuchten.

»Und wie ist Emma in Musik?«, fragte er.

Frau Krause lachte.

»Gut«, sagte sie.

»Ganz gut?«, fragte Paul.

»Mindestens einskommafünf, nehme ich an.«

Sie klappte das Klassenbuch zu und legte es in die Schublade ihres Lehrertisches. Paul trug die beiden Schülerstühle in die erste Bank zurück. Dann ging er zur Tür, hielt sie auf.

Sie verließen die Schule wie ein Paar. Einen Moment fürchtete Paul, dass Stefanie irgendwo auf ihn wartete, um ihn zur Rede zu stellen, aber als sie die Straße betraten, fühlte er sich sicher. Es war ein warmer Abend. Frau Krause sah ihn an.

»So«, sagte Paul.

»Ja«, sagte sie.

»Ich könnte jetzt einen Drink gebrauchen«, sagte Paul.

»Ich auch«, sagte sie.

»Paul«, sagte Paul.

»Verena«, sagte Frau Krause. Sie gab ihm noch mal die Hand, aber diesmal nicht ihre feste, tapfere Lehrerinnenhand.

Vier Stunden später standen sie nackt am Fenster von Pauls Wohnung und sahen auf den Gendarmenmarkt. Sie hatten in der Oranienburger Straße zwei Gläser Wein getrunken, waren durch die Berliner Mitte gelaufen und schließlich, wie von unsichtbaren Fäden geführt, in der Newton Bar gelandet, von wo es nicht mehr weit bis zu Pauls Bett war. Paul wusste, dass Verena aus Braunschweig stammte und seit vier Jahren in Berlin Kunst und Englisch unterrichtete. Seit einem Jahr war sie am Lennon-Gymnasium. Sie hatte eigentlich Malerin werden wollen. Sie hatte sechs Jahre lang mit einem Standardisierungsingenieur aus irgendeinem Bundesamt zusammengelebt, einem Jan-Christoph, keine Kinder. Sie wohnte in Schöneberg. Verena wusste, dass Paul Bassgitarre in einer Band spielte, die es gerade nicht gab und die sie nicht kannte. Im Dussmann-Kulturkaufhaus in der Friedrichstraße hatte Paul ihr die letzten beiden Steine-CDs im Ostrockfach gezeigt. Sie hatten, wie die Puhdys und Karat, sogar einen kleinen Reiter, auf dem der Bandname stand, aber es war ein großes Warenhaus, und es stand im Osten. Sie wusste, dass Paul allein lebte und Gitarrenunterricht gab, um die Leere zu füllen, die seine Band hinterlassen hatte. Sie wussten alles, was sie voneinander wissen mussten. Sie waren beide nicht besonders unglücklich. Die letzten Minuten in der Newton Bar hatte Paul nur noch auf den großen redenden Mund von Verena geschaut. Sie hatten im Fahrstuhl angefangen, sich auszuziehen, und waren auf der kratzigen Auslegeware im Korridor übereinander hergefallen. Er spürte die Verbrennung an seinem rechten Knie. Sie hatten ein Bier getrunken, sich ausgezogen und dann noch einmal auf dem Bett miteinander geschlafen, der große, wundgeküsste Lehrerinnenmund überall.

Und jetzt standen sie hier, holten Luft. Ihre Hand lag auf seinem Hintern, sein Arm auf ihrer Schulter. Ihre kurzen schwarzen Haare kitzelten seine Wange. Aus dem Bühnenausgang des Schauspielhauses liefen die letzten Musiker. Es gab ein paar Parkplätze, die einzige Tageszeit, in der man hier einen Parkplatz bekam. Paul fragte sich, ob sie wusste, welcher der Französische und welcher der Deutsche Dom war, als Kunstlehrerin. Aber er wollte eigentlich keine Antwort. Er wollte ein bisschen hier stehen, eine Zigarette rauchen und dann noch mal mit ihr schlafen.

»Schöner Platz«, sagte sie.

»Ja«, sagte er.

»Ein bisschen wie eine Fototapete.«

Er spürte den leicht nörgelnden Ton der Braunschweiger Kunststudentin und zugleich die drängende, kreisende Bewegung der Hand auf seinem Hintern. Er dachte darüber nach, wie er sie morgen wieder loswerden würde, während ihm das Blut in die Körpermitte strömte. Er hörte den Fahrstuhl, der sich draußen auf seiner Etage öffnete, nicht und nicht die Schritte auf dem Flur, die sich seiner Wohnungstür näherten. Er wurde erst wach, als jemand einen Schlüssel in das Schloss steckte und die Tür öffnete. Er dachte an die wütende Stefanie, aber die hatte gar keinen Schlüssel zu seiner Wohnung. Es war Emma.

Sie schnippte den Lichtschalter an. Paul drehte sich wie in Zeitlupe um, zog die Hand von Verenas Schulter und bedeckte seinen angeschwollenen Schwanz, während sich Emmas Augen an die Helligkeit gewöhnten und die beiden Gestalten vorm Fenster erkannten. Emma sah unschuldig aus und erschöpft, so als hätte sie geweint. Auf ihrer rechten Schulter hing ihr Rucksack, und Paul begriff die Geschichte.

Er sah sie vor seinen Augen ablaufen wie einen Film. Die wütende Stefanie, die mit den Drogennachrichten von der Elternsprechstunde nach Hause kam, ins Zimmer ihrer Tochter stürzte. Die Schreie, das Türenknallen, das Verhör. Wahrscheinlich war es Stefanie gelungen, die Namen der beiden bekifften Klassenkameraden aus ihrer Tochter herauszupressen. Die Tränen, das Schweigen und schließlich die Versprechen. Eine halbherzige Versöhnung auf dem Rücken der erwischten Kiffer und ihrer unfähigen Klassenlehrerin. Vielleicht eine Sanktion, eine kleine Strafe. Stubenarrest, Kinoverbot, Taschengeldkürzung. Und dann im Bett Emmas schlechtes Gewissen über den Verrat, der Fluchtgedanke. Ihr Vater, der einzige Erwachsene auf der Welt, der sie verstehen würde. Ihr zweites Kinderzimmer, die Insel, auf die sie fliehen konnte. Emma hatte gewartet, bis ihre Mutter schlief. Vielleicht hatte sie einen Zettel auf dem Küchentisch hinterlassen. Damit ihre Mutter nicht die Polizei alarmierte. Bin bei Papa. Morgen früh würde er einen Anruf von Stefanie bekommen. Aber das war nicht sein größtes Problem.

Die Frau neben ihm, Verena, brauchte einen Augenblick länger, um sich vom Fenster weg in den Raum zu drehen. Aber irgendwann standen sie sich dann gegenüber.

Emmas Blick glitt über den Körper ihrer Klassenlehrerin. Er hielt in der Mitte. Sie starrte auf den dichten, schwarzen ungetrimmten Busch, in dem Paul vor einer halben Stunde sein Gesicht vergraben hatte. Unvorstellbar jetzt. Die nackte Frau neben ihm hatte sich wieder in eine Lehrerin verwandelt. Sie stand mit der Selbstverständlichkeit einer FKK-Volleyballspielerin in seinem Wohnzimmer.

»Frau Krause?«, sagte Emma.

»Emma«, sagte Frau Krause. Es klang aufgeräumt.

»Ihr seid doch krank«, sagte Emma. »Ihr seid doch alle krank.«

Sie ging ein paar Schritte rückwärts, als könne sie den Blick nicht von den beiden nackten Menschen lösen, dann drehte sie sich um und rannte zur Tür. Paul sah den Rucksack mit den Sachen für den morgigen Schultag verschwinden. Die Tür knallte. Ständig knallten die Frauen seines Lebens mit den Türen. Er stand einen Moment wie versteinert da, dann suchte er in dem Kleiderhaufen auf dem Flur seine Unterhose, stieg hinein und rannte seiner Tochter hinterher. Er hörte den Fahrstuhl abfahren, nahm das Treppenhaus, rannte neben dem rumpelnden Liftgeräusch nach unten. Emma war früher an der Haustür. Er konnte immer noch nichts sagen, sie drehte sich nicht um. Er stand hinter der Glastür und sah, wie seine Tochter sein Leben verließ. Sie ging zu ihrer Mutter zurück, vor der sie geflohen war. Sie wählte das kleinere Übel, dachte Paul. Sie hatte kein Zuhause mehr, und Paul wusste, wie sich das anfühlte. Er hatte sein Leben in Kinderheimen begonnen. Zwei Jahre im Katharinenstift in der Greifswalder Straße, sechs Jahre im Geschwister-Scholl-Heim im Baumschulenweg. Erst die Nonnen mit den Damenbärten, später die abgekämpften Erzieherinnen, die genug eigene Probleme hatten. Die langen Sonntagnachmittage, an denen er auf seine Mutter gewartet hatte. Manchmal kam sie fünf Minuten vorm Ende der Besuchszeit, rotgeheulte Augen, Küsse, die nach Alkohol rochen, trunkene Versprechen. Emmas Oma. Sie war gestorben, bevor Emma geboren worden war. Einen Opa hatte es nie gegeben. Paul hatte alles anders machen wollen. So wie es aussah, hatte es nicht funktioniert.

Er öffnete die Tür und rief den Namen seiner Tochter über den leeren dunklen Platz. »Emma.« Sie drehte sich nicht mehr um. Ihr Rucksack verschwand zwischen den Bäumen der Französischen Straße. Ein Taxifahrer, der auf einen späten Gast wartete, sah ihn misstrauisch an. Ein langhaariger, mittelalter Mann in einer Unterhose, der mitten in der Nacht einem fünfzehnjährigen Mädchen hinterherjagte. Paul nickte ihm zu, dann ging er ins Haus zurück.

Der Fahrstuhl war weg. Als er wieder nach unten kam, stand der dicke Opernsänger aus dem Dachgeschoss in der Kabine. Er hatte einen winzigen Hund auf dem Arm und sah Paul an, als würde er gleich anfangen zu singen.

»Lange Geschichte«, sagte Paul.

»Müssen Sie mir gelegentlich mal erzählen«, sagte der Opernsänger.

Paul nickte. Sie bewegten sich vorsichtig aneinander vorbei. Zwei späte Nachbarn. Einer im Schlüpfer, einer mit Hund. Paul war froh, als sich die Türen schlossen. Er genoss die kurze Fahrt in der kleinen, schmucklosen Kabine. Er hätte ewig so weiterfahren können. Keine Fenster, nur ein Display mit Zahlen, das ihm zeigte, wie die Zeit verstrich. Frau Krause stand in der halbgeöffneten Tür und zog sich auf dem Korridor, wo sie vor einer guten Stunde zu Boden gesunken war, den linken Schuh an. Das letzte Kleidungsstück. Sie richtete sich auf, sah ihn an, lächelte schief.

»Tut mir leid«, sagte sie.

»Ja«, sagte Paul. »Mir auch.«

Er strich ihr über die Wange, sie schmiegte sich leicht in die Berührung, die Augen geschlossen. Es war unwahrscheinlich, dass sie sich jemals wiedersahen. Niemand würde ihn mehr zu einer Lehrersprechstunde bitten. Paul schloss die Tür leise, lief zum Fenster, zündete sich eine Zigarette an und sah auf den Platz. Frau Krause ging mit kleinen Schritten zu dem Taxi, das vor seinem Haus wartete. Sie stieg zu dem Fahrer, der ihn vor ein paar Minuten gemustert hatte wie einen Kinderschänder, in den Fond. Sie könnte ihm auf der Fahrt nach Schöneberg die Geschichte des aufgelösten Schlüpferträgers erzählen. Der Platz war nun leer bis auf den dicken Opernsänger, der langsam seinem winzigen Hund hinterhertippelte.

Paul ging in das kleine Zimmer, das er seiner Tochter eingerichtet hatte. Ein Bett, ein Schrank, ein Schreibtisch. An der Wand ein paar Poster, darunter das Coverfoto des Time magazines aus der Woche, in der John Lennon gestorben war. Die Zeit verstrich nicht, sie mahlte gnadenlos. In diesem Zimmer hatte er einst Nora geliebt, als Stefanie bereits schwanger mit Emma war. Rücksichtslos und unschuldig zugleich. Damals hieß der Platz dort draußen noch Platz der Akademie. Emma war in eine Zeit geboren worden, in der sich alles veränderte. Sie hatte nie viele Sicherheiten gehabt in ihrem kurzen Leben, und seit heute Abend hatte sie gar keine mehr, dachte Paul.

Er würde in der Zukunft oft an diese Nacht denken, in der er seine Tochter verlor. Als Emma in der zehnten Klasse, noch vor den Prüfungen, die Schule schmiss, als er sie mit dunkel geschminkten Augen auf dem Alexanderplatz herumsitzen sah, als er im Berliner Kurier las, dass die Tochter einer Berliner Grünen-Abgeordneten beim Klauen erwischt worden war, in einem Bioladen!, und natürlich, als Alex irgendwann ein Liebeslied in ihren Proberaum brachte, das Emma galt.

Einiges davon glaubte er in diesem Moment, da er in dem kleinen Kinderzimmer stand, vorauszusehen. In der Ecke unterm Fenster die Gitarre, die er Emma zum zwölften Geburtstag geschenkt hatte. Ein Regal mit den CDs, die sie seiner Meinung nach hören musste. Zeppelin, die Stones, T. Rex, Nirvana, Springsteen und natürlich die beiden wichtigsten Platten der Steine. »Weißenseer Wölfe« und »Thälmannpark«. Alles von ihm, nichts von ihr. Er hatte ihr ein Nest gebaut und sie dann hinausgestoßen.

Paul hörte ein Lied, und wenn er ein anderer Mann gewesen wäre, hätte er sich ein Blatt genommen und es aufgeschrieben. So aber legte er sich in das Bett seiner Tochter und wartete darauf, dass die Stimmen in seinem Kopf verstummten.

Die Beichte
Vonnie, 1982, Juli

Als das Telefon zum fünften Mal klingelte, hob Robert von Wilczinski ab. Es war der vierte Anruf in der letzten halben Stunde, und Robert wusste, dass er sich nicht länger verstecken konnte. Er wartete schon eine ganze Weile neben dem Apparat, der auf einem kleinen hölzernen Pult stand, das sein Vater ins Zentrum ihrer Flurgarderobe gebaut hatte. Die Garderobe war im Baudenstil gehalten, vier Meter gespuntete Bretter, darauf hölzerne Haken, eine hölzerne Hutablage und ein in Holz gefasster Spiegel, in dem sich Robert beobachtete, während er den Hörer abhob. Er trug die Wranglerjeans, die er im vorigen Sommer von Tante Hedwig geschickt bekommen hatte, und ein T-Shirt mit dem Maskottchen der Fußball-WM in Spanien, das er sich im Frühling auf einem Markt in Szczecin gekauft hatte, eine Apfelsine in Turnhosen, die einen Fußball unterm Arm trug. Die Jeans wurden an den Knien dünn, noch sah man es nicht, aber Robert spürte es. Er fühlte sich wie von einer tödlichen Krankheit befallen. Es waren die ersten Jeans seines Lebens, und wenn es nach seinem Vater ging, der sie verächtlich Nietenhosen nannte, würden es auch seine letzten bleiben. Die Hosen oder die Haare mussten fallen, das war das Sommerultimatum. Roberts Haare hatten endlich die Länge erreicht, bei der sich die Locken entzerrten, sie fielen jetzt beinahe, sie kräuselten nicht mehr. Noch vier Wochen. Er schob sein Kinn nach vorn.

»Von Wilczinski«, sagte er, die Stimme so tief, wie es ging, eine Angewohnheit aus der Zeit vor dem Stimmbruch, in der er am Telefon ständig mit seiner kleinen Schwester verwechselt worden war.

»Was treibst du eigentlich die ganze Zeit?«, fragte seine Mutter.

»Ich habe Ferien, Mama«, sagte Robert.

»Ja, Robi, aber es ist Kirschenzeit.«

»War nicht letzte Woche schon Kirschenzeit?«

»Du weißt doch, wie es ist. Erst kommt gar nichts und dann alles zusammen. Die Schlange geht bis zu Elektro-Wagner. Wir brauchen dich im Geschäft.«

Robert hasste es, wenn seine Mutter ihren Obst- und Gemüseladen Geschäft nannte. Er hasste es, weil es nicht ihre Worte waren, sondern die seines Vaters, der lieber ein Geschäft betrieben hätte als einen Laden. Sein kleinbürgerlicher Hochmut hing über jedem Familiengespräch. Robert schien immer nur mit seinem Vater zu reden. Und so erfand er instinktiv eine Ausrede, die eher seinen Vater beeindrucken würde als seine Mutter.

»Ich muss in die Gemeinde.«

»Heute?«

»Ja, wir bereiten die Ferienfreizeit im Spreewald vor. Kaplan Wengler will uns da heute einweisen, die Gruppenleiter.«

»Du bist Gruppenleiter?«, fragte seine Mutter zerstreut. Im Hintergrund rumpelte es, Robert hörte Stimmen, sie klangen nicht gutgelaunt.

»Ja«, sagte Robert.

»Ach so«, sagte seine Mutter, die mit der katholischen Kirche nicht viel am Hut hatte. Sie war ihr beigetreten, um seinen Vater heiraten zu können. Sein Vater war kein fanatischer Katholik, aber er hatte Wert darauf gelegt, weil er Familientraditionen fortsetzen wollte. Dazu zählte die Hochzeit in der St. Josef-Kirche genauso wie der Obst- und Gemüseladen in der Langhansstraße, den sein Großvater gegründet hatte. Den Preis bezahlte Robert. In Wahrheit war nämlich er der eifrigste Kirchgänger der Familie. Bis zum vorigen Jahr hatte er drei- bis viermal in der Woche ministriert, oft in der Frühmesse, bevor die Schule begann. Er hatte damit aufgehört, weil seiner Mutter das Abitur wichtiger gewesen war als der Messdienst. Er hatte seine Eltern streiten hören, am winzigen Esstisch, den sein Vater in die kleine Küchenzeile ihrer Wohnung gequetscht hatte. Sie feilschten um seine außerschulischen Aktivitäten. Klavier. Tennis. Messdienst. Seine Eins in Deutsch war gefährdet. Das machte auch seinem Vater Angst, dem noch wichtiger als Gott war, dass Robert Medizin studierte. Einmal hatte Pfarrer Roth Robert in der Beichte dazu aufgefordert, fünf Ave Maria und fünf Vaterunser dafür zu beten, dass seine Eltern öfter zum Gottesdienst erschienen. Sie schliefen am Wochenende gern lange, weil sie in der Woche früh rausmussten. Robert hatte seinen Eltern von den Bußgebeten erzählt, um ihnen ein schlechtes Gewissen zu machen. Davon profitierte er jetzt. Auch wenn es natürlich eine Lüge war. Er hatte das dritte Gebot in der kleinen Beichtfibel für minderjährige Sünder gebrochen. Ich habe meine Eltern angelogen.

»Kannst du dann später noch vorbeikommen? Nach eurer Sache«, fragte seine Mutter.

»Sache?«

»Du weißt schon.«

»Ich geb mir Mühe«, sagte Robert.

»Papa ist schon ganz fertig«, sagte sie.

»Ist er das nicht immer«, sagte er.

»Robert«, sagte sie.

»Ja«, sagte er. »Es ist Kirschenzeit.«

»Beeil dich«, sagte sie und legte auf.

Robert reckte sein Kinn in den Garderobenspiegel. Kirschen und Kirchen, das waren seine Alternativen. Er hatte sich für ein Medizinstudium an der Humboldt-Universität beworben, würde aber ein gottesfürchtiger Obsthändler werden wie sein Vater und dessen Vater. Das war kein Widerspruch. Er zog eine Locke, die aus seiner Stirn wuchs wie ein Horn, nach unten. Sie flippte wieder in die Höhe. Er überlegte, die Teufelslocke noch einmal mit dem Birkenholzöl zu behandeln, bevor er losging. Seine Mutter hatte ihn erschrocken angesehen, als sie das Fläschchen im Badezimmer entdeckte. Wahrscheinlich dachte sie, er sei schwul. Die Kirchengewänder, die Frühstücke bei Kaplan Wengler, keine Freundin und jetzt auch Haarwasser. Robert war sich, was seine sexuellen Präferenzen anging, selbst nicht hundertprozentig sicher. Er hatte noch kein Mädchen geküsst, verlor aber jedes Mal die Fassung, wenn er Sabine Kopka begegnete, der blonden Tochter von Fleischer Kopka aus der Börnestraße. Er hatte einmal im Schlafzimmer seiner Eltern ein Abendkleid seiner Mutter anprobiert, aber eigentlich wollte er nicht aussehen wie eine Frau. Er wollte aussehen wie Robert Plant. Die Locken des Led-Zeppelin-Sängers fielen geschmeidig. Das Öl nahm den Haaren etwas von ihrer Fusseligkeit, aber um seinem Vorbild wirklich nahe zu kommen, brauchten sie mindestens noch zehn Zentimeter Länge. Zehn Zentimeter waren in diesem Haus nicht zu machen, nicht mal, wenn er die Nietenhosen abgab.

Er sah auf die Uhr. Es waren noch 48 Minuten. Zu kurz für eine Ölkur. Eine halbe Stunde lief man bis zum Werkzeugmaschinenkombinat, er hatte das gestoppt. Auf die Straßenbahn konnte man sich nicht verlassen, und ein Moped besaß er nicht, weil seine Mutter zu viel Angst vor Unfällen hatte.

Einen Moment lang dachte Robert darüber nach, sich im Bad einen runterzuholen, um die Zeit zu überbrücken. Aber er hatte kürzlich in der Ali-Biographie gelesen, dass Sex vor Kämpfen Spannungsabfall verursachte, und das konnte er jetzt gar nicht gebrauchen.

Er lief über den kurzen Flur in sein Zimmer, die Sommerstille in der Wohnung war niederschmetternd. Seine kleine Schwester war im Ferienlager, ihre Karte hing an seiner Pinnwand. Das Rathaus von Wernigerode. Die wichtigste Nachricht an sein Leben hing dort natürlich nicht. Sie lag in seiner mittleren Schreibtischschublade vergraben. Er wühlte den Zettel heraus, obwohl er wusste, was draufstand. Im Hof pfiff jemand, Rietzes Familienpfiff. Carsten sollte zum Mittagessen hochkommen.

Robert strich den Zettel glatt. Rockband sucht Pianomann.

Er hatte die Anzeige vor einem Monat an der Seitenwand des Zeitungskiosks am Antonplatz entdeckt, neben den vergilbten Strickzeitschriften. Es war ein Zeichen, und Robert glaubte, dass es nur für ihn bestimmt gewesen war. Er hatte den Kiosk ein paarmal umkreist, bevor er den Mut fand, sich die Telefonnummer aufzuschreiben. Er hatte das unheimliche Gefühl, beobachtet zu werden, die St. Josef-Kirche stand nur vierhundert Meter vom Antonplatz entfernt. Mochte Gott Rockbands? Kaplan Wengler hatte »Wish You Were Here« von Pink Floyd im Plattenschrank.

Zwei Tage später hatte er angerufen. Ein Mann, der nicht geklungen hatte wie ein Rockmusiker, war am Telefon gewesen. Er hatte nur seinen Vornamen genannt: Conny. Der Mann am anderen Ende der Leitung hatte so gelassen geklungen, als habe er mit Roberts Anruf gerechnet. Die Selbstverständlichkeit hatte Robert beflügelt. Es war möglich. Sie hatten einen Termin für Dienstag, den 12. Juli, um eins ausgemacht. Das war heute. Er sollte zum Kultursaal des Werkzeugmaschinenkombinates kommen. Komischer Platz für eine Rockband, sicher, aber was wusste er.

Du spielst also Klavier, hatte Conny am Telefon gesagt.

Ja, hatte er gesagt.

Gut, hatte Conny gesagt.

Robert hatte nicht einmal gefragt, wie die Band hieß, so erleichtert war er gewesen. Er hatte auch nicht gefragt, was er vorspielen sollte. Das kam später, als er erschöpft und glücklich in seinem Kinderzimmer saß.

Natürlich hatte er sofort an »Pianoman« gedacht. Aber ihm

fehlte die Mundharmonika, und irgendwie war »Pianoman« dann doch zu naheliegend. Er hatte auch an die Beatles gedacht, eine Ballade, »Let it be« oder »Yesterday«, das Verrückteste, was sich Frau Schneider, seine Klavierlehrerin, vorstellen konnte. Ein ostdeutsches Stück war ihm nicht eingefallen, da gab es nirgendwo Klavierintros wie in »Tiny Dancer« von Elton John, nur Gitarren oder diese Synthesizerorgien, Lift, Elektra, Stern-Combo Meißen. Kein »Pianoman« im Osten, nirgendwo. Er hatte ein paar Sachen auf dem Keyboard in seinem Kinderzimmer probiert, wusste aber immer noch nicht, was er spielen sollte, jetzt, da noch eine Dreiviertelstunde blieb. Er hatte keine Vorstellung von sich, umringt von einer Rockband, natürlich nicht, er hatte sein ganzes Leben in der Cohnstraße verbracht.

Die Julisonne fiel matt durch die Vorhänge seines Kinderzimmers, der Verkehr summte leise von der Greifswalder Straße herüber, dort, wo sie in die Klement-Gottwald-Allee überging, davor die Vögel und das vereinzelte Geheule und Gehämmer aus einer der kleinen Werkstätten in der Lehderstraße, eine Weißenseer Symphonie eher als eine Prenzlauer Berger. Robert wusste nicht, was ihn erwartete, er beschloss, die Dinge auf sich zukommen zu lassen. Alles, was er tun konnte, war, zu erscheinen. Pünktlich, aber nicht zu pünktlich. So stellte er sich das vor.

Er zog sich Jesuslatschen an, sah sich im Spiegel und zog sie wieder aus. Er schlüpfte in die Adidas-Turnschuhe, die er von Tante Hedwig bekommen hatte. Sie hatten drei Knöpfe an der Sohle, deren Funktion er nie richtig begriffen hatte. Aber sie sahen gut aus, rot, blau und weiß. Er reckte wieder das Kinn in den Spiegel, fuhr sich mit der rechten Hand darüber, als würde er seinen Bartwuchs prüfen.

Er hatte keinen Bart.

Als er die Wohnungstür zuzog, hörte er das Telefon noch einmal klingeln. Unten, vor den Briefkästen, wartete Frau Walther aus dem dritten Stock auf die Post. Sie stand da jeden Tag, als erwarte sie einen Brief, der sie aus ihrem freudlosen Leben rettete. Die Walthers hatten keine Kinder. Herr Walther arbeitete im Vergaser- und Filterwerk in der Ostseestraße und verbrachte seine Freizeit in der Kneipe. Ein »schwerer Trinker«, sagte Roberts Mutter. Frau Walther nannte sie »die arme Frau«.

Robert nickte ihr zu. Er dachte an den Brief der Humboldt-Universität, auf den eigentlich nur seine Eltern warteten. Er hasste Blut. Frau Walther sah durch ihn durch. Die arme Frau.

Robert lief aus der Cohnstraße mit ihren geduckten Dreißiger-Jahre-Häuschen und rechteckigen Rasenflächen hinaus in die Welt, ohne weitere Menschen zu treffen. Die Klement-Gottwald-Allee hielt Mittagsschlaf. Seine Beine waren so schwer, als laufe er über den Kreuzweg. Links die Sonne, Herrn Walthers Kneipe, aus der manchmal schon mittags betrunkene Männer torkelten, dann der Leistenladen, das Kino Toni, die Broilergaststätte, von der es einmal hieß, dort werde mit Drogen gehandelt. Er schaute in die Langhansstraße, wo seine Eltern auf ihn warteten, wie in einen tiefen Brunnen. Ich habe meine Eltern angelogen. Den Laden sah man von hier nicht. Ein Augenoptiker, dann noch einer, die kleine Menschentraube vor der Currywurstbude in der Mahlerstraße, die Nachtbar Harmonie, die sich Robert als verruchten Ort vorstellte, eine Art Weißenseer Bordell, der Plattenladen, wo er die AMIGA-Platten von Deep Purple, Simon & Garfunkel und den Rolling Stones bekommen hatte, weil die Verkaufsstellenleiterin bevorzugt mit Erdbeeren, Kirschen und Apfelsinen aus dem Geschäft seines Vaters beliefert wurde. Das Gleiche galt für Ken Kesey, Salinger, Joseph Heller und John Updike aus der Volksbuchhandlung. Robert hatte ihre Bücher nicht hundertprozentig verstanden, aber sie hatten ihm ein Gefühl davon gegeben, wie groß die Welt war. Die Klement-Gottwald-Allee war die Marktstraße seiner Jugend, wo Waren getauscht wurden wie im Mittelalter. Am Kinderkaufhaus fransten die Läden aus, hinter dichten Bäumen schnatterten badende Kinder am Weißen See, rechts der Weg zu den Tennisplätzen, auf deren roter Asche er mit Arzt- und Handwerkersöhnen zweimal die Woche trainierte, um seinem Vater zu gefallen. Dann sah er die Werkzeugmaschinenfabrik, ein grauroter Kasten, der in der Mittagssonne stand wie ein Gefängnis.

Er trug sich in das Besucherbuch der Pförtner ein und lief über den Fabrikhof zum Kultursaal. Der Hof war still und leer. Es war fünf vor eins. Robert wartete im Foyer, wo ein paar Kübel mit kränklichen Gummibäumen und drei schwarze Ledersofas herumstanden. Auf einem Tischchen lag ein Stapel Betriebszeitungen, im Glaskasten an der Wand hingen ein Plakat, das eine Feier zum Tag des Werkzeugmaschinenbauers im Mai ankündigte, und eine Liste mit den drei Durchgängen eines Betriebsferienlagers im Erzgebirge. Es roch nach Bohnerspänen. Er hörte keine Musik.

Eine Minute nach eins zog er die hohe Tür zum Kultursaal auf wie das Himmelstor.

Es war eine große, hohe Halle, und sie war leer bis auf zwei Stühle in der Mitte des Saals. Einer war besetzt. Vorn auf einer Bühne standen drei Männer und eine Frau vor einem Schlagzeug. Zwei der Männer trugen Gitarren. Die Band, dachte Robert, auch wenn die Szene aus der Entfernung eher an ein Krippenspiel erinnerte. Er machte einen Schritt in den Raum, schloss vorsichtig die Tür hinter sich. Die Leute auf der Bühne beachteten ihn nicht. Die Stimmung schien nicht besonders gut zu sein, so, wie sie da standen. Alle vier rauchten. Robert wäre am liebsten umgekehrt, aber er wusste, dass er dann nie wieder zurückkommen würde, und so ging er langsam auf die Bühne zu. Links und rechts fiel milchig weißes Licht durch hohe Fenster auf verschrammtes Parkett, unter den Fenstern lehnten zusammengeklappte Stühle in langen Reihen. Die Bühne wurde von dicken Vorhängen eingerahmt, rechts stand ein Flügel, ein Flügel also.

Kurz bevor Robert die beiden Stühle in der Hallenmitte erreicht hatte, blieb er stehen. Der sitzende Mann drehte sich zu ihm um, lächelte und winkte ihn auf den freien Platz. Der Mann gab ihm die Hand, sagte aber nichts. Er trug halblange Haare, Jeans und eine Lederjacke, sah aber nicht aus wie ein Musiker. Er war nicht dick, wirkte aber so. Conny, dachte Robert und setzte sich auf den freien Stuhl.

»Es ist eine Revue, kein Musical, Nora«, sagte einer der Gitarristen. Er war dünn und hatte dunkle Locken, die ihm in die Stirn fielen wie Marc Bolan. Er wirkte ernsthaft.

»Ich nehme mal an, du könntest mir den Unterschied erklären«, sagte die Frau. Nora. Mädchen in Rockbands hießen nicht Andrea oder Petra oder Kerstin, dachte Robert. Sie war fast so groß wie die Männer, hatte dunkle Haare, die sie zu einem Pferdeschwanz gebunden hatte, der hoch von ihrem Hinterkopf absprang. Sie trug sehr kurz abgeschnittene Jeans und rot-weiß gestreifte Socken, die ihr bis über die Knie reichten. Darüber einen engen weißen Nicki, unter dem sie, soweit Robert das erkennen konnte, keinen BH trug. Sie hatte einen großen, sehr rot geschminkten Mund. Sie war etwa zwanzig Jahre alt und war, das sah man gleich, das Zentrum der Gruppe. Die Sängerin, dachte Robert. Nora. Kleine Brüste, großer Mund.

»Bis ins Detail«, sagte der Gitarrist und grinste.

Die Frau zuckte mit den Schultern. Die beiden anderen Männer schwiegen und rauchten wie Zuschauer eines Zweipersonenstücks. Unten im Saal fühlte sich Robert wie ein Zuschauer dieser Zuschauer. Der Bassmann war schlank, aber kräftig und hatte dunkel geschminkte Augen. Er sah auf unfreiwillige Art schön aus. Der Schlagzeuger war klein, trug grüne Turnhosen, aus denen dicke, schwer behaarte Beine wuchsen, und wirkte, obwohl er sicher nicht viel älter war als die anderen, wie ein Erwachsener. Er hatte kurze Haare, die aussahen, als würden sie nicht lange halten.

»Wir könnten es mit mehr Tempo spielen, upbeat, mehr Roy Orbison als Cliff Richards«, sagte der Schlagzeuger.

Die Sängerin nickte.

»Roy Orbison?«, sagte der Gitarrist. »Upbeat?«

»Chuck Berry von mir aus«, sagte der Schlagzeuger.

»Es ist ein Schlager, Acki. Es bleibt ein Schlager«, sagte der Gitarrist.

»Mit dir kann ich mir echt die doofe Musikhochschule sparen, Alex«, sagte das Mädchen.

»Das würde ich mir noch mal überlegen«, sagte der Gitarrist.

»Du Arsch«, sagte die Frau, sie lief ein paar Schritte, als würde sie die Bühne verlassen, blieb dann aber am Rand stehen.

»Eh«, sagte der Bassmann. »Hört doch mal auf mit der Scheiße. Wir spielen es, oder wir spielen es nicht.«

»Tolle Ansage, Paul. Fast philosophisch«, sagte der Gitarrist.

»Wenn es hilft«, sagte der Bassmann.

»Das Sein bestimmt das Bewusstsein«, sagte der Gitarrist.

»Ick fass it nich«, sagte die Frau, kehrte aber zur Bühnenmitte zurück.

»Also«, sagte der Mann in den grünen Turnhosen und lief langsam zu seinem Schlagzeug. »Noch mal?«

»Wenn es sein muss«, sagte der Gitarrist.

»Eins, zwei, drei«, rief der Schlagzeuger.

»Denn zum Küssen sind sie da«, schrie die Frau, und dann spielte der Gitarrist ein paar Riffs, die gar nicht nach Schlager klangen, aber auch nicht nach Chuck Berry. Sie klangen nach Keith Richards. Dazu sang die Frau mit einer erstaunlich verrauchten, alten Stimme die Worte eines Schlagers. »Rote Lippen musst du küssen, denn zum Küssen sind sie da«, sang sie. Sie gaben sich wirklich Mühe, den Schlager zu zerstören. Es passte alles nicht richtig zusammen, aber die Energie gefiel Robert. Der ganze Streit löste sich im Lied auf.

Conny wippte mit dem Bein und lächelte. Mitten im Song hörten sie auf.

»Es ist ein Schlager«, sagte der Gitarrist und grinste.

Die Sängerin zuckte mit den Schultern, dann sah sie runter zu Robert und fragte: »Und wer bist du?«

»Ich?«, sagte Robert.

»Ja, du. Conny kenn ick ja«, sagte die Sängerin.

»Ein Pianomann«, sagte Conny.

»Das passt ja«, sagte der Gitarrist. Er band sich die Gitarre ab und lehnte sie an einen Verstärker.

»Und wie heißt du, Pianomann?«, fragte Nora.

»Robert Wilczinski«, sagte Robert, die Stimme so tief es ging. Das »von« verschwieg er, so wie sein Vater und dessen Vater das »von« auf den Schildern ihres Obst- und Gemüseladens verschwiegen hatten, weil es, wie sein Vater behauptete, nicht zu einem Geschäft passte, das mitten in einer Arbeitergegend lag. Robert führte die Familientradition fort, bezweifelte aber, dass es seinen Vater stolz gemacht hätte. Es war kompliziert.

»Also, Robert Wilczinski. Lass dich nicht einschüchtern. Alex hier«, sagte Nora und zeigte auf den Gitarristen, »mag nämlich keine Pianos. Vielleicht, weil er seine Kindheit damit verbracht hat, Klavier zu üben. Es hat ihn zu einem harten Rock'n'Roller gemacht.«

Alex machte eine wegwerfende Handbewegung, grinste aber.

»Der Rest der Band aber ist da anderer Meinung. Also Axel ...«, der Schlagzeuger hob den Arm, »... und Paul ...«, der Basser nickte, »... sowie meine Wenigkeit, ich bin Nora. Wir proben für eine Rockrevue, kein Musical, wie ich jetzt weiß. Es geht um ein Mädchen, das in einer Lippenstiftfabrik arbeitet. Sie will eigentlich Schauspielerin werden oder wenigstens Mannequin, aber das hat bislang nicht geklappt. Und so rennt sie jeden Tag in die Kosmetikfabrik, sitzt am Lippenstift-Fließband und träumt. Das ist es im Wesentlichen. Wir haben zehn Lieder aus dem Leben des Mädchens geschrieben. Es heißt Linda. Lipstick Linda. Wir brauchen noch drei oder vier weitere. Und wir brauchen einen Klavierspieler. Das Klavier steht schon da, wie du siehst. Die Premiere ist im Oktober. Hier.«

»Am 7. Oktober«, sagte der Schlagzeuger.

»Oh«, sagte Robert.

»Man soll die Feste feiern, wie sie fallen«, sagte Nora.

Robert dachte, dass sie das sicher nicht zum ersten Mal gesagt hatte. Conny strich sich mit den Händen über seine Oberschenkel. Er wirkte verlegen, auch die anderen schienen sich nicht so richtig wohl zu fühlen mit ihrer Rockoper im Saal einer Werkzeugmaschinenfabrik am Republikgeburtstag, und das half Robert, der ja auch verlegen war, wenn auch aus anderen Gründen. Er stieg in dem allgemeinen Gefühl der Unsicherheit auf die Bühne, angestoßen von Connys aufmunterndem Klaps auf seinen Rücken, setzte sich an den Flügel und begann, ohne groß darüber nachzudenken, das kleine Intro von »Somebody to love« zu spielen. Queen. Das Mittagslicht fiel aus den hohen Fabrikhallenfenstern in den Raum wie in einen Dom. As-Moll. Ein Trauermarsch, ein Gospel.

Each morning I get up
I die a little
Can barely stand on my feet

Take a look in the mirror and cry
Lord what you're doing to me.

Er hatte den Song auf seiner Kinderzimmerorgel gespielt, er hatte die AMIGA-Platte von Queen rauf- und runtergehört, nun begriff er zum ersten Mal, worum es ging. Er sah die Träume seines Vaters, all die seltsamen Traditionen, in denen der sich verstrickte und in denen sich wahrscheinlich auch schon dessen Vater verheddert hatte. Er fühlte, dass es immer so weitergehen würde. Er sollte Arzt werden und gleichzeitig den Laden übernehmen, er war adelig, und natürlich war er es nicht. Er dachte an die verschiedenen Rollen, die er spielte, in der Schule, auf dem Tennisplatz, in der Gemeinde, auf dem Hof in der Cohnstraße und in dem vollgerumpelten Wohnzimmer seiner Klavierlehrerin, und sang: »I just gotta get out of this prison cell, someday I'm gonna be free.«

»Lord!«, rief er.

Er ging in dem Lied verloren, was natürlich ein Glück war, weil er nicht vorspielte, es war ihm im Grunde egal, was die anderen auf der Bühne von seinem Vortrag hielten. Er sang sich frei, er wollte raus aus der Gefängniszelle. Can anybody find me somebody to love? Am Ende saß er erschöpft am Flügel, der nur zufällig in einer Weißenseer Werkzeugmaschinenfabrik stand. Es hätte auch die Orgel der St. Hedwigs-Kathedrale sein können. Roberts Gesicht war nass. Er wusste nicht, ob es Tränen waren. Er konnte im Nachhinein auch nicht mehr genau sagen, ob die anderen in den Refrain eingestiegen waren, aber wenn er an die vier Minuten dachte – und er dachte später oft an diese vier Minuten –, hörte er sie singen, alle, selbst Alex, den schlechtgelaunten Gitarristen.

Can anybody find me somebody to love.

Unten im Saal klatschte Conny. Die anderen vier standen auf ihren Positionen und sahen ihn an. Sie schienen nicht sonderlich entgeistert zu sein, wie auch, sie hatten nicht erlebt, was Robert gerade erlebt hatte. Aber sie wirkten erleichtert, sie wirkten – auch wenn das natürlich ein ziemlich großes Wort war – erlöst.

»Gut«, sagte der Gitarrist, Alex. »Wir denken drüber nach und sagen dir Bescheid.«

Die Sängerin und der schöne Bassgitarrist lächelten sich an.

»Es gibt natürlich auch andere Kandidaten«, sagte Alex.

»Klar«, sagte Robert.

Nora, die Sängerin, lief um den großen, verschrammten Flügel herum und kam auf ihn zu. Sie roch wie gute Seife und ein wenig nach Tabak. Sie strich ihm durch die Haare.

»Wie alt bist du, Pianomann?«, fragte sie.

»Siebzehn«, sagte er.

»Wirklich?«, fragte sie. Sie sah ihn an, als würde sie ihn zum Tanzen auffordern, er fühlte sich klein unter ihrem Blick, zu klein. Er stand auf, zog seinen Personalausweis aus der Tasche seiner Jeans und legte ihn auf den Flügel. Sie lachte, klappte den Ausweis auf, ein Foto mit kurzen Haaren und das »von« natürlich. Robert von Wilczinski.

»Hah«, sagte sie, schaute ihn an und küsste ihn auf die Wange.

Robert spürte, wie er rot wurde, und spürte auch, dass es gut so war. Sie war die Prinzessin, er war der Frosch.

»Wir melden uns bei dir, Vonnie«, sagte Nora.

Sie drückte ihm den Namen auf wie ein Brandzeichen. Vonnie. Sie hatten ihn erkannt und angenommen. Nora mochte das »von« in seinem Namen. Es war nicht ihr Leben, das sie später in ihrer kleinen Lippenstiftrockoper besingen würden. Sie kannten sich nicht aus in Werzeugmaschinenfabriken. Sie waren keine Arbeiterkinder. Sie taten immer nur so. Der neue Name besiegelte sein Vorspiel. Er war einer von ihnen, einer wie sie. Robert winkte den anderen zu und stieg von der Bühne, Conny nahm ihn in den Arm und führte ihn durch den Saal zur Tür. Im Foyer wartete ein Mann mit langen blonden Haaren, die er zu einem Zopf gebunden hatte, und einem Vollbart. Er war bestimmt dreißig, vielleicht sogar älter. Der nächste Kandidat. Er würde es nicht leicht haben.

»Raimund?«, fragte Conny.

Der Mann nickte.

»Komm rein«, sagte Conny und schlug Robert zum Abschied auf die Schulter.

Er trug sich aus dem Pförtnerbuch aus und nahm den Weg, den er gekommen war, aber diesmal mit dem Gefühl, einen Berg hinabzulaufen. Er ließ die Straße hinter sich. Als er das aufgeregte Badegeschnatter vom Weißen See hörte, dachte er bereits ein wenig wehmütig an seine Kindheit zurück. Am Kino Toni, kurz vor der Langhansstraße, blieb er einen Moment stehen. Er konnte sich nicht vorstellen, mit all dem Getose in seinem Kopf einfach so bei seinen Eltern im Obstladen aufzutauchen. Er brauchte eine Art Schleuse, eine Schleuse wäre gut. Außerdem durfte er nicht vom Antonplatz kommen, wenn er vorher angeblich bei Kaplan Wengler zur Gruppenleitereinweisung gewesen war. Es wäre die falsche Richtung gewesen.

Robert ging ein paar Schritte zurück, nahm die Max-Steinke-Straße, bog in die Charlottenburger und schließlich in die Behaimstraße, in der die St. Josef-Kirche stand, seine Kirche. Er betrat den kleinen Kirchhof, auf dem der dunkelgrüne Peugeot von Pfarrer Roth stand.

Es war drückend heiß, die Vögel klangen müde. Die Küstertür stand offen wie eine Einladung, und Robert ging hindurch, um der Welt für einen Moment zu entfliehen. Er wollte endlich in Ruhe nachdenken. Es war angenehm kühl und dunkel in seiner Kirche. Er setzte sich in eine Bank und sah nach vorn zum Altar.

So, dachte Robert. Ruhe jetzt.

Seine Augen gewöhnten sich langsam an das Kirchenlicht, seine Ohren an die Stille hinter den dicken Backsteinmauern. Als Kind hatte er sich während endloser Sonntagsmessen vorgestellt, wie er dort vorn zwischen den verschnörkelten Säulen, Treppen und Bögen mit seinen Kumpels Verstecken spielte. Später als Ministrant hatte er feststellen müssen, dass es weniger Platz zum Verstecken gab, als er angenommen hatte. Von vorn sah die Bühne viel beeindruckender aus als von hinten. So war es ja immer.

Sein Kopf leerte sich, und irgendwann war es so still, dass er das Wispern in seinem Rücken hören konnte. Es kam von den Beichtstühlen. Er wartete. Nach fünf Minuten verließ eine alte Frau den Beichtstuhl, humpelte an ihm vorbei und setzte sich in eine der vorderen Bänke, um zu beten. Robert fragte sich, was die Frau zu beichten gehabt hatte. Begingen alte Leute nicht noch weniger Sünden als kleine Kinder? Er hatte sich als Junge oft Sünden ausgedacht, weil er glaubte, irgendetwas gestehen zu müssen. In der kleinen Kinderfibel, die sie im Beichtunterricht bekommen hatten, fand er Anregungen. Er gestand zum Beispiel, Tiere gequält zu haben, obwohl er nie mit Tieren in Berührung kam, in der Cohnstraße. Er erinnerte sich, dass sie Pfarrer Roth im Beichtunterricht nach Beispielen für Tierquälerei fragten. Der Pfarrer erzählte, dass man Katzen Blechbüchsen an den Schwanz binden konnte. Es klang wie ein Vorschlag. Robert hatte gestanden, ein Eis geklaut und seine Eltern angeschwindelt zu haben, später, als Teenager, beichtete er, den Namen Gottes in Unehren geführt und seines Nachbarn Hab und Gut begehrt zu haben. Er dachte dabei an die Levi's-Jacke von Frank Teickner.

Er hatte einen Heidenrespekt vor der Beichterei, aber hinterher war es immer gut. Egal, ob er die Sünden begangen hatte oder nicht, es war ein großartiges Gefühl, von ihnen freigesprochen zu werden. Robert erinnerte sich gern an die sonnigen Nachmittage, in denen er nach ein paar Bußgebeten leichten Fußes in die Freiheit sprang. Seltsamerweise schien immer die Sonne in diesen Erinnerungen.

Er hatte lange nicht mehr gebeichtet, bestimmt ein Jahr lang.

Robert erhob sich aus der Bank und ging dicht am Beichtstuhl vorbei auf den Ausgang zu. Er versuchte einen Blick in die Kabine zu werfen, aber er erkannte nichts. Kaplan Wengler hätte er besucht, dachte er, Pfarrer Roth nicht. Am Ausgang, als er seine Hand in das Weihwasserbecken tauchen wollte, kam ihm eine weitere alte Frau entgegen. Sie tunkte ihre Hand vor ihm ins Becken, bekreuzigte sich und ging auf den Beichtstuhl zu. Robert drehte sich um und lief ihr mit schnellen Schritten hinterher. Auch die Alte beschleunigte, den Blick auf den Beichtstuhl gerichtet wie auf die Ziellinie. Es war ein Wettrennen der Sünder, und Robert gewann.

Er wühlte sich durch den Vorhang, fiel auf die Knie und sah in das Profil seines Kaplans hinter dem Geflecht. Gott sei Dank.

»Ich habe gesündigt, Vater.«

Wenglers Stimme brummte vertraut. Robert hatte oft in der Wohnung des Kaplans gefrühstückt, nach der Frühmesse und vor der Schule. Sie hatten am kleinen Küchentisch gesessen und wurden von Schwester Lauriana bedient, die sich um den Kaplan kümmerte. Es gab Nesquik-Kakao. Wengler bedrängte ihn nie mit Fragen nach der Schule und seinen Plänen. Er hatte eine spiegelnde Glatze und große Nasenlöcher, manchmal zog er jemanden im Religionsunterricht an den Ohren. Aber nie ihn.

»Ich habe meine Eltern angelogen«, sagte Robert.

Kaplan Wengler schwieg, und weil Robert keine weiteren Sünden einfielen, die ihm auf dem Herzen lagen, erzählte er die Geschichte seines Vorspiels.

»Queen?«, fragte Kaplan Wengler.

»Ja«, sagte Robert, dem die Erleuchtung, die er beim Vorsingen von »Somebody to love« gehabt hatte, jetzt etwas seltsam vorkam. »Es schien zu passen.«

»Mmhh«, machte Kaplan Wengler, der – wie Robert von ihren Frühstücksgesprächen wusste – großer Jefferson-Airplane-Fan war. Jefferson Airplane aber hatten nie Roberts Herz erreicht, genauso wenig wie die frühen Sachen von Genesis, die ihm der Kaplan ebenfalls mehrfach empfohlen hatte. Er hatte es versucht, aber wahrscheinlich war er einfach noch nicht so weit. Er hatte auch »Macbeth« nicht verstanden und nicht »Antigone«, obwohl ihr Deutschlehrer, Herr Benz, den Robert wirklich schätzte, Tränen in die Augen bekam, wenn er von klassischen Dramen redete. »Irgendwann werdet ihr mich verstehen«, war ein Satz von Herrn Benz. Bis Robert so weit war, mochte er Queen lieber als Weather Report – ebenfalls eine Band, die Kaplan Wengler schätzte – und »Huckleberry Finn« lieber als »Faust II«.

»Wie heißt denn die Band?«, fragte Kaplan Wengler.

»Ich weiß nicht«, sagte Robert. »Ich hab vergessen zu fragen.«

Der Kaplan lächelte.

»Sie machen eine Rockrevue. Wie ›Tommy‹.«

»›Tommy‹ ist eine Rockoper«, sagte Wengler.

»Na ja«, sagte Robert.

»The Who«, sagte Kaplan Wengler.

»Klar«, sagte Robert, der sich wunderte, wie sich der Kaplan hier festbiss.

»Warum hast du denn deinen Eltern nichts davon erzählt?«, fragte Kaplan Wengler.

Robert dachte einen Moment nach, dann erzählte er ihm von all den Plänen, die sein Vater für ihn hatte. Pläne, von denen Robert sich überfordert fühlte. Er hasste Blut. Er wollte kein Arzt werden. Er erzählte vom Tennis, von der Schule, vom Klavierunterricht und vom Obstladen. Die Kirche ließ er aus. Er erzählte von dem Familiengefühl, das er empfunden hatte, als er mit den Musikern auf der Bühne stand. Es würde Streit geben, aber es gab immer auch Erlösung. Er beschrieb eine Band. Zum ersten und zum letzten Mal in seinem Leben suchte er nach Worten für die große Entscheidung, die er im Begriff war zu treffen. Er würde vieles hinter sich lassen, auch den Mann, dem er das jetzt alles erzählte. Sie wussten es beide.

Kaplan Wengler nickte, dann sprach er ihn von seinen Sünden frei.

»Soll ich denn gar nichts beten?«, fragte Robert.

»Oh«, sagte Kaplan Wengler. Das Bußgebet. Er schwieg. Womöglich dachte er über ein angemessenes Gebet nach, vielleicht auch über die Bemerkung zu »Tommy«, die ein wenig schulmeisterlich geklungen hatte. Die Zeit verstrich, draußen knarzte eine Bank. Robert dachte an die alte Frau, die er im Beichtstuhlrennen geschlagen hatte, bestimmt auch eine Sache, die man beichten konnte, wenn auch nicht klar war, unter welches Gebot das fiel.

»Ich glaube, das hast du bereits getan, mein Sohn«, sagte Kaplan Wengler schließlich und sah ihn durch das Geflecht des Beichtstuhles an. Robert glaubte in den Augen des Mannes Freude zu erkennen, womöglich auch ein wenig Zufriedenheit darüber, dass er so anständig aus der Bußgebetssache herausgekommen war. Aber da war auch eine Sehnsucht in den Augen von Kaplan Wengler, die Robert sich nur so erklären konnte, dass der Kirchenmann selbst einmal darüber nachgedacht hatte, in einer Band zu spielen. Er hatte einen anderen Weg gewählt. Vielleicht hatte sein Vater gewollt, dass er Pfarrer wurde. Vielleicht waren ihm auch die Haare schon so früh ausgefallen, dass eine Rockkarriere ausgeschlossen schien. Robert wusste nicht, ob Kaplan Wengler glücklich war, aber er schien ihn zu verstehen. Am Ende waren Rock und Glauben nicht so verschieden.

Viele Jahre später, als er die Band verließ, dachte er noch einmal an den Blick des Kaplans. Er wollte ihn nicht verraten, deswegen musste er gehen. Er konnte es der Band nicht erklären, natürlich nicht. Sie waren Heiden. Er trennte sich nicht von ihnen, weil sie erfolglos waren oder weil er sie hasste. Er ging, weil es keine Erlösung mehr gab, nur noch Streit. Er wollte sie in guter Erinnerung behalten.

Es war die Erinnerung, die ihn am Leben hielt, als er irgendwann in geliehenem Smoking vor angetrunkenen Kreuzfahrtgästen Medleys von Richard Clayderman und Frank Sinatra klimperte. Er bereute nichts. Die Kreuzfahrten waren nicht schlimmer als das Leben, das sein Vater für ihn geplant hatte. Er schrieb jedoch seinen Eltern, die ihren Obst- und Gemüseladen zur Jahrtausendwende schließen mussten, aus jedem Hafen eine Karte, um ihnen den Eindruck zu geben, er bewege sich weiter vorwärts.

An jenem Sommertag aber sprang er erleichtert und glücklich die Stufen der St. Josef-Kirche hinunter in die Freiheit. Die Sonne schien. Natürlich.

Almost Famous trifft Gunter Gabriel
Carola, 2012, November

Das Frühstücksbuffet des Hotels Zur Eiche war in einer Art Futterkrippe aufgebaut. Man konnte das gesamte Angebot mit einem Blick erfassen, was Carola Jürgensen, die bereits im Steigenberger Moskau, im Mandarin Peking, im Londoner Soho House sowie in anderen Spitzenhotels auf der ganzen Welt übernachtet hatte, irritierte. Sie starrte auf Bierschinken- und Leberkäsescheiben, als habe sie eine Wahl. Es gab drei Scheiben Leberkäse und fünf Scheiben Bierschinken. Sie nahm sich ein Päckchen Margarine aus einer Schüssel, dazu ein Vollkornbrötchen und ein gekochtes Ei, das sie nicht essen würde. Sie rettete es.

Carola Jürgensen war seit fast fünf Jahren Vegetarierin.

Im hinteren Teil des Frühstücksraums saßen Paul und Axel an einem Tisch, zwei Tische weiter saß Alex, allein. Carola Jürgensen stand ratlos an der Futterkrippe. Schon gestern auf der Fahrt nach Leipzig hatte sie den Riss gespürt, der durch die Band ging. Sie mochte Risse, weil man durch sie in Geschichten steigen konnte. Diesen Riss aber konnte sie nicht deuten, und sie ahnte, dass sie ihn auch nicht gebrauchen konnte. Es sollte gut sein, sie wollte ein Happy End, bittersüß vielleicht, aber rund. Sie nickte Paul und Axel zu, steuerte aber auf Alex' Tisch zu.

»Darf ich?«, fragte sie.

»Klar«, sagte Alex.

Sie setzte sich, er schaute auf ihren Teller.

»Du scheinst ja einen Bärenhunger zu haben«, sagte er.

»Na ja«, sagte Carola.

Sie wollte nicht abgehoben wirken. Nur deshalb wohnte sie in diesem Hotel am Leipziger Stadtrand. Die Kollegin aus der Reisestelle des Stern hatte es nicht im Verteiler der Hotels gefunden, mit denen der Stern zusammenarbeitete. Sind Sie sicher, dass Sie dort schlafen wollen? Natürlich wollte sie nicht, sie musste. Es war Teil der Geschichte. Zurück zu den Wurzeln, Pipapo. Es war schwer, das der Kollegin aus der Reisestelle zu erklären. Nicht mal Guido, ihr Ressortleiter, hatte verstanden, warum sie von einer alten Ostband erzählen wollte.

Sie hatte einen langen Abend mit Max in einer Kneipe auf der Kastanienallee verbracht. Max, der Booker der Steine, was immer das war, ein Booker. Ein kleiner, kahlköpfiger Mann, von einer Energie angetrieben, die sie nicht verstand. Er rief sie immer an, wenn die Steine ein neues Album herausbrachten, weil er wusste, dass sie irgendetwas mit der Band verband, wenn auch nicht, was. Meistens wimmelte sie ihn ab, aber diesmal war sie zufällig in Berlin gewesen. Sie hatte zu viel getrunken und sich von Max' Begeisterung anstecken lassen. Sie hatte die neue Platte gehört. Irgendetwas war da, ein Gefühl, dass noch nicht alles vorbei war, noch nicht alles beschrieben.

Es ist die Geschichte eines unwahrscheinlichen Comebacks, hatte sie ihrem Ressortleiter gesagt.

»Almost Famous« trifft Gunter Gabriel?, hatte Guido gefragt.

»Genau«, hatte sie gesagt.

Guido hatte Volker bestellt, einen Fotografen, der schon die Stones in Südfrankreich und Axl Rose in einem kalifornischen Meditationszentrum fotografiert hatte. Eine große Schwarzweißstrecke, sagte Guido. Volker würde nachher dazustoßen, Carola durfte gar nicht daran denken. »Almost Famous« trifft Gunter Gabriel, großer Gott.

»Kaffee?«, fragte die Kellnerin. Sie hielt eine große schwarze Thermoskanne in der Hand.

»Haben Sie auch Espresso?«, fragte Carola.

»Kaffee oder Tee«, sagte die Kellnerin.

»Kaffee«, sagte Carola und lächelte.

Die Kellnerin pflanzte die schwarze Thermoskanne wortlos auf den Tisch. Alex trank Tee, er hatte keine Wurst auf dem Teller, immerhin.

»Gut geschlafen?«, fragte er.

»Erstaunlich gut«, sagte sie.

Es war die Wahrheit. Sie waren kurz nach eins mit dem Bus am Hotel angekommen. Eine menschenleere schwarze Straße, die aussah wie die Kulisse für einen Kalter-Krieg-Film. Seltsam, wie Filmimages inzwischen ihre Erinnerungen ersetzten. An der Rezeption eine übermüdete Blondine, keine Bar, nicht mal ein Kühlschrank. Ihr Zimmer sah aus wie eine Bauarbeiterunterkunft, ein schmales Bett, ein Stuhl, ein Schrank, in dem zwei Bügel hingen. Zwei Bügel. Sie hatte kurz nach dem Tischchen gesucht, auf dem man in den Hotels, die sie kannte, seinen Koffer abstellen konnte, aber da war keins. Es gab auch keine Nachttischlampe, es gab nicht einmal einen Nachttisch. Sie war im giftigen Licht einer Straßenlaterne zu ihrem Bett getappt. In der Ferne hörte sie noch einen Zug, schwarz, lang und staubig, sie sah ihn mit geschlossenen Augen, dann war sie in einen tiefen Schlaf gefallen. Sie war so erholt erwacht wie an den Aufmerksamkeitswochenenden, die sie ab und zu in einem buddhistischen Zentrum in Schleswig-Holstein verbrachte.

Der Kaffee schmeckte dick und bitter, auch er war ein Teil der Geschichte. Carola Jürgensen stach ihr Messer in das Vollkornbrötchen.

»Erstaunlich gut geschlafen?«, sagte Alex.

»Man muss ja erst mal runterkommen nach einem Konzert«, sagte sie.

»Haben wir dich so aufgeregt?«

Sie lächelte. Sie hatte zwischen fünfzigjährigen Männern in einer kleinen Fabrikhalle gestanden und bei zwei oder drei Songs das Bedürfnis unterdrückt mitzusingen. Nach dem Konzert hatte sie mit zwei Lehrerinnen aus Halle geredet, die Jeansjacken und Pferdeschwänze trugen, obwohl sie sicher so alt waren wie sie. Christiane und Gabi. Sie hatte sich uralt gefühlt und, was noch schlimmer war, am falschen Platz.

»Weißt du eigentlich, dass ich euch damals das erste Mal in Leipzig gehört habe?«, fragte sie.

»Klar«, sagte Alex. »Moritzbastei, 1986«, er strich sich eine Haarsträhne hinters Ohr. Seine Haare waren immer noch voll und dunkel, wahrscheinlich gab es so was wie ein Jagger-Gen.

Sie erinnerte sich vage an seinen flachen, unbehaarten Bauch.

»Du wolltest danach dein Leben ändern.«

»Oh«, sagte sie, erstaunt, wie er ihr Wesen mit einem Satz beschreiben konnte. Vierundvierzig Jahre, fünfundvierzig beinahe und so wenig Geheimnisse.

»Keine Angst, ich hab dich nicht an die Stasi verraten«, sagte er und lächelte schmal.

»Ich fürchte, da gab's gar nicht so viel zu verraten«, sagte sie.

»Du glaubst gar nicht, wie viele das vergessen haben«, sagte er.

»Ich weiß, ich weiß. Ich hab mit allen geredet.«

»Mit allen?«, fragte Alex ernsthaft.

Ironie war nie seine Stärke gewesen, seltsamerweise hatte ihr das gefallen. Sie hatten sie nach Hallgow bestellt, damals, Mitte der neunziger Jahre, um ihr Alex' Stasibeichte zu diktieren. Connys Hof in der Uckermark, den sie aus Ostzeiten kannte. Es war eisig kalt gewesen, Conny war in der Küche verschwunden, um ein Huhn zu kochen. Sie hatte mit Alex und Nora im Wohnzimmer gesessen, langer Holztisch, zwei Flaschen Rotwein. Alex hatte in großen Schlucken getrunken, als würde ihm gleich eine Pistolenkugel aus dem Leib geschnitten. Dabei hatten sie den großen Streit bereits hinter sich, in der Band. Als Carola die Bauernstube von Conny betrat, war es nur noch darum gegangen, den Schaden zu begrenzen. Sie wollten den Fans erklären, warum sie zusammen weitermachten. Sie hatten sie als Pressesprecherin benutzt. Aber sie war die Erste, die darüber schreiben konnte. Es war achtzehn Jahre her, damals war es noch eine Nachricht. Die Stasi und die Steine. Carola hatte sie für den Kurier aufgeschrieben, Titelgeschichte, Hinweis auf das neue Album, die Konzerte im Tränenpalast. Im ersten Konzert hatte Nora zwischen zwei Songs gesagt: Wir haben uns an die Presse gewandt, um zu erklären, warum wir nach wie vor eine Band sind. Carola hatte an der Bar gestanden wie eine alte Hure. Die Presse. Eine Hand wäscht die andere. Am Ende hatte sie sich mit diesen Geschichten den Weg nach Hamburg zum Stern erschrieben. Carola befühlte ihr Frühstücksei. Es war lauwarm.

»Der Stern hat mich gekauft, damit ich ihm den Osten erkläre.«

»Und hast du's geschafft?«

»Nee«, sagte sie. »Sonst wäre ich ja auch nicht mehr da.«

Alex lachte, ein altes Jungengesicht. Sie schlug ihr Ei auf, das Eigelb war grau und an den Rändern leicht blau angelaufen. Sie starrte in das Ei, wie sie auf die Wurstteller gestarrt hatte. Ohne Wahl. Ein Gefühl der Vergeblichkeit befiel sie wie ein Nervengift. Sie wusste nicht mehr, was sie noch erzählen sollte aus der Welt. In letzter Zeit passierte ihr das oft. Sie war zu alt, um zu staunen, dachte sie, zu alt für ihren Beruf. Es war alles gesagt.

Nora betrat die Frühstücksstube mit Sonnenbrille, einer großen, runden Sonnenbrille. Sie trug eine gelbe Lederjacke. Puck, dachte Carola, Puck, die Stubenfliege aus Biene Maja. Sie sah auf ihren Block. Mit Nora kam der Sänger der Vorgruppe. Den Namen der Band hatte Carola vergessen. Sie waren nicht mehr ganz jung, aber deutlich jünger als die Steine und machten eine Art nachdenklichen Surferpop. Sie hatten vier oder fünf Songs gespielt und anschließend den Bandlaster beladen. Roadies und Vorgruppe in einem. Der Sänger hatte lange blonde Locken. Er sah aus wie der junge Robert Plant und bewegte sich so, als wisse er das. Das Konzert hatte er mit freiem Oberkörper gespielt, auf der Brust eine lange Narbe. Er kam sicher nicht zufällig mit Nora zum Frühstück, dachte Carola. Er war ihr Typ.

»Wie hieß die Vorband noch mal?«, fragte Carola.

»Sugardaddys«, sagte Alex.

»Mmmhh«, sagte Carola.

»Früher hießen sie mal Zazworka«, sagte Alex. »Sie sind Connys Vermächtnis.«

»Ach.«

»Du warst doch auf der Beerdigung«, sagte Alex.

»Ja«, sagte Carola. »Aber ich kann mich nicht an die Vorband erinnern. Ich weiß nur noch, dass Juliane Werding lief.«

Er sah sie fragend an.

»Conny Kramer«, sagte sie.

»Sie hatten kurze Haare damals«, sagte Alex. Kein Lächeln. Kein Humor. Irgendwann nervt einen genau das, was man einmal geliebt hat, dachte Carola. Sie strich mit dem Zeigefinger über ihren Schreibblock.

Nora kam mit ihrem Teller auf sie zu, ihr Begleiter setzte sich an einen anderen, leeren Tisch, so weit ging die Liebe dann doch nicht. Die Vorband saß am Katzentisch.

»Ich hoffe, ich störe euch Turteltäubchen nicht«, sagte Nora.

Alex schlug die Augen nieder, Carola zuckte mit den Schultern.

»Wir haben gerade von früher geredet«, sagte sie.

»Das habe ich befürchtet. Ich dachte, du willst die große Comebackgeschichte der Steine schreiben«, sagte Nora.

»Um zurückzukommen, muss man ja erst mal weggewesen sein«, sagte Carola.

»Schweinchen Schlau«, sagte Nora und belegte sich eine Brotscheibe mit zwei Scheiben Bierschinken. Carola fragte sich, wie sie ihre Figur hielt. In Wahrheit war natürlich Nora Schweinchen Schlau, sie war Schweinchen Dick. Es war alles nicht gerecht.

»Habt ihr im Frühstücksfernsehen die Geschichte aus Syrien gesehen?«, fragte Nora.

»Ich glaube, ich hab gar keinen Fernseher auf dem Zimmer«, sagte Carola.

»Es ist unfassbar. Da war dieser Mann, der bei einem Bombenangriff zwei Kinder und seine Frau verloren hat. Es war so traurig. Sein Blick. Man weiß wirklich nicht, was man machen soll.«

Sie biss in ihr Wurstbrot.

»Du?«, fragte Carola.

»Wir, Deutschland, was weiß ich. Da unten sterben täglich so viele Menschen, und du sitzt hier und isst dein Frühstücksei.«

»Ich glaube, ich ess das Ei nicht«, sagte Carola.

Nora sah sie ungeduldig an.

»Wie auch immer, dieser ganze arabische Frühling macht mich janz irre. Erst dachte ick, super, das erinnert mich schwer an den Herbst 89 bei uns, allet wird jut und so weiter. Die Demonstrationen auf dem Platz in Kairo, war doch wunderbar. Aber jetzt läuft das alles aus dem Ruder.«

»Das war bei uns doch nicht anders«, sagte Alex und stand auf, um sich Tee zu holen.

»Er nun wieder«, sagte Nora. Sie biss in ihr Brot. »Als sie den sterbenden Gaddafi durch die Straßen schleiften, dachte ick: Scheiße. Wer sind eigentlich die Guten?«

»Mmmhh«, machte Carola. Sie dachte an das Agenturfoto, auf dem eine Kollegin mit ein paar anderen Journalisten neben dem toten Gaddafi herumstand, wie bei einer Ausstellungseröffnung. Man geriet in unüberschaubare Zusammenhänge. Sie hatte auch keine Ahnung, wer die Guten waren, aber sie war vorsichtig geworden mit den Jahren. Überbordende Gefühle wendeten sich schnell gegen einen selbst, wenn man zwischen lauter Bescheidwissern saß. Sie hatte in vielen Konferenzen gelernt, ihre Gefühle zu unterdrücken, und irgendwann war einem dann das Gemetzel dort draußen egal. Am Ende musste die Geschichte in einen Satz passen.

Gunter Gabriel trifft »Almost Famous«.

Als sie Alex mit seiner Teetasse zurückkommen sah, sagte ihr Nora: »Ick hoffe, du holst die janze alte Stasischeiße nich wieder hoch.« Damit war der Ausflug in den arabischen Frühling beendet.

Volker wartete vor dem Hotel, und er war nicht allein. Er hatte zwei Assistenten mitgebracht, die bereits Licht gesetzt hatten, wie Volker das nannte.

»Die Straße hier ist doch der Hammer«, sagte er. »So was bauen die in Amerika nach, und hier steht es einfach rum.«

Carola schämte sich für ihren Fotografen, aber die Band kannte keine Scham. Sie hatten nie das Gefühl, ausgenutzt zu werden. Carola war hier, um sie berühmt zu machen. So sahen sie die Dinge. There's no business like showbusiness. Volker ließ sie an einer zerschossenen Hauswand Aufstellung nehmen. Er stand hinter seiner Kamera wie ein alter Filmregisseur. Lange graue Haare, schütter, aber lang, die Jeans tief unterm Bauch, die Lesebrille an zwei Bändern vor der Brust. An der bröckelnden Wand die verwitterte Band. Es sah gut aus, dachte Carola. Verdammt gut. Ihr Glaube an die Geschichte kehrte zurück wie ein Zuckerschock. Sie erinnerte sich an das Cover einer alten Steine-Platte, aufgenommen in Alex' Straße im Prenzlauer Berg. Marienburger. Carola war dort einmal aufgewacht, Ende der Achtziger, im Winter, die Gitarren an der Wand wie ein griechischer Chor. Die rumpelnde Gasheizung und eine Rowenta-Kaffeemaschine, die sie bestaunt hatte wie ein Weihnachtswunder, seltsam, welche Dinge ihr damals kostbar schienen. Den Namen der Platte hatte sie vergessen, an die Kaffeemaschinenmarke erinnerte sie sich.

Volker gab dem Lichtmann Kommandos, lobte Nora, die mit ihrer Sonnenbrille und der gelben Lederjacke aus den Männern hervorleuchtete. So was konnte man nicht lernen. Nach all den Jahren immer noch ein Star. Carola dachte an die Beatles, die sich im Abstand von einigen Jahren im selben Treppenhaus hatten fotografieren lassen, beim ersten Mal jung, beim zweiten Mal mit Bärten.

Auf der anderen Straßenseite blieb eine alte Frau mit einem Einkaufsbeutel in der Hand stehen und beobachtete die Szene. Ihr Publikum, dachte Carola. Die Zuversicht verließ sie. Es ging immer auf und ab, wie Hitzewallungen, sie durfte nicht daran denken.

»Leipzig, zack«, sagte Nora, als sie im Bandbus aus der Stadt rollten. Der Himmel hing quecksilbern über struppigen Kleingartenkolonien. Im Autoradio liefen die Beatsticks auf Radio Sputnik. Axel saß am Lenkrad, Alex las in der Leipziger Volkszeitung, die er aus dem Frühstücksraum mitgenommen hatte, Paul spielte auf seinem Handy ein Spiel, bei dem farbige Bälle aus dem Himmel fielen wie Meteoriten. In der letzten Bank lag Mats, der Klavierspieler, und sah aus dem Busfenster in die vorbeifliegende sächsische Novembertristesse, auf seinem Bauch ein zerlesenes Exemplar von »Narziß und Goldmund«. Fünf Menschen, die nichts miteinander zu bereden hatten. Ein gutes Foto, dachte Carola, aber Volker fuhr mit seinen Beleuchtern in einem glänzenden Mercedes-Kombi hinterher.

»Der nächste Song ist schon ein bisschen angestaubt, aber er passt zum Wetter im Sendegebiet«, sagte der Radiomoderator. »›Cold Sun‹ von Trashbag, ein One-Hit-Wonder aus Amiland. Fragt eure Eltern. Dazu gibt's folgende traurige Nachricht: Roger Fulton, der Sänger von Trashbag, wurde gestern tot in einem Motelzimmer in New Jersey gefunden. Die Umstände werden ermittelt, ein Verbrechen ist unwahrscheinlich. Er war 45 Jahre alt. Another one bites the dust.«

Als der Song begann, hob Nora den Kopf wie ein Hund, der Witterung aufnahm.

»Acki«, rief sie nach vorn.

»Ja«, sagte Axel.

»Weeßte noch?«

»Wat?«, fragte Axel, ohne von der Straße aufzuschauen.

»Ick hab dir damals dit Autogramm aus New York mitgebracht. Uff der Serviette.«

»Welchet Autogramm, Nora?«

»Na, Trashbag, Acki. Fulton. Hör doch ma'.«

»Richtich«, sagte Axel, den Blick auf der Straße. Man sah nur seinen blanken Hinterkopf.

»Roger Fulton, verdammte Scheiße«, sagte Nora.

»Kanntest du den denn?«, fragte Carola.

»Kaum«, sagte Nora. »Ick kannte einen, der ihn kannte.«

Pauls Handy machte einen scheppernden Laut, wahrscheinlich hatte er im Bällespiel einen Rekord gebrochen.

»Nebraska«, sagte Nora.

»Was?«, fragte Carola.

»Er kam aus Nebraska.«

»Ach«, sagte Carola.

»Warste mal da?«

»Nee, aber ich glaube, es sieht nicht viel anders aus als da draußen«, sagte Carola.

Nora lächelte.

In einem Ort namens Großdeuben überholte sie der Laster mit der Technik. Vom Beifahrersitz winkte der blonde Sänger der Sugardaddys.

Nora winkte zurück.

»Die backline geht in die frontline«, sagte sie.

»Alex sagt, sie sind Connys Vermächtnis«, sagte Carola.

»Sozusagen«, sagte Nora. Sie sah aus dem Fenster, beendete das Thema.

Carola hielt ihren kleinen schwarzen Notizblock auf den Knien wie ein totes Kind.

Das Hotel für das Jenaer Konzert stand nicht in Jena und genau genommen war es auch kein Hotel. Es war ein Einfamilienhaus mit mehreren flachen Anbauten und einer Kellersauna. Es stand mitten im Thüringer Wald, bis Jena waren es achtzehn Kilometer. Das Zimmer kostete 35 Euro, mit Frühstück. Carola machte sich nicht die Mühe, die Hamburger Reisestelle in die Buchung einzubeziehen. Sie zog ihren Rollkoffer zu einem kleinen Zimmer. Die Einrichtung erinnerte sie an ihr Studentenwohnheim, das Fenster ging zum Parkplatz, wo der Bassgitarrist der Sugardaddys neben dem Bandlaster rauchte. Sie schloss den Vorhang und setzte sich auf das schmale Bett. Die Matratze war angenehm hart. Sie spürte den Drang, sich hinzulegen, einzuschlafen, die ganze verdammte Geschichte zu verschlafen. Sie kannte das. Es war in den besseren Hotels nicht anders. Sie war nicht müde, nur erschöpft. Außerdem schmerzte ihre Lendenwirbelsäule. Sie war ewig nicht mehr so lange Bus gefahren. Sie stand auf, ging ins Bad, zwei Handtücher, ein großes und ein kleines. Das Licht über dem Spiegel machte ihr Haar noch dünner, als es ohnehin war. Ihr Hals sah aus wie der von Renate aus der Bildredaktion, die ihr leidtat.

»Rock 'n' Roll«, sagte Carola.

Sie pellte das kleine Stück Seife aus der Verpackung, wusch sich die Hände und rieb sie mit dem kleinen, rauen Handtuch trocken. Dann verließ sie das Zimmer.

Auf dem Gang traf sie Axel, den Schlagzeuger. Er trug einen grün-blau gestreiften Bademantel und war auf dem Weg in die Kellersauna.

»Wann fahren wir denn los?«, fragte sie.

»Nicht vor vier«, sagte Axel.

Sie sah auf die Uhr, es war kurz vor zwei. Sie hatte ein Abendgefühl. Das lag am November und an Axels Bademantel.

»Da schaff ich locker zwei Gänge«, sagte Axel.

»Klar«, sagte Carola. Ihr Handy summte. Eine SMS von Volker. Er war schon auf dem Weg nach Jena. Die besten Bilder verpasste er. Axel watschelte den Gang hinunter wie einen Krankenhausflur.

In einem der Pensionsanbauten standen ein paar Tische zwischen Zimmerpalmen herum. An einem der Tische saß Mats, der Keyboarder. Auf dem Tisch stand ein Glas Wasser, daneben lag das zerlesene Exemplar von »Narziß und Goldmund«, aufgeschlagen an etwa der gleichen Stelle wie auf der Busfahrt. Sie hatte Mats noch nie lesen sehen, er führte das Buch aus wie einen Schoßhund. Es erinnerte sie an Lars aus der Dokumentation von Gruner + Jahr, mit dem sie zwei Jahre ihres Lebens vergeudet hatte. Lars trug ständig Reclambändchen in seinen Jacketttaschen, las aber nie. Majakowskigedichte, Bukowskierzählungen, Hemingwayreportagen. Lars, der Arsch. Carola setzte sich dazu. Sie kannte Mats kaum, er war für Vonnie in die Band gekommen, Vonnie, der immer der kleine Junge geblieben war. Bis zum Schluss. Nora hatte ihn wie ein Kind behandelt. Vonnie. Die blonden Locken, das trotzig nach vorn gereckte Kinn und dieser träumerische Blick. Er schien es nie fassen zu können, in dieser Band Klavier spielen zu dürfen. Die Steine hatten mit seinem Weggang endgültig die Unschuld verloren, dachte Carola und nahm sich vor, den Gedanken später in ihr Notizbuch zu schreiben.

»Kein Saunagänger?«, fragte sie.

»Bitte?«, fragte Mats.

»Ich hab Axel im Bademantel auf dem Flur getroffen. Er macht zwei Saunagänge, bevor ihr abfahrt.«

»Ach so, ja. Acki ist ein Riesensaunafan. Wart ihr das nicht alle?«

»Wir?«

»Ich dachte, im Osten wart ihr ständig in der Sauna.«

»Wenn wir nicht am FKK-Strand waren.«

»Genau«, sagte Mats.

»Hauptsache nackicht«, sagte Carola.

Mats lachte.

Die Frau von der Rezeption kam mit einem Teller, auf dem ein gelber Haufen lag.

»Einmal Bauernfrühstück.«

»Hier«, sagte Mats.

»Auch was zu essen?«, fragte die Frau.

»Vielleicht einen Salat«, sagte Carola.

»Mit Thunfisch oder Chicken?«

»Oh, nur den Salat bitte. Vielleicht ein bisschen Essig und Öl«, sagte Carola.

»Italienisch«, sagte die Frau.

»Sozusagen«, sagte Carola.

Mats schüttelte den Kopf und fuhr mit der Gabel in seinen Essensberg.

»Wo kommst du eigentlich her?«, fragte Carola.

»Aus Krefeld«, sagte Mats. »Aber ich lebe schon seit fünfzehn Jahren in Berlin.«

»Vor fünfzehn Jahren bin ich weggezogen«, sagte Carola.

»Und jetzt isst du Salat«, sagte Mats.

»So sieht's aus«, sagte Carola. Ein Drittel ihres Lebens passte in einen Satz.

Sie legte ihr Notizbuch auf den Tisch und schrieb eine halbe Stunde lang Dinge aus Mats' Leben hinein, von denen sie wusste, dass sie es nicht in ihren Text über das unerwartete Comeback der Steine schaffen würden. Sie merkte es ihrer Schrift an, die leicht und krakelig war, sie kippte hin und her, als sei sie in einen Sturm geraten und würde später nur noch schwer lesbar sein. Wie die Mitschriften in ihren Polök-Seminaren. Mats liebte Berlin, speziell Ostberlin. Er hatte in Friedrichshain gelebt, in Mitte und war nun im Prenzlauer Berg angekommen. Er hatte zwei kleine Kinder, zweieinhalb und vier Jahre alt, seine Frau stammte aus Freiburg. Sie fingen noch mal von vorn an. Carola sah die Wohnung vor sich, die angeschrammelten Sechziger-Jahre-Sessel im Wohnzimmer, Nierentischchen, orangefarbene Ballonleuchte, ein Foto an der Wand, eine Frau in Minirock und Lackstiefeln, leicht verwischt, viel Lila. Die Küche ganz spartanisch, ein Tisch, vier Stühle, nur die Kaffeemaschine war vielleicht etwas teurer, nein, sie hatten so einen kleinen Espressokocher, den man auf den Gasherd stellte. Malzkaffee für die Kinder. Genau den, den sie damals schon getrunken hatten. Die Mieten waren unschlagbar, und es gab, anders als in Freiburg, Kitaplätze. Er konnte die Latte-macchiato-Geschichten aus dem Prenzlauer Berg nicht mehr hören. Was seine Freundin störte, waren die vierschrötigen Erzieherinnen aus dem Osten. Dabei mochte Mats gerade die. Im Winter und im Herbst war die Wohnung immer etwas zu kalt, weil sowohl Mats als auch seine Freundin sparsam mit der Energie umgingen. Sie hatten keinen Fernseher, an den Sonntagen ging Mats' Freundin in eine Kneipe um die Ecke, um mit Freunden Tatort zu gucken. Wenn Mats da war, begleitete er sie. Ein Mädchen aus dem Haus passte auf die Kinder auf, eine Eingeborene mit blondgefärbten Haaren, aber zuverlässig. Ihr Lieblingstatort kam aus Münster. Sie waren nicht verheiratet und hatten getrennte Konten, aber die Kinder trugen Mats' Namen.

Nichts davon erzählte Mats, aber Carola sah es. Das Leben, das sie sich für ihn ausmalte, deprimierte sie. Es gab keine Überraschungen. Mats war in die Stadt und in die Band gekommen, als alles vorbei war. Wenigstens war der Salat besser, als sie gedacht hatte.

»Aber wir kriegen den Text doch zu sehen, bevor er erscheint«, sagte Mats.

»Du kannst deine Zitate sehen«, sagte Carola.

Mats lächelte schmal, als könne sie ihm nichts vormachen. Schweinepresse blieb Schweinepresse. Wahrscheinlich ahnte er, dass er keine Chance bei ihr hatte. Sie hielt ihn für einen Eindringling, jemanden, der sich an der Band-Geschichte die Hände wärmte. Sie langweilte sich in seiner Heimat, so wie sie sich an Lars' Seite gelangweilt hatte, der Bukowski- und Majakowskibändchen zum Jackett trug wie Parteiabzeichen. Carola hätte gern mit Vonnie geredet. Sie fragte sich, wie es ihm dort draußen ging auf den Weltmeeren.

Der Stall war ein Club im mittelalterlichen Zentrum von Jena. Eine Holzpforte mit ein paar Plakaten der Bands, die hier spielten. Die Steine waren als Ostberliner Legende angekündigt. Eine Legende, die auch heute noch aufregen kann. Übermorgen spielten Wishbone Ash im Stall, am nächsten Wochenende eine Sömmerdaer Rammstein-Tribute-Band namens Triumpfff. Der Clubchef hieß Thorsten, trug schwarze Lederhosen, ein Holzfällerhemd und hatte schon mächtig einen sitzen.

»Gute Nachrichten«, sagte er. »Wir werden sicher dreistellig.«

Nora sah durch ihn hindurch.

»Catering ist aufgebaut, die Vorband ist schon da«, sagte Thorsten.

»Danke«, sagte Alex.

»Wann wollt ihr das warme Abendessen?«, fragte Thorsten.

»So schnell wie möglich«, sagte Paul.

Sie liefen durch den leeren Saal auf eine Wendeltreppe zu. Die Hacken von Pauls Cowboyboots klackten auf dem alten Parkett. Thorsten machte sich noch ein Bier auf. Carola blieb neben dem Clubchef stehen und ließ sich erzählen, was für ein Riesenfan der Steine er früher war.

»Ich weiß nicht, sind Sie auch aus dem Osten?«, fragte Thorsten.

Carola nickte. Sie fragte sich, ob er sie siezte, weil sie vom Stern kam oder weil sie alt aussah. Sie fuhr sich durch die Haare, vielleicht sollte sie sich ein bisschen Fülle hineintransplantieren lassen. Die Kerle machten es ja auch.

»Dann wissen Sie ja, was ich meine. Ich leiste mir Acts wie die Steine noch. Das Geld müssen wir natürlich mit anderen Bands reinholen. Im Dezember kommen die Sweet, natürlich nicht in Urbesetzung. Der Sänger ist ja verstorben. Aber sie spielen Blockbuster. Das haben wir uns vertraglich zusichern lassen.«

Carola klappte ihren Block nicht einmal auf. Sie dachte an die müden alten Kaufhallenkassiererinnen, deren Kopfhaut man durch ihre schlecht gefärbten Haare leuchten sah. Sie wollte keine Frauenglatze.

»Und Ballroom Blitz«, sagte Thorsten.

»Wie viele Zuschauer passen denn hier rein?«, fragte Carola.

»1200, 1300.«

»Und heute Abend werden es hundert?«

»Vielleicht«, sagte Thorsten. »An der Werbung lag es nicht. Es ist überall angekündigt.«

»Sagen Sie das besser nicht der Band«, sagte Carola und ließ ihn stehen.

Der Backstagebereich war geräumig. Es gab vier Sofas und jede Menge Sessel, auf einem Tisch war das Catering aufgebaut. Drei Kalte Platten und eine Heizvorrichtung für das warme Essen. Es roch nach Spiritus, Salami und Schweiß. Der Sänger der Sugardaddys saß mit Gitarre in einem Sessel, freier Oberkörper, die Narbe wie ein Schmuckstück auf der Brust. Vor ihm stand Volker mit der Kamera. Im Hintergrund zog sich Paul um, die Haut an seinem Rücken wurde lose. Der schöne Paul. Der Sugardaddys-Sänger genoss es, erst Mitte dreißig zu sein. Sein Schwanz drückte sich durch das Hosenbein, Linksträger. Er zupfte an seiner Gitarre herum, irgendeine Melodie, die Carola bekannt vorkam.

Hey you, out there in the cold,
getting lonely, getting old,
can you feel me

Carola erinnerte sich, dass das Lied eine Rolle in »Der Tintenfisch und der Wal« spielte, einem Film mit Jeff Daniels und dieser wunderbaren Schauspielerin, deren Namen sie immer vergaß. Ein lustiger, aber hoffnungsloser Film. Carola Jürgensen fragte sich, ob sie autorisiert war, über eine Band zu schreiben, wenn sie sich so wenig mit Rockmusik auskannte, und warum sie die Namen von Schauspielern vergaß, die sie mochte, und dann fielen nach und nach die anderen Sugardaddys ein, und sie fragte sich, woran sie das wieder erinnerte, und schließlich begann auch Alex mitzusingen, was seltsam war, weil es nicht so richtig zu Alex passte, zumindest nicht zu dem Alex, den sie kannte.

Hey you out there on your own,

sitting naked by the phone, would you touch me.

»Almost Famous«, dachte Carola Jürgensen, es gab diese Szene in »Almost Famous«, als die zerstrittene Band plötzlich zusammen ein Lied singt, dessen Titel ihr auch nicht mehr einfiel. »Almost Famous«. Sie dachte an Guido, ihren Ressortleiter in Hamburg, und fühlte sich niedergeschlagen wie noch nie auf dieser Reise. Es gab wirklich keine Überraschungen mehr. Die Welt konnte von einem Eckbüro an den Hamburger Landungsbrücken aus beschrieben werden. Es war der emotionale Tiefpunkt ihrer Recherche, so traurig war sie lange nicht mehr gewesen. Sie war froh und dankbar, als Nora sie an der Schulter berührte und sagte: »Komm, Caro, wir gehen bisschen frische Luft schnappen.«

Sie sprang auf und folgte der Sängerin die schmale Wendeltreppe hinunter durch den leeren Saal. Thorsten saß im offenen Büro über irgendwelchen Rechnungen, ein Bier auf dem Tisch. Er sah aus wie ein einsamer Rentner, den man durch ein Fenster vom Bürgersteig in seiner Erdgeschosswohnung beobachtet. Sie traten in die kalte Nachmittagsluft und liefen mit dem Menschenstrom zum Weihnachtsmarkt. Es roch nach Glühwein und Bratwurst und Zigaretten. Sie kauften sich kandierte Äpfel, Carola biss vorsichtig hinein, ihr Einser und Zweier waren überkront. Sie hatte als Mädchen ihren letzten kandierten Apfel gegessen, die Bilder der Kindheit kehrten zurück, als sie durch die harte, süße Kruste in das feuchte Fruchtfleisch drang. Das Gedränge auf dem Weihnachtsmarkt an der Jannowitzbrücke, Clemens, ihr Bruder, der nach der Fahrt auf dem Kettenkarussell seinen Goldbroiler auskotzte, ihr überforderter Vater, an dessen Mantel sie sich festklammerte, das Fischgrätenmuster direkt vor den Augen. Es sollte alles gut werden, aber als sie wieder nach Hause kamen, stritten sich ihre Eltern über Kotzflecken auf Clemens' Hose, die längst trocken waren.

»Autoscooter«, sagte Nora und zog sie zu einem der kleinen Karren. Sie klemmten sich hinein, Nora steuerte, natürlich. Sie raste auf die anderen Scooter zu und krachte lachend in sie hinein. Carola saß so dicht neben Nora, dass sie sehen konnte, wie weit sich das Zahnfleisch von ihren Frontzähnen zurückgezogen hatte. Noras Haare wirkten aus der Nähe dünner und kraftloser. Carola lehnte sich an die gelbe Lederjacke, roch Noras Parfüm, schwer und süß, Patschuli. Nora drehte sich einmal im Kreis, sie schien nach Opfern Ausschau zu halten, wie ein Haifisch. Es waren kaum andere Scooter unterwegs, vielleicht war es zu früh, vielleicht fuhr man nicht mehr Autoscooter. Carola hatte keine Ahnung, fühlte sich aber nicht unwohl. Sie sog den Duft ihrer Chauffeurin in die Nase. Früher hatten sie bei Steine-Konzerten Patschuli mit dem Trockennebel über die Bühne geblasen.

Nora raste in zwei Jungs, am anderen Ende der Plattform. Sie waren vielleicht zwanzig Jahre alt und rechneten nicht mit der Attacke der alten Frauen. Einer, der größere von beiden, hüpfte leicht nach oben, sein blonder Scheitel wippte, Nora lachte und drehte ab, aus den Augenwinkeln überprüfte sie, ob die beiden Jungs die Verfolgung aufnahmen.

Später schlauchte Nora von den Jungs zwei Zigaretten. Carola hatte ewig nicht geraucht. Ihr wurde schwindlig, was sich nicht so schlecht anfühlte. Die Lichter, das Kreischen, ihr trudelnder Kopf. Die Jungs fragten, woher sie kamen, und Nora sagte: Berlin. Die Jungs fragten, was sie hier machten, und Nora sagte: Konzert. Wer?, fragten die Jungs. Die Steine, sagte Nora. Wer issn das, fragten die Jungs. Ostrock, sagte Nora. Als sie aufgeraucht hatten, gingen sie einfach weiter, und Carola hörte die Jungen in ihrem Rücken lachen. Nora schien es nichts auszumachen. In einem amerikanischen Independentfilm wäre sie später vielleicht vergewaltigt worden. Aus einem Lautsprecher lief »Wenn du denkst, du denkst, dann denkst du nur, du denkst«. Schon wieder Juliane Werding, dachte Carola. Es machte sie so traurig, dass sie beinahe weinen musste. Sie tranken einen Glühwein, fuhren mit dem Riesenrad und tranken dann noch einen Glühwein. Auf dem Riesenrad erzählte Nora, dass sie sich vom Sänger der Vorband trennen müsse. Sie nannte ihn »Fleischer«.

»Warum?«, fragte Carola.

»Er würde mich unglücklich machen«, sagte Nora.

»Und so machst du ihn unglücklich«, sagte Carola.

»Hoffe ick wenigstens«, sagte Nora und lachte.

Unter ihnen lag Jena, ein mittelalterlicher Kackfleck, am Horizont die Berge, davor die zehnstöckigen, gekachelten Hochhäuser Ostdeutschlands. Sie saßen aneinandergeschmiegt in der schaukelnden Gondel wie zwei Schulfreundinnen. Ihr Atem dampfte.

»Wolltest du eigentlich jemals Kinder?«, fragte Nora.

»Anfangs schon«, sagte Carola. »Und du?«

»Nee«, sagte Nora. »Ick glaub nicht.«

»Du glaubst nicht?«

»Ich weiß auch nicht, Caro. Ick hab mal 'n Zahnarzt geheiratet. Weiß der Henker, wat ick damals wollte.«

»Carsten«, sagte Carola.

»Genau«, sagte Nora.

»Was macht der eigentlich?«

»Vier Kinder, Praxis in Lichtenberg, Häuschen in Schöneiche.«

»Oh Gott«, sagte Carola.

»Ja«, sagte Nora.

Carola dachte an den dicken Schwanz des Sugardaddys-Sängers. Sie fragte sich, ob er Nora glücklich machen konnte. Ob sie schrie, weil man das von ihr erwartete, als Rocksängerin. Sie musste fünfzig sein jetzt oder einundfünfzig. Du meine Güte. Fleischer. Was für ein bescheuerter Name, dachte Carola.

»Woher hat er eigentlich die Narbe?«, fragte sie.

»Er hat sich bei einem Talentwettbewerb die Brust aufgeschlitzt.«

»Ach du Scheiße.«

»Ja. Damals hießen sie noch Zazworka und haben so Blut-und-Eisen-Zeugs gesungen. Viele rollende Rrrrrs und Arschgeficke. Conny hat die angeschleppt, und eine Weile sah es so aus, als würden sie berühmt. Aber am Ende ist nur die Narbe übrig geblieben.«

»Ein Talentwettbewerb«, sagte Carola, schüttelte den Kopf, nahm sich aber vor, das später aufzuschreiben, weil es ein schönes Bild schien, wofür auch immer. Das Brustaufreißen. Als würde ein Schiffbrüchiger einem vorbeitreibenden Ozeandampfer zuwinken. Die kleine Chance, die wir alle haben.

»Ick sag dir. Die Juroren waren ganz blass. Man kann es sich auf Youtube angucken. Fleischer mit kahlgeschorenem Kopf, blutiger Brust und diesem Riesenmesser in der Hand.«

»Haben sie wenigstens gewonnen?«

»Nee«, sagte Nora. Sie fing an zu lachen und auch Carola musste lachen. Sie konnten überhaupt nicht mehr aufhören. Sie lachten, bis ihnen die Tränen kamen. Sie lachten die ganze Jungsscheiße weg, die ihr Leben bestimmt hatte, seit sie vierzehn waren oder fünfzehn. Dreißig Jahre lang und am Ende stand ein Mann in zu engen Jeans, der sich Fleischer nannte.

Mit dem dritten Glühwein gingen sie zu einer Schießbude. Nora schoss eine Plastenelke und steckte sie Carola ins Knopfloch ihres Wintermantels. Sie sah aus wie eine der Frauen auf den Erster-Mai-Demonstrationen ihrer Kindheit, dachte Carola, sagte aber nichts. Als sie den kleinen Berg zu dem Club hinaufstiegen, griff Nora ihre Hand. Carola fragte sich, ob sie so glücklich war, weil sie gerade den Kern ihrer Reportage oder weil sie Nora berührte.

Kurz bevor sie den Backstageraum erreichten, zog Nora ihre Hand zurück.

Sie wurden dreistellig, gerade so. 103 zahlende Gäste, sagte Thorsten. Er hatte Stehtischchen aufgebaut, um die Leere wegzuschminken. Wie auf einer Wahlkampfveranstaltung. Anfangs sah es so trostlos aus, dass Carola es kaum ertragen konnte. Sie schämte sich vor Volker und seinen Assistenten, und sie schämte sich, dass sie sich vor einem Mann wie Volker schämte. Aber nach einer Weile ging es. Alex sagte ihr später, dass Jena das beste Konzert der Tour gewesen war. Er konnte es nicht richtig erklären, obwohl sie immer wieder fragte. Es war irgendetwas zwischen ihnen, was Carola nicht fühlen und unglücklicherweise auch nicht hören konnte. Sie funktionierten als Band, sagte Alex. Sie verstanden sich. Sie gingen ineinander auf. Es ist der Grund, warum wir es machen, sagte Alex. Carola war enttäuscht, weil sie nichts davon gespürt hatte. Aber es machte sie zufrieden, dass es ausgerechnet in Jena passiert war.

»BAND« schrieb sie in ihr Notizbuch und dahinter: »Zauber!!«

In Gera kamen 250 Zuschauer. In Zeitz 240. In Halle 400. In Dresden 800. In Chemnitz 350. Volker reiste mit seinen Beleuchtern zwischen Halle und Dresden ab. Er schien nicht unzufrieden zu sein. Er würde in Berlin wieder dazustoßen. Zum Tourfinale. Er schickte Nora ein paar Bilder aus der großen Schwarzweißstrecke, Alex und Paul sahen gut aus, verwittert, aber gut. Nora wirkte auf eine schwer zu beschreibende Art sexy, so wie Marisa Tomei sexy war oder Nena. Es gab ein Bild, auf dem Nora und Carola zusammen zu sehen waren, Backstage in Halle. Sie saßen auf zwei ausrangierten Kinostühlen, Nora sah aus wie Uschi Obermaier, Carola sah aus wie eine Schleckerfrau, die ihren Backstage-Pass in einem Preisausschreiben gewonnen hatte. Nora war fünf Jahre älter als sie, aber auf dem Bild wirkte sie wie ihre kleine Schwester, die hübsche kleine Schwester. Carola löschte es sofort. Sie würde dafür sorgen, dass das Bild nie in die Hände der Fotoredaktion gelangte.

Irgendwann zwischen Zeitz und Halle wachte sie auf der Autobahn auf, nachts, der Bandbus rumpelte, ihr Kopf lag in Alex' Schoß, sie hatte ihm im Schlaf das Hosenbein vollgesabbert. Sie wischte mit der Hand über Alex' Oberschenkel und schlief weiter. Sie gewöhnte sich an die Hotels, die immer abseits lagen, in einer Hotelwelt, die neben ihrer Hotelwelt existierte, außerhalb des Bewusstseins der Stern-Reisestelle. Sie saß mit Menschen beim Frühstück, die sie nie wiedersehen würde, anderen Gästen mit anderen Bedürfnissen. Sie sah auf die Wurst. Vier verschiedene Blutwurstarten in Thüringen. Sie zählte die Bügel im Schrank. Drei Bügel in Halle, zwei in Zeitz, einundzwanzig Bügel in Chemnitz, aber alle verschieden. Sie wickelte mit kalten, nassen Fingern in engen Duschkabinen Seifenstückchen ohne Markennamen aus dem Papier. In Halle aß sie ihr Frühstücksei. In Dresden ging sie nachmittags mit Acki in die Sauna, ein kleiner behaarter Mann, dessen Schwanz aus dem ganzen Pelz lugte wie ein Ertrinkender. Er redete über seine Treffen bei den Anonymen Alkoholikern auf der Tour. Sie hatte Schwierigkeiten, sich an die Zeit zu erinnern, in der er getrunken hatte. Sie fragte ihn nach dem Zauber einer Band, aber er war nicht in der Lage, es zu beschreiben. Wahrscheinlich hatte er nie darüber nachgedacht. Sie verließ ihn nach dem zweiten Saunagang und spürte seinen zerstreuten, gedankenlosen Blick auf ihrem Arsch. In Zeitz aß sie versehentlich ein Bauernfrühstück, das Paul bestellt hatte, und mochte es. In Halle schrieb sie: »Ich hasse Hamburg!!!« in ihr Notizbuch. In Dresden sang sie mit den Lehrerinnen, die sie aus Leipzig kannte, den Refrain der neuen Hitsingle mit, in Chemnitz erzählte ihr Paul auf seinem Hotelbett, worum es in dem Lied ging.

Paul starrte an die Decke. Als er sich eine Zigarette anzündete, zog sie die Hand aus seiner Hose.

»Das ist mir noch nie passiert«, sagte Paul.

»Irgendwann ist immer das erste Mal«, sagte sie.

»Es liegt nicht an dir«, sagte Paul.

»Na Gott sei Dank«, sagte sie.

Paul erzählte ihr, dass Alex ein Verhältnis mit seiner Tochter Emma hatte. Carola erinnerte sich dunkel an das kleine Mädchen, das manchmal bei Bandtreffen dabei gewesen war. Emma. Sie bekam das Bild des Mädchens mit den verfilzten Haaren, das mit einem Stock in der kalten Asche von Connys Lagerfeuerresten wühlte, nicht in die Gegenwart. Sie sah immer nur sich selbst auf Alex' Bauch liegen, damals in der Marienburger. Wie alt waren sie gewesen? 21 oder 22. Emma war jetzt 25, aber Carola hatte das Gefühl, Paul erzähle ihr eine Missbrauchsgeschichte. Und natürlich war es das. Verdammte Zeit, die verdammte, beschissene Zeit. Paul erzählte, wie sich Emma immer mehr von ihm zurückgezogen hatte. Er redete von Problemen in der Schule, von irgendeiner Lehrerin, Dinge, die sie nicht verstand. Emma hatte geklaut, sie war weggerannt, sie hatte mit Punks auf dem Alexanderplatz gelebt. Er sprach von ihrem Talent, sie schrieb Geschichten, keine Musik. Seine Exfrau hatte ihm ein paar Texte geschickt, ohne dass es Emma wusste. Paul war überwältigt, von der Poesie, von ihrem Gefühl für Rhythmus und Melodie und Tempo, aber auch von der Brutalität und Verlorenheit ihrer Helden. Oft ging es um Drogen und Sex und Schlafen im Freien, eigentlich ging es ausschließlich um Drogen und Sex und Schlafen im Freien. Er hatte sich nicht zu fragen gewagt, woher sie die Dinge kannte, über die sie schrieb. Er war ihr Vater. Irgendwann war Alex mit einem Song gekommen, der Emma gewidmet war. Paul hatte lange gebraucht, bevor er verstand, dass es ein Liebeslied war. Länger als die anderen in der Band. Es war einfach jenseits seiner Vorstellungskraft. Alex und Emma. Es war ein gutes Lied, das beste, das Alex seit langem geschrieben hatte. Es war ihre Hitsingle. Der Song war, das war das eigentlich Perverse, sagte Paul, ihre größte Hoffnung. Seine Hoffnung. Er hatte nie versucht, ihn zu verhindern. Es war ihm klar, dass er die Band verlassen musste, wenn er den Song nicht hören wollte. Aber das hätte alles nur noch schlimmer gemacht. Paul wollte nicht allein sein. Er wollte nie mehr allein sein. Er war ein Heimkind. Er brauchte die Band mehr als die anderen, vielleicht sogar mehr, als er Emma brauchte. Er verriet sie noch einmal, weil er blieb.

»Du hast mich wachgeküsst?«, fragte Carola.

»Ja«, sagte Paul.

»Guter Song«, sagte Carola. Sie dachte an Gabi und Christiane, die beiden Lehrerinnen aus Halle, mit denen sie den Refrain gesungen hatte, den sie alle nicht verstanden. Vielleicht hatten sie den Schmerz gefühlt, die Sehnsucht, aus der Zeit zu steigen. Forever young. Paul drückte seine Zigarette aus. Er beugte sich über sie, und eine Träne fiel auf ihren Hals. Sie begriff, dass dieses Lied das Herz ihres Textes über die Steine werden musste. Ein Lied von Liebe und Verrat und der gnadenlosen Zeit. Ein unwahrscheinliches Comeback.

Sie hielt sich an der weichen Haut auf Pauls Rücken fest wie an einem Zaumzeug, als sie miteinander schliefen. Draußen schneite es auf Chemnitz. Sie hatte sich lange nicht mehr so zu Hause gefühlt. Karl-Marx-Stadt, dachte Carola Jürgensen. Großer Gott. Das Hotel hieß Zur Sonne. Am nächsten Morgen kaufte sie sich »Almost Famous« auf iTunes und sah den Film auf der Busfahrt nach Berlin. Sie suchte die Szene, in der die Band im Lied zusammenfand. »Tiny Dancer«. Elton John, wer hätte das gedacht.

Niemand sang im Bus der Steine. Mats blätterte in Hermann Hesse, Paul spielte auf seinem Handy, Alex las in der Freien Presse, die er aus dem Hotel mitgenommen hatte, Axel fuhr, und Nora sah in den Schnee, der immer feuchter wurde, je näher sie Berlin kamen.

»Oh Gott, du hast dich mit ihnen angefreundet«, sagt der berühmte Musikkritiker Lester Bangs dem ratlosen, jungen Reporter, der in »Almos Famous« die Band Stillwater begleitet. »Freundschaft ist der Schnaps, den sie dir einflößen. Sie machen dich trunken im Glauben, du gehörst dazu. Sie machen dich glauben, du seist cool. Aber wir sind nicht cool. Ich weiß, du glaubst, diese Jungs sind deine Freunde. Mein Rat:

Wenn du ihnen ein wirklicher Freund sein willst, sei ehrlich. Ehrlich und gnadenlos.«

Carola schaute Paul an, den traurigen, schönen, alten Paul. Zu spät, dachte sie. Es war zu spät für Gnadenlosigkeit.

Auf der Rückfahrt von Hamburg, wo sie die Nacht vor dem Berliner Abschlusskonzert verbrachte, um Abstand und Schlaf zu bekommen, hatte Carola Jürgensen plötzlich das Bedürfnis, »Mitropa Rocka« zu hören.

Sie saß im Ruheabteil des Erster-Klasse-Wagens, schaute auf die toten Dezemberlandschaften Mecklenburgs, die am Zugfenster vorbeiflogen, und dachte daran, wie ihr neues Leben aussehen könnte. Ihre Hamburger Wohnung war ihr absurd groß vorgekommen. Und absurd leer. Ein Statement eher als eine Wohnung. Nur die Badewanne war angemessen, tief und freistehend, vielleicht sollte sie in ein Bad ziehen in ihrem nächsten Leben. Mit ihr im Wagen saßen all die Berlin-Hamburg-Pendler, Filmfritzen, Anwälte, Journalisten, im Viererabteil schräg gegenüber vier Kollegen vom Spiegel in diesen enggeschnittenen Anzügen, die sie an das tapfere Schneiderlein erinnerten. Sie wollte nicht wissen, woran die vier Wichtigtuer ihre Lederjacke erinnerte, die sie heute Morgen aus den Tiefen ihres Kleiderschranks befreit hatte. Sie hatte die Jacke bestimmt zehn Jahre nicht mehr getragen, jedenfalls nicht außerhalb ihrer Wohnung. Zwei-, dreimal hatte sie sich angetrunken »Rumors« angehört und mit der Lederjacke vorm Flurspiegel getanzt wie Stevie Nicks. Die Jacke war mindestens halb so alt wie sie. Astrid hatte sie genäht. Astrid aus Karlshorst, die die Klamotten für jeden vierten

Ostrocker geschneidert hatte. Assi hatten sie sie genannt. Keine Ahnung, was eigentlich aus der geworden war. Die Jacke war ein Stück Revolutionsgarderobe. Die Leute, die ihren Nachlass auflösten, würden sie hinter den Kostümen finden und denken, Carola Jürgensen, Stern-Reporterin, mit verschiedenen wichtigen Journalistenpreisen geehrt, hatte ein Doppelleben geführt. Sie hatte keine Ahnung, wer einmal ihren Haushalt auflösen sollte, mit Kindern war nicht mehr zu rechnen, ihre kleine Schwester rauchte zwei Schachteln Zigaretten am Tag und würde bestimmt vor ihr sterben. Vielleicht sollte sie die Jacke doch wegschmeißen, dachte sie. Heute Morgen aber hatte sie gut ausgesehen, die angemessene Bekleidung für das große Tourfinale im Postbahnhof.

Jetzt, im Licht der ICE-Toilette, glänzte die Jacke grünlich gelb wie eine Scheißhausfliege. Carola Jürgensen stöpselte sich die Ohrhörer ein, suchte das Album »Toastbrot und Spiele«, das sie sich gestern auf iTunes heruntergeladen hatte, wählte »Mitropa Rocka«, den fünften Titel, und drückte Play. Auf der AMIGA-Platte war es der erste Song auf der B-Seite gewesen.

Peter schaut auf die Schiene
Da träumt Sabine
Auf einer der Schwellen
wartet die Ellen
Peter zieht sie am Kragen
Zu sich in den Wagen
Sie sind keine Kader
Für einen Lada
Sie fliehen in Zügen

vor all den Lügen

Sie sind Mitropa, sie sind Mitropa, sie sind Mitropa

Rocka

Carola Jürgensen sah sich im Spiegel an. »Mitropa Rocka«, rief sie. Irgendwann bemerkte sie, wie jemand von draußen an der Tür rüttelte. Sie hoffte, dass es niemand von diesen Aufziehfiguren aus dem Berliner Spiegel-Büro war. Neues Leben hin, neues Leben her. Sie zog die Ohrhörer aus, steckte sie in die Jackentasche, spülte und wusch sich die Hände. Dann öffnete sie die Tür.

Im Flur stand eine alte Dame, die nicht aussah, als reise sie Erster Klasse.

»Mitropa Rocka«, sagte Carola Jürgensen.

»Ach so«, sagte die alte Frau.

Sie sah Emma beim vierten oder fünften Song. »Thälmannpark«. Titelsong einer Rockrevue aus den Achtzigern. Es ging um Gaswerke und Neubauten, die Träume der Arbeiterklasse und so weiter und so fort. Carola hatte das ehrlich gefunden, damals, bodenständig und natürlich mutig.

Emma stand an einer der Säulen im hinteren Teil des Postbahnhofs. Sie war ganz allein, in eine Art Korona gehüllt wie eine Heilige. Das Licht ihrer Jugend. Sie war halb so alt wie die anderen hier, schätzte Carola. Halb so alt wie sie. 900 Leute waren gekommen. Sie blieben dreistellig. Die meisten waren Männer um die fünfzig, deren Jeans aussahen, als seien sie ihnen von ihren Frauen herausgelegt worden. Mach dir einen schönen Abend, Schatz. Ingenieure, Lehrer, Technologen. Die letzten zwanzig Jahre waren nicht schlecht zu ihnen gewesen, aber schnell vergangen. Sie wollten noch mal zurück in die Zeit, in der alles möglich schien. Eine Zeit, die sie – so wie sie heute waren – wohl nicht überlebt hätten.

Carola bewegte sich langsam auf die Säule zu, an der Emma lehnte wie in einem Steine-Video aus den Achtzigern. Sie befühlte ihren Notizblock in der Innentasche der Lederjacke. Es war ein schmaler Block, das Papier recycelt, aber weich. Sie spielten »Rot oder Rosa« aus »Lipstick Linda«, einer Art Rockoper aus der Kosmetikproduktion, die die Steine Anfang der Achtziger aufgeführt hatten. Ein bisschen Sozialkritik, viel Neue Deutsche Welle. Die Platte konnte erst nach dem Mauerfall erscheinen. Ein Witz aus heutiger Sicht. Auf dem Cover ritt Nora auf einem riesigen Lippenstift durch den Berliner Nachthimmel.

Rot oder Rosa

Lyrik oder Prosa

Winner oder Loosa

Falsch oder richtisch

Allet nich so wischtisch

Emma nickte im Takt, ganz leicht nickte sie.

»Hey«, sagte Carola. »Du bist Emma, oder?«

Emma sah sie an, nicht unfreundlich, aber kühl.

»Ich bin Carola Jürgensen, ich schreib über die Band«, sagte Carola. Sie hatte keine Ahnung, was danach kommen sollte. Sie hatte keine Frage oder wenigstens keine Frage, die sie stellen konnte.

»Mmmhh«, sagte Emma.

»Im Stern«, sagte Carola.

Sie sah nach vorn zur Bühne, Nora lief an der ersten Reihe

vorbei, sie klatschte die Hände ab, die sich ihr entgegenstreckten. Carola mochte nicht an die Gesichter denken, in die sie dabei sah. Einer der Fans, die auf jedem Konzert dabei waren, nannte sich Jimmy, nicht nach Jimmy Page, sondern nach irgendeinem Fußballspieler vom 1. FC Union. Er war knapp sechzig, kahl und trug eine Jeansweste, auf die er verschiedene Vereinswappen genäht hatte.

»Ich kenn dich noch, da warst du so groß«, sagte Carola, hielt die Hand auf Hüfthöhe und lachte. Emma sah sie ernst an. Carola erzählte von Connys Hoffesten, von den Lagerfeuern, es war nicht klar, wie viel Emma davon verstand, weil Alex zu einem ohrenbetäubenden Gitarrensolo angesetzt hatte, mit dem er das kleine Lippenstiftlied aus den Kindertagen der Band zerstörte. Es schien so, als wolle er ihr Gespräch unterbrechen. Carola hatte Alex auf einem dieser Hoffeste getroffen. Er hatte sie vom Lagerfeuer weg in eine Scheune gezogen. Sie war Studentin damals, ein Fan. Ein Groupie. Alex war der beste Gitarrist im Land und schwenkte die Hüften wie ein Revolverheld. Er hatte ihr in den frühen Morgenstunden Dinge erzählt, die sie nicht verstanden und inzwischen vergessen hatte. Irgendetwas vom Winter, dachte sie. Winter. Einem Lied im Winter. Seltsam. Es war so eine heiße Nacht gewesen. Alex schien unendlich traurig zu sein, das wusste sie noch. Sie hatte nicht an eine gemeinsame Zukunft gedacht, er tat ihr leid. Sie war 22 damals, jünger als Emma heute. Sie fand das tröstlich und niederschmetternd, alles zugleich, alles umsonst.

»Was machst du eigentlich?«, fragte Carola.

»Willst du das wirklich wissen?«, fragte Emma.

Carola nickte. Es stimmte ja, und natürlich stimmte es nicht. Sie wollte wissen, was sie suchte. Sie wollte mit ihr über das Lied reden, das ihr gewidmet war. Über »Du hast mich wachgeküsst«, über ihren Vater und ihren Liebhaber. Über die Band.

»Ich schreibe«, sagte Emma. Der Lärm, den Alex machte, war unbeschreiblich. Carola überlegte, ob sie den Block aus der Innentasche ihrer Lederjacke ziehen sollte, um das aufzuschreiben, ließ es aber. Sie blieb einfach stehen, schwieg, wartete, bis der Krach vorbei war.

»Ein Song von unserer neuen Platte«, sagte Nora in die knisternde Stille. »Eine Hitsingle. Sozusagen. Auch wenn wir natürlich keine Hitsingles mehr haben. Die Zeiten sind vorbei. Aber wir nicht. Es geht immer weiter. ›Du hast mich wachgeküsst‹.«

Carola stand neben der Säule, an der Emma lehnte, und wagte nicht, sie anzusehen. Es wäre obszön gewesen. Seltsam, wie sich die Rollen verschoben, das Alter. Es war schlimm genug, den beiden Männern dort vorn zuzusehen. Paul und Alex. Carola verstand zum ersten Mal, dass sie alle Teil einer langen Geschichte waren. Die beiden Männer dort vorn und sie hier an der Säule. Und Nora natürlich. Nora.

Du machst mich nicht jung
Aber ich fühl mich nicht alt
Hatte aufgehört zu atmen
Wurde schon kalt.
Ich war November
Jetzt bin ich Mai.
War so müde, bin jetzt high

Und Rentner Schmidt, der mich nicht mag,
nuschelt im Hausflur ›Guten Tag‹

Carola starrte nach vorn. Sie merkte, wie ihr die Tränen in die Augen schossen. Der Saal verschwamm. Das ganze Gestrampel, nur um zu spüren, dass man noch lebte. Sie bewunderte die Sonnenuntergänge auf allen Weltmeeren. Immer allein. Sie fotografierte sich auf den Hotelterrassen in Lima und Los Angeles mit ihrem Handy und sah sich in einsamen Momenten die roten Nadeln an, die in der Weltkarte ihres iPhoto-Programms steckten. Sie war überall, sie war müde. Sie wusste, dass sie auch die Geschichte der Band mit niemandem teilen konnte. Sie hätte gern von der Nacht im Heu berichtet, vor 25 Jahren, von Alex, von Nora und Paul und Emma. Und von sich. Aber sie würden es nicht verstehen. Sie würden es nicht verstehen.

Du hast mich wachgeküsst
als ich im Sterben lag
ich mach die Augen auf
und es ist Donnerstag

Als der Song vorbei war, drehte sich Carola zu Emma um, aber da war nur die Säule. Emma war verschwunden. Sie hatte sich in ihrem Lied aufgelöst. Ein schönes Ende. Eigentlich.

Carola lief durch den Saal. Die Steine spielten »Wartesaal«, ihre Revolutionshymne. Carola zwängte sich durch die Meute hüpfender alter Männer, die sich in das Gefühl der Rebellion zurücksangen. Die Männer waren schwer geworden mit den Jahren und nicht mehr besonders gelenkig, es war, als schlängele sie sich durch eine Wand aus taumelnden

Sandsäcken, grauhaarige Abrissbirnen in gebügelten Jeans, die im Rhythmus eines Abschiedsliedes für eine Diktatur schwangen. Ein seltsam leichter Song war das, dachte Carola, ein Popsong eher als ein Politlied.

Schon im Kindergarten

ham wir gelernt zu warten

Zu warten, zu warten

Schon im Kindergarten

Carola suchte nach Emma, obwohl sie natürlich immer noch keine Frage hatte, die sie ihr zu stellen wagte. Sie lief zum hinteren Teil des Saals, wo eine kleine Tribüne errichtet worden war. Sie stieg auf die oberste Bank und sah über die kahlen Hinterköpfe der Steine-Fans. Sie war sich sicher, dass sie Emma sofort erkennen würde, das leuchtende Mädchen. Wie ein Feldherr stand sie auf der Empore und überwachte die Schlacht. Emma war nicht zu sehen, aber Carola war nicht besorgt. Sie wollte das Mädchen nicht finden, sie wollte es nur suchen. Sie stand da und sah durch den Saal, bis ihr Blick sich verlor, wie in einem Zimmer, das man betritt, ohne zu wissen, was man dort eigentlich wollte.

Die Abschlussparty der Tour fand in einem Raum über der Bühne statt. Die Decke war niedrig, das Neonlicht brannte gnadenlos. Auf langen Sprelacardtischen war das Buffet aufgebaut, in der Ecke zwei Kühlschränke. Die meisten Leute in dem Raum kannte Carola. Sie waren das Strandgut der letzten dreißig Jahre, angespült zum großen Tourfinale. Tagediebe, Lebenskünstler, Scharlatane. Marienburger, Kollwitz, Schwedter, Mulack. Schnapsbeutel unter den Augen, Tabakflecken an den Fingern. Die meisten von ihnen hielten sie für abgehoben, weil sie in Hamburg lebte und auf ihre Ernährung achtete, aber wenn sie sich nach Aufmerksamkeit für ein Lied oder einen Text oder ein Bild sehnten, riefen sie sie an. Sie blieb einen Moment neben der Tür stehen und sah sich um. Alex saß auf einer Fensterbank, zwei Frauen in ihrem Alter saßen auf Kissen zu seinen Füßen. Alex schaute aus dem Fenster. Emma war nicht zu sehen, und Carola verstand, dass es vorbei war. Die Hoffnung hatte sie verlassen. Die Steine rollten bergab. Der Mai war um, es war wieder November. Paul saß auf einer grünlich violetten Velourscouch in der Ecke neben einer Mittdreißigerin, deren Hand auf seinem Oberschenkel lag. Er sah zu Carola herüber, zuckte mit den Schultern, entschuldigend, lächelnd. Sie lächelte zurück und legte die Hand an eine imaginäre Mütze, die tapfere Soldatin. Dann ging sie.

Im leeren Saal stand Volker mit seinen beiden Assistenten und fotografierte die Bühne, die abgebaut wurde. Neben ihm wartete Max, der Booker, auf ein Wunder.

»Caro«, sagte er.

»Ja«, sagte sie.

Er hätte sie sicher gern gefragt, wann der Stern ihre Geschichte druckte. Aber er tat es nicht, vielleicht, weil er in ihren Augen erkannte, dass sie keine Geschichte hatte. Sie mochte Max. Er liebte die Band, aber er würde nie dazugehören. Er hatte ein Herz. Sie schlug ihm auf die Schulter und ging. Sie trat aus dem Licht der Scheinwerfer, und in der plötzlichen Dunkelheit erkannte sie Nora, die in Richtung Bühne lief, nicht gleich. Wahrscheinlich hatte sie sich mit

Volker für ein letztes Foto verabredet. In ihrem Arm hing der Sänger der Sugardaddys wie eine Federboa. Fleischer.

Nora lachte.

Dann sagte sie, während Carolas Augen sich langsam auf die Lichtverhältnisse einstimmten: »Unser Groupie.«

Die Worte fuhren Carola in den Magen wie ein rostiges Messer. Sie war so schwach.

Sie schleppte sich auf die Straße, eine sterbende Operndiva, Tosca vielleicht, Noras Worte sangen in ihren Ohren. Unser Groupie. Grou-uhuuuhu-uhuuuhu-huuuupiiii. O Scarpia, avanti a Dio! Es war eiskalt. Sie sah in die Lichter der Autos auf der Frankfurter Allee. Carola lief über die leeren breiten Bürgersteige, die die Architekten der Stalinallee für die flanierende Arbeiterklasse angelegt hatten, Richtung Alexanderplatz. Die schönen gläsernen Bungalows standen in der Nacht wie Schneewittchensärge. Die Kälte zerrte an ihren Ohren, so lange, bis Carola Jürgensen nichts mehr hörte als das Rauschen des eisigen Atems, der aus dem endlosen schwarzen Osten in die Stadt blies.

Über Bord
Acki, 1987, März

Als Axel Bergemann das Untersuchungsgefängnis nach anderthalb Tagen verließ, empfand er keine Wut auf das System. Er war auch nicht enttäuscht von seiner Band. Er hatte Durst.

Einen Tag und zwei Nächte lang hatte Axel, den sie seit dem Kindergarten Acki nannten, keinen Alkohol getrunken. Das hatte er seit Jahren nicht mehr geschafft. In der letzten Nacht war er immer wieder aufgewacht, weil sich unter seiner Haut Ameisen zu bewegen schienen. Er hatte kaum geschlafen, er hatte geschwitzt, und sein Sack hatte gejuckt, als sei seine Unterhose mit Sand gefüllt.

Es war später Vormittag, als sie ihn aus seiner Zelle ließen. Zwei Männer führten ihn über lange Flure, sie schlossen Türen auf und zu, bis er schließlich in der Märzsonne stand. Das fahle Licht blendete ihn. Acki zitterte, denn es war kalt. Ein Schnaps wäre gut, dachte er. Ein Schnaps und ein Bier dazu.

Hunger hatte er eigentlich nicht.

Er sah auf Neubauten und Parkplätze, er sah die Spitze des Fernsehturms. Menschen sah er keine. Er befand sich mitten in der Stadt, wusste aber nicht genau wo. Er kratzte sich die Unterarme, sie juckten. Er hatte das Gefühl, die Haut dort würde langsam dünn. Er musste sich dazu zwingen, sie nicht wegzukratzen, um zu den Tieren vorzudringen. Er lief los, irgendwann sah er die Tür der Mokkastuben, wo sie manchmal spät in der Nacht landeten, wenn Alex und Paul noch jemanden kennenlernen wollten und er nicht aufhören konnte zu trinken. Von da wusste er weiter.

An der Straßenbahnhaltestelle Ecke Mollstraße dachte er bereits an die Sonne. Die Linie 28 fuhr bis vor die Tür.

Die Sonne machte morgens um acht auf. Er kannte den Wirt, er kannte die Gäste, und er wohnte in der Nähe. Die Bahn war leer. Er setzte sich ans Fenster und sah hinaus auf die Greifswalder, die struppigste der drei großen Straßen, die sich durch den Prenzlauer Berg zogen. Sein Gesicht lag an der Scheibe, die kühl war und metallisch roch. Die Bahn passierte den Thälmannpark, ein Neubauviertel, dem sie eine Platte gewidmet hatten, darauf der einzige Song, den er je beigesteuert hatte. »Gasmann«. Acki war in der Nähe des alten Gaswerkes groß geworden, Grellstraße, seine Mutter hatte jeden Sonnabend den Ruß von den Fensterbrettern gewischt. »Gasmann« war der vierte Song auf der B-Seite. Während der Pressekonferenz, auf der die Platte vorgestellt wurde, hatte Nora darauf hingewiesen, dass ihr Trommler aus der Gegend komme. Sie hatten in der Wabe gesessen. Ein Jugendclub, der in das Neubauviertel gebaut worden war. Acki hatte sich fremd gefühlt, dort oben, benutzt wie ein schreibender Arbeiter. Ein Beispiel zwischen seiner Sängerin und dem Funktionär von der Plattenfirma. Greif zur Feder,

Kumpel. Die Journalisten hatten durch ihn hindurchgeschaut. Er wurde nie irgendwas gefragt. Wenn er den Mund aufmachte, hatten alle Angst, dass er einen Fehler machte. Auch Nora.

Er war der Trommler.

Die letzten beiden Tage allerdings hatten nur aus Fragen bestanden. Er konnte sich kaum daran erinnern, was er den Männern erzählt hatte. Sie hatten sich besonders für ihr Gastspiel in Oberhausen interessiert. Er wusste nicht, was sie ihm wirklich vorwarfen, und am Ende hatten sie das wohl eingesehen. Er wollte das Land nicht verlassen, hier war alles, was ihm etwas bedeutete. Seine Eltern, seine Band, seine Stadt. Er hasste die Enge und die Kompromisse. Er hasste »Rock für den Frieden« und die Empfänge, auf denen Nora mit den Funktionären trank. Er hasste die ruhigen Worte, mit denen Alex die ganze Propagandascheiße in den Weltenlauf einordnete. Freiheit ist die Einsicht in die Notwendigkeit, Pipapo. Er hasste die Journalisten, die Zeitungen, er hasste die Jugendsendung »rund«, wo sie zweimal im Jahr einen Playbackauftritt hatten, er hasste die Tatsache, dass er in den Westen reisen konnte, seine Eltern aber nicht, obwohl sein Vater im Wedding geboren worden war und er in Weißensee. Er hasste es, dass die beiden Langweiler auf der anderen Seite des Tisches ihn in eine Zelle sperren konnten, obwohl weder er noch sie wussten, warum. Aber ein Bier in der Sonne kostete 44 Pfennige, und er kannte den Wirt seit zehn Jahren. Walter.

Das hatte er den Männern nicht gesagt. Soweit er sich erinnern konnte.

Früher hieß der S-Bahnhof Greifswalder Straße, jetzt hieß auch der Thälmannpark. Dahinter fing ein anderes Neubaugebiet an, ein namenloses. Als er Kind war, hatte es dort Kleingärten gegeben, ein endloses Feld von Kleingärten, einen Wald aus Obstbäumen. Seine Eltern hatten da eine Laube gehabt. Erdbeeren, Johannisbeeren, Brombeeren, zwei Apfelbäume, eine Hollywoodschaukel, in der sein Vater im Sommer schlief, wenn er zu viel getrunken hatte. Irgendwann, Ende der Siebziger, hatten sie die Gärten geräumt und abgebrannt, um Platz für das Neubaugebiet zu schaffen. Er war eines Abends nach Hause gekommen, und der Himmel war voller Rauch gewesen.

Das Ende der Kindheit. Acki hatte ein Lied darüber geschrieben. »Brennende Nacht«. Die Band hatte es nicht gewollt.

Sein Kopf lag an der Scheibe, er war müde und hätte ewig so weiterfahren können.

Er stieg am Antonplatz aus. Im Kino Toni lief »Es war einmal in Amerika«. Das Vergessen in den Opiumhöhlen. Auf dem großen gemalten Filmplakat am Toni sah Robert de Niro aus wie Vico Torriani. Acki hatte den Film schon dreimal gesehen. Er handelte von fünf New Yorker Freunden, die Gangster wurden, aber er hatte es als die Lebensgeschichte einer Band verstanden. Mit zwei starken Charakteren, die die Entscheidungen trafen, und den Schwachen, die sich fügten. Im Film kämpften Max und Noodles um das Große und Ganze, bei ihnen waren es Nora und Alex.

Was hast du all die Jahre getan?, fragt Fatty seinen Jugendfreund Noodles, der als alter Mann nach New York zurückkehrt, um die letzte Rechnung zu begleichen.

Ich bin früh schlafen gegangen, sagt Noodles.

Am Ende sprang sein Gegenspieler Max in einen Müllhäcksler. Er hatte die Frau und das Geld bekommen, aber es war alles umsonst.

Acki lief auf der Klement-Gottwald-Allee das Stück zurück bis zur Sonne, die direkt auf der Grenzlinie zwischen Prenzlauer Berg und Weißensee lag. Als er vor den Stufen stand, die zur Eingangstür führten, spürte er seine Müdigkeit. Sie zog ihn nach unten wie ein Tauchgewicht. Er sah die Tür an, sie war grün. Er wusste, dass er schnell einschlafen würde. Er dachte daran, umzukehren, nach Hause zu gehen und sich hinzulegen. Vielleicht sollte er das probieren, vielleicht war es eine Chance. Wenn er aufwachte, wären es drei Tage ohne Alkohol.

Was hast du all die Jahre getan?

Ich bin früh schlafen gegangen.

Einen Moment lang schwankte Acki, dann stieg er die Stufen hinauf.

Das Halbdunkel tat seinen Augen gut. An einem Tisch spielten drei alte Männer Skat, an einem anderen saß Kutte mit einem Mann, den er nicht kannte, und redete von Singapur. Kutte war früher zur See gefahren, Handelsmarine, jetzt arbeitete er als Nachtwächter im Wasserwerk in der Erich-Weinert-Straße. Hauptsache Wasser, war ein Spruch von Kutte. Nach der Schicht kam er in die Sonne und berichtete von den Weltmeeren.

Walter stand im Zwielicht, das durch die gelben Gardinen in die Kneipe fiel, und spülte Gläser. Vor ihm im Ascher ein Zigarillo. Acki atmete die verrauchte Kneipenluft ein wie

Sauerstoff. Walter nickte ihm zu. Ein altersloser Mann in einem weißen Kittel, die Haut fahl, die dünnen grauen Haare nach hinten gepeitscht.

»Einheit?«, fragte er.

»Einheit«, sagte Acki.

Er ließ seine fliegenden Hände auf dem kühlen Tresen ruhen und sah in das Glas mit den Soleiern wie in ein Aquarium.

Walter stellte das Bier und den Korn vor ihm auf.

Acki nahm einen Schluck Bier, weil er Durst hatte und weil er das größere Glas besser halten konnte. Er hielt es mit beiden Händen. Das Bier schmeckte bitter, weich und kühl. Er trank das Glas leer, wischte sich die Lippen ab und wartete auf Frieden. Als ihn die Unruhe verließ und die Tiere verschwanden, nahm er das Schnapsglas und leerte es. Walter sah ihn an, er nickte leicht.

Er trank den zweiten Schnaps schnell und das zweite Bier langsamer. Der Mann neben Kutte erhob sich und klopfte auf den Tisch. Er war ein kleiner Mann, und Acki sah, dass er eine blaugraue BVB-Jacke trug.

»Der alte Mann jeht nach Hause«, rief er.

Er bezahlte am Tresen und sah Acki an.

»Der alte Mann und dit Meer«, sagte er. Er sah freundlich aus, aber er sah auch aus wie ein Schwätzer, deswegen stellte Acki ihm keine Fragen.

»Ick dachte, Kutte is der alte Mann und dit Meer«, sagte Walter, die Augen in der alten Kasse.

»Jenau«, rief Kutte aus dem Halbdunkel. »Hemingway, Haie und allet.«

»Ick fahr Straßenbahn«, sagte der Mann mit der BVB-Jacke. »Aber ick muss ins Bett.«

Er machte keine Anstalten zu gehen. Er stand am Tresen wie festgenagelt. Acki bestellte noch ein Bier. Er blieb beim Bier. Er hatte zu wenig geschlafen. Bier war gut.

»Der alte Mann jeht jetzte nach Hause«, rief der kleine Mann.

»Dit sachtest du bereits, Achim«, sagte Walter.

Einer der Skatspieler blätterte einen Null ouvert auf den Tisch. Seine Hand zitterte. Die anderen beiden starrten auf die ausgebreiteten Karten wie ins Getriebe der Welt. Über ihnen an der Wand hing ein Grand Hand, den Karl Walther hier 1982 auf den Tisch gelegt hatte. Karl Walther hatte bei Vonnie im Haus gewohnt und war kurz nach seinem Grand Hand gestorben.

»Wat macht die Unterhaltungskunst?«, fragte Walter, als er Acki das dritte Bier hinstellte.

»Keine Ahnung, ick komme direkt aus'm Knast«, sagte Acki.

Der Straßenbahnfahrer wippte, eine Hand am Tresen, leicht in den Knien. Sein Blick ruhte auf Ackis Gesicht.

»Ach wat«, sagte Walter.

»Ick saß ma' 24 Stunden in Wladiwostok im Knast, weil Sigi von einem Angolaner anjestochen worden war«, sagte Kutte in ihrem Rücken.

»Ganz so schlimm wars bei mir nicht«, sagte Acki und trank sein Bier aus.

»Dann iss ja jut«, sagte Walter.

Er drehte sich weg. Seltsam, dass er nicht nachfragte. Vielleicht eine Art Selbstschutz. Acki dachte an den letzten Blick von Nora, in dem sich Sorge und Ungeduld mischten. Am Ende hatte die Ungeduld gesiegt. So musste es wohl gewesen sein. So war es immer.

Der Polizist am Grenzübergang Bornholmer Straße hatte in seiner Luke Ackis Pass hin- und hergedreht und mit irgendwelchen Papieren verglichen, die auf seinem Schreibtisch lagen, den Acki von außen nicht sehen konnte. Irgendwann war der Grenzer aufgestanden und hatte seinen Verschlag verlassen.

»Sie warten hier, Herr Bergemann.«

Herr Bergemann. Acki hatte seinen Nachnamen seit Ewigkeiten nicht mehr gehört.

»Wat'n?«, hatte Nora gefragt.

Sie war die Erste in der Band, die durch die Grenzkontrollen ging, wenn sie ins Ausland fuhren. Sie war die Frontfrau. Er war der Zweite. Dann kamen Paul und Vonnie. Am Ende immer Alex, der als vernünftig galt und Dinge klären konnte. Nora verlor die Nerven, Alex argumentierte. Bei längeren Reisen schleuste sie Conny an den Offiziellen vorbei.

Aber das war nur Westberlin. Ein Gig. Eine Nacht und wieder zurück.

Acki hatte mit den Schultern gezuckt und auf die Uhr geschaut. Es war um drei gewesen. Um sechs war Soundcheck im Quartier Latin. Sie hatten noch Zeit.

Acki hatte seinen Haaransatz in dem schmalen Spiegel gesehen, der über der Kabine an der Decke hing. Vor drei Jahren hatte er sich den Kopf rasiert, in der Hoffnung, cooler auszusehen. Es hatte, soweit er das einschätzen konnte, nicht funktioniert. Seine Kopfform gab es nicht her.

Der Grenzer war mit einem zweiten Mann zurückgekehrt. Sie hatten ihn aufgefordert mitzukommen. Er hatte zu Nora geguckt, die am Ende der Schleuse wartete. Er sah die Sorge in ihren Augen, etwas Mütterliches, aber darunter den Vorwurf, die Ungeduld. Er hielt hier alles auf. Sie hatte natürlich gedacht, dass sich alles ordnete. Eine Formalie. Es war ja nur Westberlin. Sie waren öfter dort als in Marzahn.

Die Männer hatten ihn in einen kleinen Raum geführt, an der Wand eine verspiegelte Scheibe wie im Film. Ein oder zwei Stunden lang hatte er allein in dem Raum gesessen. Anfangs hatte er gehofft, dass die Band auf der anderen Seite der Mauer auf ihn warten würde, später dann nicht mehr. Es gab kein Tageslicht in dem Raum, aber er fühlte, dass es dunkel wurde. Um neun begann das Konzert im Quartier.

Irgendwann hatte einer der Männer ihm mitgeteilt, dass er durch einen anderen Schlagzeuger ersetzt worden war.

Jeder ist ersetzbar, hatte der Mann gesagt und ihn kalt angesehen.

Acki hatte genickt. Er wusste das ja.

Es hatte eine Zeit gegeben, in der Nora mit dem Gedanken spielte, einen neuen Schlagzeuger zu verpflichten. Sie hatte von fehlendem Druck in der Rhythmussektion gesprochen, aber er war sich sicher, dass es um andere Dinge ging. Er war Nora zu normal, zu einfach, sowohl was sein Aussehen als auch seine Herkunft anging. Er war ein Mann für die ersten Jahren. Wie Pete Best. Seine Mutter war Sekretärin, sein Vater war Hausmeister. Er war in einem Fünfziger-Jahre-Wohnblock groß geworden, in einem Zimmer, das sie halbes Zimmer nannten. Er hatte früh die Haare verloren. Nora hatte ihn ermuntert, Hüte zu tragen, auf dem letzten Coverfoto trug er einen zerknautschen lila Samtzylinder mit einer roten Feder am Band, den Nora ihm mitgebracht hatte. Wie Jimi Hendrix, hatte sie gesagt. Acki war ein durchschnittlicher Mann, er erinnerte Nora zu sehr an ihr Publikum. Sie redete gern von ihrer Schlosserlehre bei Bergmann-Borsig, aber sie war eine Bürgertochter, so wie Alex ein Bürgersohn war. Vonnie repräsentierte den verarmten Adel, Paul war wenigstens im Kinderheim groß geworden und schön. Acki sah mit dem Samtzylinder aus, als gehe er zum Fasching. Alex hatte seinen Rausschmiss damals verhindert. Ohne Alex wäre er nicht mehr dabei.

Acki war sich nicht sicher, ob er ihn noch mal retten würde. Die Dinge waren außer Kontrolle geraten. Er spürte ihre Blicke in den Nächten nach den Konzerten, an den Morgen danach und zuletzt auch während der Konzerte. Er hielt nicht mehr mit. Es war nur eine Frage der Zeit, bis sie ihm Conny schickten. Den Anwalt der Familie. Acki sah ihn schon auf sich zukommen, den großen, schweren Mann, ein verlegenes Grinsen im Gesicht.

Haste ma ne Minute, Acki?

Was glauben Sie, warum wir Sie hierbehalten haben?, hatten die Männer ihn gefragt. Immer wieder. Es war die große Frage des ersten Abends. Er verstand das Prinzip, aber er hatte keine Ahnung. Sie fuhren ihn in einem Barkas ins Untersuchungsgefängnis Keibelstraße. Eine Nacht lang hatte er Ruhe. Er sollte nachdenken, hatten sie gesagt. Aber alles, woran er denken konnte, war ein Bier. Oder zwei. Zum Einschlafen. Am zweiten Tag gaben sie die Taktik auf.

Sie gingen davon aus, dass er den Plan verfolgte, bei den Hurricanes anzuheuern, einer Paderborner Hardrockband, die sie auf dem Stadtfest in Köln getroffen hatten und später noch mal bei einem Stahlarbeiterstreik in Oberhausen. Angeblich suchten die Hurricanes einen neuen Schlagzeuger, aber das wusste Acki gar nicht, oder er hatte es vergessen. Er wusste, dass sie nach ihrem Konzert zusammen saufen waren, die Kölner Nacht versank im Nebel, die Bilder waren unscharf, an den Rändern aufgeweicht, vom Schnaps, den sie damals getrunken hatten, dem Schnaps, den er anschließend getrunken hatte, und vom Schnaps, den er brauchte. Sie hatten ihm ihre Bilder gezeigt, scharfe Bilder, die Entfernungen verkürzt durch Teleobjektive. Er und der Basser der Paderborner Band beim Rundgang durch ein Oberhausener Stahlwerk. Er, Paul und die Hurricanes irgendwo in der Kölner Südstadt. Voll im Tee. Bilder, die nichts bewiesen, außer, dass er offenbar rund um die Uhr bewacht wurde. Sie hatten bessere Erinnerungen an sein Leben als er selbst und waren dennoch so ahnungslos. Was sollte er bei einer Paderborner Hardrockband. Er lebte in Berlin.

Die meiste Zeit hatte er einfach allein in diesem Zimmer gesessen und sich vorgestellt, wie sie ihn durch die verspiegelte Scheibe ansahen.

Sie hatten ihm Zigaretten angeboten, aber er rauchte nicht.

Brennende Nächte, brennende Welt
Stunden, in denen die Kindheit zerfällt

So ging der Refrain des Liedes, das er über die rauchenden Gärten der Greifswalder Straße geschrieben hatte. Sie wollten es nicht. Zu konkret, hatte Alex gesagt. Nora hatte auf den Boden geschaut. Er begriff erst jetzt, da in seinem Kopf und unter seiner Haut Ruhe herrschte, dass sie ihn alleingelassen hatten. Seine Band hatte ihn zurückgelassen wie ein sterbendes Pferd. Er trank sein viertes Bier aus. Es war kurz vor zwölf. Nun, da seine Grundbedürfnisse befriedigt waren, spürte er die Enttäuschung und den Zorn.

Er nickte Walter zu. Bier.

Der Straßenbahnfahrer schien im Stehen eingeschlafen zu sein. Er starrte ins Nirgendwo, vielleicht fuhr er in Gedanken noch mal seine Strecke ab.

Acki dachte an Rick Allen, den Schlagzeuger von Def Leppard. Ein Beispiel, an dem er sich festhielt, seit der Zeit, als Nora darüber nachdachte, ihn rauszuschmeißen. Ein Beispiel, das er noch nicht benutzt hatte. Aber es war da, einsatzbereit. Rick Allen war vor ein paar Jahren in seinem Auto verunglückt. Einer Corvette. Die Ärzte hatten ihm einen Arm abnehmen müssen, was für einen Schlagzeuger natürlich ganz schlecht war. Def Leppard hatten ihren Schlagzeuger trotzdem behalten. Sie hatten ihm ein Schlagzeug gebaut, das man auch mit einem Arm bedienen konnte. Das war eine Band. Oder Zeppelin. Die hatten sich aufgelöst, als John Bonham starb. Wir sind nicht die Stones und holen uns einfach einen neuen Mann, hatte Jimy Page gesagt. Mit John Bonham stirbt auch Led Zeppelin. Das war die Haltung. Die Steine aber wollten immer schon die Stones sein. Sie warfen ihren einarmigen Schlagzeuger über Bord. Das würde alles in seiner Abschiedsrede vorkommen, dachte Acki. Er würde es ihnen ins Gesicht schleudern.

Ihr würdet nie ein Schlagzeug für einen einarmigen Trommler bauen.

Er ahnte, wie sich Nora über Def Leppard lustig machen würde, aber an Zeppelin würde sie sich die Zähne ausbeißen.

»Stairway to heaven«, sagte Acki.

»Wat«?, fragte Walter.

»Nischt«, sagte Acki.

Walter sah ihn an, schwieg, tunkte ein Glas in das milchige Spülwasser, das Nachmittagslicht floss wie Honig durch den Raum.

»Kennst du Pete Best?«, fragte Acki.

»Den Fußballer?«, fragte Walter.

»Nee, dit ist George Best. Pete Best hat bei den Quarrymen getrommelt und den Blackjacks«, sagte Acki.

»Kenn ick nich«, sagte Walter.

»Aber die Beatles kennste.«

»Klar.«

»Pete Best war der erste Trommler der Beatles.«

»Ick dachte, Ringo war der Trommler, Acki. Ringo Starr.«

»Genau, das mein ick, Walter. Niemand erinnert sich an Best. Er war von Anfang an dabei, aber sie haben ihn fallenlassen. Sie haben ihm nicht mal erklärt, warum er nicht mehr dabei war. Manche sagen, Paul war eifersüchtig. Andere sagen, es lag daran, dass sich Best keinen Pilzkopf schneiden lassen wollte«, sagte Acki.

Er konnte sich nicht daran erinnern, in der Sonne jemals so viel geredet zu haben.

»Mmmh«, machte Walter.

»Er hat sich auch geweigert, die Drogen zu nehmen, die die anderen nahmen. In Hamburg«, sagte Acki.

»Hamburg«, sagte Walter.

»Sie haben ja am Anfang in Hamburg gespielt. Star-Club und so weiter.«

»Aber der Säufer ist George Best?«, sagte Walter.

»Wat?«, fragte Acki.

»Noch 'n Bier?«, fragte Walter.

Acki nickte.

Walter stellte das frische Bier vor ihm ab. Er hatte immer noch nicht gefragt, wie es ihn in den Knast verschlagen hatte. Acki erzählte ihm die Geschichte trotzdem. Die Kurzversion. Sie dauerte ein Bier lang.

»Es war nur Westberlin?«, sagte Walter am Ende.

»Jenau«, sagte Acki.

»Nur Westberlin. Du hast echt Sorgen, Alta«, sagte Walter.

Acki fuhr mit dem feuchten Finger über den Rand seines Bierglases, bis es sang.

»Nur Westberlin«, brummte Walter dazu.

Es klang wie ein Lied. Die Moritat vom ungeraden Axel. Seine kleine Opfergeschichte hatte keine Moral. Er schien den beiden Männern im Untersuchungsgefängnis Keibelstraße näher zu sein als den Männern in der Sonne. Er war zu betrunken und zu müde, um es geradezurücken.

»Ick soll umjesetzt werden«, sagte der Straßenbahnfahrer irgendwann, als sei er aus einem Traum erwacht.

»Wat?«, fragte Walter.

Der Mann starrte.

»Sie reißen die Öfen raus in sein' Haus, er soll in eene Ausweichwohnung umziehen. Aber er will nich«, sagte Kutte von seinem Tisch.

»Einen alten Baum verpflanzt man nich«, sagte der Straßenbahnfahrer. Dann löste er sich endlich vom Tresen. Der alte Mann ging schlafen. Acki stellte sich vor, wie er müde und besoffen in einer Wohnung ankam, die umgebaut wurde. Das Licht und der Lärm. Der Alte hatte die ganze Zeit an ihrem Gespräch teilgenommen. Die Beatles, Led Zeppelin und die Ofensetzer der KWV. Er sah aus wie ein Schwätzer, aber er war wohl keiner.

Beim sechsten Bier dachte Acki, dass es eigentlich ein großes Glück war, hiergeblieben zu sein. Hier zu sitzen. Bei den Menschen, die wirkliche Leben führten, die echte Probleme hatten. Hier, dachte er, war ihr Publikum, hier war ihr Stoff. Er nickte Walter zu.

Walter nahm ein Glas in die Hand.

Als Acki beim siebten Bier war, gingen die Skatspieler. Sie waren jetzt zu dritt. Kutte, er und eine zahnlose, spindeldürre Frau, die irgendwann aufgetaucht war, in der Ecke saß, rauchte und von Walter Moni genannt wurde. Zwischen dem achten und neunten Bier aß Acki zwei Soleier, die Walter aus dem Glas fischte wie Frösche. Sie schmeckten auch so, modrig und glitschig. Sie lagen Acki im Magen wie Steine. Er trank einen Schnaps darauf und noch einen, dann ging es. Es war ein sehr spätes zweites Frühstück. Er hatte im Knast eine Teewurststulle bekommen und einen Tee. Acki hatte die Vorstellung von Zeit verloren, aber draußen war es noch hell. Er wusste nicht, wie es von hier aus weitergehen sollte. Er hörte auf, die Biere zu zählen. In ein paar Tagen war ein Konzert in Freiberg, im Tivoli, das wusste er noch, Anfang April waren sie für ein Festival in Dänemark gebucht. Bis dahin brauchte er den Pass wieder. Im Mai gingen sie ins Studio, um die neue Platte aufzunehmen, die »Toastbrot & Spiele« heißen würde. Im Sommer sollten sie für vier Wochen zu Konzerten an die Erdgastrasse in den Ural fahren, im Herbst gab es eine Tournee in die Schweiz. Das waren die Eckdaten.

Irgendwann begann sich die Sonne zu füllen. Die moderaten Trinker kamen, Acki fühlte sich, als sei er übrig geblieben. Es war kein gutes Gefühl und offenbar dachte Kutte das auch. Er erhob sich von seinem Tisch, zahlte und bekam von Walter einen Beutel mit Bierflaschen überreicht. Er trank zu Hause allein weiter.

Auch Acki bezahlte. Er hatte keinen Beutel, und er wusste, dass er nicht weitertrinken durfte. Der alte Mann musste schlafen gehen. Vielleicht würde er ja bald wieder Straßenbahn fahren. Das Konzert in Freiberg war, soweit er sich erinnern konnte, schon übermorgen.

»Pass uff dich uff, Axel«, sagte Walter. Er schaute ernst. Wahrscheinlich verstand er viel mehr, als man dachte. Acki spürte, wie ihm die Tränen in die Augen schossen. Er drehte sich weg. Er stieg die Stufen zur Klement-Gottwald-Allee vorsichtig hinunter. Es war immer noch hell, aber der Tag kippte langsam. Auf der anderen Seite der Lehderstraße, die bereits im Prenzlauer Berg lag, stand Kutte und versuchte sich eine Zigarette anzustecken, ohne seinen Flaschenbeutel, der ihm schwer am Arm hing, fallen zu lassen. Acki ging über die Straße und half ihm.

Sie gingen ein Stück zusammen die Greifswalder hinunter. Axel fühlte sich, als wandele er übers Wasser. Der Nachmittagsverkehr rauschte. Kutte rauchte, die Flaschen in seinem Beutel klimperten. An der Ostseestraße musste er nach rechts, Acki nach links.

»Wat machstn jetzt?«, fragte Kutte.

»Schlafen«, sagte Acki.

Eine Viertelstunde später saß er in Kuttes Fernsehsessel in der Mandelstraße. Kutte saß auf dem Sofa, zwischen ihnen stand ein gekachelter Couchtisch, den man hoch- und runterkurbeln konnte. Auf dem Tisch standen eine Flasche Goldbrand und zwei Bier aus Kuttes Beutel, im Fernseher lief die Sportschau, es war Sonnabendnachmittag.

Kutte war in der Mandelstraße zur Schule gegangen, sagte er. Er war von hier aus in die Welt aufgebrochen, und jetzt war er wieder hier. So, wie er es erzählte, klang es, als vollende sich in diesem verrauchten Wohnzimmer eine große Lebensgeschichte. Der Weltenlauf. Wenn er von der Nachtschicht aus dem Wasserwerk Erich-Weinert-Straße zurückkam, setzte er sich ans Fenster und sah den Schülern zu, die in die beiden Schulen auf der anderen Straßenseite strömten.

»29. und 30. Oberschule Berlin-Prenzlauer Berg«, sagte Kutte.

Danach ging er gewöhnlich in die Sonne.

»Wenn ick Schicht habe, bleibe ich natürlich nicht so lange wie heute«, sagte er.

»Klar«, sagte Acki.

»Jetzt iss ja Wochenende.«

Sie sahen auf den Bildschirm. Die Sportschau war vorbei. Kutte schaltete um. Dieter Thomas Heck. Die Pyramide. Früher hatte Acki an Samstagabenden Daktari gesehen, die Hitparade und Disco mit Ilja Richter. Sein Rhythmus kannte keine Wochenenden mehr, seit er in der Band war, und vermutlich hatte auch Kutte nicht in diesen Kategorien gedacht, als er um die Welt segelte. Jetzt war er wieder hier. Er hatte den großen Kreis gezogen. Mandelstraße, Kalkutta, Mandelstraße. Vermutlich würde auch Acki irgendwann wieder in einer geregelten Woche ankommen, und dieser Gedanke deprimierte ihn sehr.

»Wie alt bis du eigentlich?«, fragte er Kutte.

»Zweiundfünfzig«, sagte Kutte. »Und du?«

»Dreißig«, sagte Acki.

»Mmhh«, machte Kutte, und Acki wusste, dass Kutte ihn für älter gehalten hatte, so wie er Kutte für älter gehalten hatte.

Der Goldbrand schmeckte seifig und brannte im Rachen. Im Fernsehen liefen die Nachrichten und ein Film mit Heinz Erhardt, dann war das Bier alle. Kutte drehte den Ton weg. Auf dem Kurbeltisch standen sechs leere Flaschen, daneben lag der Beutel wie ein totes Tier. Erhardt näselte, obwohl Acki ihn nicht hören konnte. Das Näseln erinnerte ihn an seine Kindheit, Filme mit Theo Lingen, »Der Tiger von Eschnapur«, Weihnachten. Der Zigarettenrauch, der sich mit dem Geruch des ausgelassenen Gänseschmalzes mischte. Seine Eltern. Sein Vater war vor drei Jahren gestorben. Acki musste ihm auf dem Krankenbett versprechen, dass er nie anfangen würde zu rauchen. Dabei war Rauchen nie sein Problem gewesen.

Acki mochte keinen Goldbrand, er mochte überhaupt keinen Weinbrand, aber er verfolgte mit Bitternis, wie sich Kutte beim Einschenken bevorteilte. Als Kutte pinkeln ging, nahm er einen Schluck aus der Goldbrandflasche, gurgelte, schluckte. Im Fernsehen liefen schon wieder Nachrichten. Ihm fielen zwei Kinderzeichnungen auf, die über dem leeren Sofa hingen. Als Kutte wiederkam, fragte er ihn nach den Zeichnungen, auch weil er ein schlechtes Gewissen hatte.

Es waren Zeichnungen von Kuttes Tochter, die inzwischen Ende zwanzig war. Kutte hatte sie Ende der sechziger Jahre zum letzten Mal gesehen. Andrea. Er weinte. Acki dachte kurz darüber nach, auf die Couch zu wechseln und Kutte in den Arm zu nehmen, aber dazu war er zu nüchtern. Glücklicherweise fasste sich Kutte bald wieder und redete weiter. Seine Frau hatte ihm den Kontakt verboten, und er hatte nicht die Kraft gehabt, dagegen zu kämpfen.

»Kaukasischer Kreidekreis und allet«, sagte Kutte.

Acki sah ihn überrascht an. Wahrscheinlich hatte er sich das nur eingebildet, wie die Ameisen. Nora und Alex planten seit Jahren ein Brecht-Programm. Es war eine Chance, das richtige Leben im falschen zu führen. Es war ihr Motto. Mit Brecht konnte man Intellektueller und Rocker in einem sein, sowohl Staatsfeind als auch Staatskünstler. Kutte redete jetzt über Frauen in allen Häfen der Welt.

»Renate hat gesagt, ick liebe dit Meer mehr als sie«, sagte er.

»Renate?«

»Andreas Mutter.«

»Wahrscheinlich war's ja auch so«, sagte Acki.

»Ick hab die Häfen jeliebt. Die Häfen«, sagte Kutte.

Er sah Acki an, er sah durch ihn hindurch aufs Meer. Seine Augen waren winzig.

»Warte ma«, sagte er und verschwand im Flur.

Es rumpelte. Draußen war es jetzt dunkel und still. Acki sah auf die Weinbrandflasche, die fast leer war. In seinem eigenen Kühlschrank stand eine Flasche Doppelkorn. Das wusste er, aber der Weg aus diesem Sessel bis in seine Wohnung kam ihm unendlich lang vor. Im Fernsehen begann das Aktuelle Sportstudio. Harry Valérien moderierte. Kutte kam mit drei Alben zurück. Fotoalben. Er setzte sich auf die Couch, die Alben im Schoß. Er winkte Acki rüber und klappte das obere Album auf.

Sie saßen wie ein Ehepaar auf dem Sofa. Kutte murmelte Namen. Frauennamen, Ortsnamen. Er war wirklich herumgekommen. Ein Junge zuerst, ein dünner Junge, später wuchsen die Koteletten, aber Kutte blieb ein gutaussehender, fröhlicher Mann. Neben ihm Frauen, die mal gut und mal weniger gut aussahen. Frauen aller Hautfarben. Zu manchen erzählte er eine kleine Geschichte, aber meistens sah er nur auf das Foto, und Acki dachte, dass die Geschichte hinter seiner Stirn ablief. Im zweiten Album klebten neben den Frauenfotos immer auch ein paar Haare, schwarze, blonde, gekräuselte und glatte.

»Es war so eine Phase«, sagte Kutte.

Acki fand die Haare eklig, verstand aber das Konzept. Es war der Wunsch, die Zeit zu bewahren, den Moment abzupacken, damit man ihn später zurückholen konnte. Wie ein Serienmörder. Die Wohnung sah nicht so aus, als würde Kutte noch viel Damenbesuch bekommen. Kutte sah insgesamt nicht so aus, als würde er viel Damenbesuch bekommen. Er hatte seine Erinnerungen, die Alben, die Haare.

So wie er selbst die Lieder hatte, die Konzerte, die Band.

Ackis Frauengeschichten hatten fast immer mit der Band zu tun. Die Frauen, die er kennenlernte, hatten sich in Paul, Alex oder in ein Lied verliebt, das sie sangen. Weil sie Paul und Alex nicht erreichten und man ein Lied nicht anfassen konnte, nahmen sie mit ihm vorlieb. Der Morgen danach beleuchtete das Missverständnis. Sie lächelten verlegen, schlüpften in ihre Wäsche und verschwanden, ohne eine Adresse zu hinterlassen. Wenn sie am Morgen überhaupt noch da waren. Er war der kleine Haarige, der im Hintergrund trommelte und »Gasmann« geschrieben hatte. Keine Frau verlor die Fassung, wenn sie dieses Lied hörte. Er war nicht mal eine Geschichte, die man in Wilhelm-Pieck-Stadt Guben erzählen konnte.

Auf manchen Fotos trug der junge Kutte die Uniform der Handelsmarine. Sie stand ihm. Vielleicht war es die Uniform, die ihn zusammengehalten hatte.

»Schöner Matrosenanzug«, sagte Acki.

»Ick hab ihn noch«, sagte Kutte.

»Wirklich«, sagte Acki.

»Willst'n sehen?«, fragte Kutte.

»Warum nicht«, sagte Acki, weil er den Eindruck hatte, Kutte damit einen Gefallen zu tun. Eigentlich wollte er den betrunkenen, verwahrlosten Mann nicht in einer Uniform sehen.

Kutte verschwand. Acki hörte ihn im Nebenraum schnaufen. Das Klicken der Kleiderbügel. Er legte das Album auf den

Couchtisch und machte sich auf dem Sofa lang. Im Fernseher schoss ein Fußballer auf die Torwand des Sportstudios. Acki lag auf dem Sofa, seine Lider waren schwer. Das Fernsehlicht flackerte in seinem Gesicht. Er dachte an seinen Vater, der sein letztes Lebensjahr überwiegend auf dem Sofa verbracht hatte.

Acki hatte ihn dort ein paarmal besucht. Seine Mutter hatte sich immer schnell aus dem Wohnzimmer zurückgezogen, um die beiden Männer allein zu lassen. Aber sie hatten nicht viel geredet. Abgesehen vom Rauchverbot gab es anscheinend nichts, was sein Vater ihm mit auf den Weg geben wollte. Sie waren sehr verschieden. Acki hatte von einer Ärztin, mit der Paul ein paar Monate zusammen gewesen war, die Phasen des Sterbenden erklärt bekommen. Die Ärztin hieß Kristina und war Onkologin an der Charité. Eine schöne, ernsthafte Frau, die bei Paul ein bisschen Zerstreuung fand.

Verdrängung, Wut, Verhandeln, Depression, Akzeptanz.

Unter anderen Umständen hätte er vielleicht verstanden, dass er selbst die Phasen an diesem Sonnabend durchlaufen hatte. Er war fast da. Er lag auf dem Sofa eines alkoholkranken Matrosen in der Mandelstraße, der Fernseher lief, und seine Lider wurden schwer. Er spürte, wie er fiel, wie das Licht über ihm langsam verlosch. Es war so einfach.

Nora und Alex saßen in diesem Moment in einer Talkshow des SFB, um über Rockmusik im Osten und die Arbeit an ihrem neuen Album zu reden. Das Konzert im Quartier Latin war ausverkauft gewesen, sie hatten ein Zusatzkonzert vereinbart und sich mit dem Vertreter von Polydor getroffen, um über eine Platte zu reden. Nora wirkte freundlich, aber auch ein bisschen misstrauisch in ihrem Fernsehsessel. Sie wählte ihre Worte sehr sorgsam, sie sprach langsam. Sie war auf der Suche nach einem angemessenen Ton für die neue Situation. Ein Ton, der vage genug war, um im Westen nicht als Staatskünstler und im Osten nicht als Verräter zu gelten. Und schnoddrig genug, um als Rocker durchzugehen. Sie bewegte sich auf dünnem Eis, und sie machte es nicht schlecht. Nach dem Gespräch spielten sie noch einen Song, den Nora irgendwann mitgebracht hatte. »Das ist kein Liebeslied«. Alex wollte das Lied damals nicht, aber diesmal schlug er es vor. Es war eine gute Wahl, ein Lied auf dünnem Eis. Es konnte einem Mann gelten und einem Land.

Ich habe dir ein Lied geschrieben

Du hast es nicht gehört

Es hat mich von dir weggetrieben

Es war ein Liebeslied, es war ein Liebeslied

Das ist kein Liebeslied

Am Schlagzeug saß der andere Mann. Er hatte lange volle Haare und lächelte, wenn ihn die Kamera traf.

Axel Bergemann hätte nur umschalten müssen, um seine Bandkollegen im Fernsehen zu sehen. Er hatte nicht die Kraft, und er hatte ja auch keine Ahnung. Es hätte ihn nicht überrascht, dass er genau in jenem Moment, in dem die Band in die große weite Welt aufbrach, nicht mehr dabei war. Es war folgerichtig. Das eine hatte mit dem anderen zu tun. Es ging nicht mit ihm.

Sie würden ihn abwerfen wie Ballast. Er wusste es, und er

verstand es. Sie sollten fliegen. Sie waren alles, was er hatte. Wenn er glücklich war, war er mit ihnen glücklich, wenn er unglücklich war, war er es ihretwegen. Ohne sie war er nichts. Er starb.

Kurz bevor das Licht ausging, hörte er ein lautes Poltern und einen Fluch. Kutte war offenbar umgefallen. Acki machte die Augen auf. Im Fernseher lief die Eröffnungssequenz von »Der Kommissar« mit Erik Ode.

»Ick bin gleich da«, rief Kutte aus den Tiefen der Wohnung.

Acki begriff, dass in wenigen Augenblicken ein Mann in der Ausgehuniform der DDR-Handelsmarine im Raum stehen würde. Er müsste ein Urteil abgeben. Er sah sich nicht in der Lage. Das war es wohl, was ihm Auftrieb gab. Er schwamm an die Oberfläche des Sees zurück. Es wurde wieder heller. Er kämpfte sich aus dem Sofa. Er war noch wacklig auf den Beinen, wie jemand, der lange Zeit in Schwerelosigkeit verbracht hatte. Er setzte einen Fuß vor den anderen, schaffte es in den Flur, aus dem Augenwinkel glaubte er Kutte zu erkennen, der sich in seinem Matrosenanzug vor dem Spiegel drehte.

»Lass dir Zeit«, sagte er und umklammerte den Türgriff wie eine Hand, die ihn aus dem Wasser ziehen würde.

Die Mandelstraße war kurz, schwarz und still. In Kuttes Fenster sah er das blaue, flackernde Licht des Kriminalfilms. Er lief nach rechts, zur Ostseestraße, und von da zur Greifswalder, die vom Licht der Peitschenmasten beleuchtet wurde. Die Straße war lang, endlos lang und leer. Das gelbe Licht erinnerte ihn an die Nächte, in denen er auf dem Rücksitz des alten Skodas erwachte, den sein Vater aus irgendeinem Urlaubsort zurück nach Berlin steuerte. Er hatte sich gefühlt, als landeten sie auf einem fremden Planeten.

Die kalte Luft tat ihm gut.

Vier Monate später entließ ihn die Band. Kurz vor der Gastspielreise in die Schweiz. Conny überbrachte ihm die Nachricht, verlegen lächelnd, so, wie Acki es vermutet hatte. Es überraschte ihn nicht, es erschütterte ihn nicht. Er hielt keine große wütende Abschiedsrede, in der der einarmige Schlagzeuger von Def Leppard oder die Moral von Led Zeppelin vorkamen. Er nickte nur. Ein halbes Jahr darauf hörte er auf zu trinken. Er bekam seinen Pass nicht mehr zurück. Die Steine spielten weiter auf den Pressefesten verschiedener Kommunistischer Parteien in Westeuropa und veröffentlichten eine mäßig erfolgreiche Langspielplatte mit ihren größten Erfolgen bei Polydor. Sie bekamen ständige Visa für Westberlin und durften in den letzten beiden Sommern der DDR mit ihren Familien in den Italienurlaub fahren. Acki arbeitete als Gärtner, Hausmeister und Chorleiter bei einem Pfarrer in Friedrichshain, half bei der Organisation von Bluesmessen und Friedensgottesdiensten und saß, als alles vorbei war, an verschiedenen Runden Tischen, die er schnell wieder verließ.

Viereinhalb Jahre nach dem Mauerfall holten sie ihn zurück. Nora fragte ihn auf Connys Beerdigung. Es freute Acki, aber es rettete ihn nicht vor dem Tod. Es war ihm nicht schlechtgegangen ohne die Steine. Er hatte in der Begleitband eines österreichischen Liedermachers gespielt, für den er drei Lieder geschrieben hatte, von denen es eines an die

Spitze der österreichischen Radiocharts und in die Top Ten der deutschen Billboards geschafft hatte. Es hieß »Über Bord« und handelte von einem alten Seemann, der nachts in seiner fleckigen Uniform vorm Spiegel tanzt, der hinter seiner gelben Gardine zuschaut, wie Kinder ins Leben aufbrechen, dessen Tränen auf die alten Fotos der Frauen fallen, die er einst in den Häfen der Welt traf. Den Refrain hatte Acki noch in der Nacht geschrieben, in der er Kutte allein gelassen hatte. Volltrunken.

Sie schickten ihn über den Kiel
Und er fiel
Ins Bodenlose
Der alte Matrose
Ins Bodenlose

Er hatte die Hälfte der Tantiemen in zwanzig Briefen an die Adresse von Kutte in die Mandelstraße geschickt. Ohne Absender.

Er sagte Nora sofort zu. Er kehrte zu den Steinen zurück wie zu einer Frau, die ihn betrogen hatte. Es war nicht mehr dasselbe, nicht mehr die Liebe, die er einst gefühlt hatte. Aber es war mehr, als er woanders bekommen konnte. Bestimmte Dinge holte man mit keiner anderen Frau mehr auf, wenn man Mitte dreißig war. Die Band war seine große alte Liebe. Er musste ihnen nichts erklären. Sie kannten sich. Sie kannten ihre Haut, ihre Wunden, ihren Rhythmus. Sie hatten ihn in Momenten großer Schwäche gesehen, er hatte sie in Momenten großer Schwäche gesehen. Man konnte es sich nicht aussuchen. Er ging früher schlafen als die anderen, weil sich die Gespräche im Kreise drehten, wenn sie anfingen zu trinken. Er besuchte die Anonymen Alkoholiker in jedem Tourort. Er wurde ein Saunagänger. Er fuhr den Bus.

Was hast du all die Jahre getan?

Ich bin früh schlafen gegangen.

Es gab immer noch die Momente des Glücks. Sie waren seltener, aber es gab sie. Momente, in denen er sich in einen Rausch trommelte, in denen er ganz bei sich war und doch mit den anderen. Er hoffte auf dieses Glück, jedes Mal, wenn sie auf die Bühne traten, hoffte er darauf. Man konnte es nicht erzwingen, es kam von allein. Es stellte sich ein. Acki fiel in den Rausch und trug, indem er es tat, zum Rausch von Alex, Paul, Mats und Nora bei. Acki hatte nie einer Frau diese Art von Höhepunkt verschaffen können. Er war klein, haarig und unsicher.

Viele Jahre später fragte ihn eine Reporterin vom Stern in einer sächsischen Sauna, worin der Zauber einer Band bestehe.

Er sah sie an und dachte, dass es so war wie guter Sex. Aber weil er es nicht genau wusste, und sie nackt waren, schwieg er.

Axel Bergemann, den alle Acki nannten, atmete die kühle, schwere Berliner Nachtluft ein. Er war müde und betrunken, aber er fühlte sich nicht schlecht.

Er hatte noch eine Flasche Korn im Kühlschrank, und am Horizont, wo einst das alte Gaswerk gestanden hatte, schien der Himmel langsam blau zu werden.

Obwohl es erst kurz nach zwölf war.

Ulalala
»Bernd«, 2014, Januar

Hans-Peter Wendland war erleichtert, als sich die Räder der Maschine von der Startbahn lösten und rumpelnd im Bauch des Flugzeugs verschwanden. Er flog viel, und bei jedem Start hatte er das Gefühl, noch einmal davongekommen zu sein. Es spielte keine Rolle, wo er startete und wohin er flog. Das Gefühl saß tief, und wenn er darüber nachgedacht hätte, wären ihm schnell Gründe eingefallen, wo es seinen Ursprung hatte. Wendland aber hatte sich vor langer Zeit entschieden, nicht über diese Dinge nachzudenken.

Er trank die Neige seines Champagners und sah aus dem Fenster auf das kleiner werdende, im Land verschwindende Berlin, die herbstlichen Bäume, die abgedeckten Swimmingpools, die Neubaublöcke, die Windräder, die Äcker, Alleen, Wälder, Seen, die brandenburgischen Brauntöne. Es war sein dritter Champagner, es war immer noch Vormittag, aber weshalb, dachte Wendland, flog man sonst Business Class. Er entließ einen Teil der Blähung, die sich auf Flügen in seinem Leib zusammenbraute, eine Art Testfurz. Es stank erbärmlich. Er würde mit dem Rest bis zum Essen warten, das in Flugzeugen sowieso immer ein wenig nach Furz roch.

Der Gong ertönte, die Stewardess der Business Class schwang sich aus ihrem Klappstuhl, ein leichter Basedow-Blick, aber ein guter Arsch, der durch die enggeschnittene Uniform noch akzentuiert wurde. Man hätte ein Schnapsglas auf diesem Arsch abstellen können, und es hatte Zeiten gegeben, in denen Wendland genau das getan hätte. Er winkte das Mädchen mit seiner roten Pranke heran und bestellte einen Whiskey. Bourbon auf Eis. Wäre es nach Westen gegangen, hätte er vielleicht einen Wodka bestellt, weil man den nicht so roch. Aber es ging nach Osten.

Er sah in die Wolken und fragte sich, wie lange er noch so weit vorn im Flugzeug sitzen durfte.

Als die Immobilienblase vor ein paar Jahren in Amerika geplatzt war, hatte Wendland gedacht, er würde es überleben. Am Ende hatte ihn der Weltwind doch erfasst. Die größenwahnsinnigen amerikanischen Papphausbauer. Er hätte es wissen müssen, sie hatten es doch gelernt. Die zyklischen Krisen des Kapitals, Marx, Professer Kuczynski und all die Politökonomen, mit denen er sich rumquälen musste, hatten am Ende recht behalten. Wendland versuchte die Definition von der Akkumulation des Kapitals zurückzuholen, aber sie war weg.

Die Stewardess brachte den Whiskey und ein paar Illustrierte. Sie lächelte, als sei es die normalste Sache der Welt, fünf vor elf einen Schnaps zu servieren. Er hätte ihr wirklich gern auf den Arsch gefasst.

Hans-Peter Wendland, der, seit er die Uniform weggeworfen und seine Personalakten geschreddert hatte, Hape genannt werden wollte – so wie früher, als Kind –, stand mit seinen Paletten und Verschalungen am Anfang der Baukette und musste darauf hoffen, dass alles zusammenhielt, bis das ganze Haus stand. Es war immer eng, aber im letzten Jahr, als die Müller Bau AG pleiteging, hatte es ihm die Füße weggerissen. Seitdem hielt er sich mit Taschenspielertricks über Wasser. Vitali, Kolja, Vladi und die ganzen anderen russischen Holzhändler waren ebenfalls Taschenspieler, aber sie konnten weniger gut verlieren als er. Sie lieferten Holz, er lieferte Geld. Sie wollten das Geld, keine Erklärungen. Er hatte kein Geld, weil ihn die Baufirmen, denen er Paletten und Verschalungen lieferte, nicht mehr bezahlen konnten. Er hatte ihr Holz trotzdem genommen, um neue Paletten zu bauen, für die er nicht bezahlt worden war. Es ging nicht mehr weiter.

Er hatte darüber nachgedacht zu verschwinden. Aber natürlich würden sie ihn finden. Sie waren ja überall. Sie waren nie wirklich abgezogen. Auf diesem Umstand hatte Wendland einst seine Geschäftsidee aufgebaut. Die WIE GmbH. Wendland Import Export. Er importierte das Holz und exportierte das Geld.

Er sprach ein bisschen Russisch, und er kannte ein paar Kollegen vom KGB. Das war sein Kapital gewesen. Und sein Fluch, wie es aussah, denn sowjetische Geheimdienstmitarbeiter hatten keine Geschäftskultur. Vitali, Kolja und Vladi glaubten nicht an internationale Immobilienkrisen. Sie glaubten an Druck. Geld verschwand nicht, und wenn man genug drückte, würde es irgendwo wieder herauskommen. Das war ihre Erfahrung.

Gestern Abend, an seinem Schöneberger Küchentisch,

hatte Wendland ein Konzept entwickeln wollen, das die verdammten Sowjets besänftigte, vertröstete. Ein Programm, mit dem man Zeit kaufen konnte. Nach dem vierten Glas Wein hatte er das Programm auf heute verschoben. Auf den Flug.

Drei Gläser Champagner, ein Whiskey und noch anderthalb Stunden bis zur Landung in Kiew. Er hatte keine Idee, es gab keine Idee. Er hatte einfach nichts anzubieten. Er war zu alt, zu müde, zu betrunken. Aber er konnte nicht aufhören. Es ging nicht. Die Stewardess der Business Class werkelte an den Essensfächern, es begann zu riechen, Wendland entließ den Rest des Furzes.

Zum Essen trank er zwei Bier, danach einen weiteren Whiskey zur Verdauung.

Noch vierzig Minuten bis zur Landung. Er hatte keinen Plan. Er blätterte im Stern, den ihm die Stewardess gebracht hatte. Eine Bildreportage zeigte tätowierte russische Soldaten, tote Pferde, klagende Großmütter, zahnlose Mädchen, rotäugige Separatisten und einen verschlagen blickenden Putin. Vielleicht erschoss ja ein Separatist Vladi und seine anderen Geschäftspartner. Dann hätte er wieder Zeit. Er wusste nicht, auf welcher Seite Vladi und Kolja standen. Er kannte nicht mal die Seiten. Vor 25 Jahren hatte das alles noch keine Rolle gespielt. Damals war die Ukraine die Kornkammer der Sowjetunion.

Wendland hatte Putin zweimal getroffen, seinerzeit, als alles wegrutschte, bei Krisensitzungen in Dresden. Putin wollte eine Art Spionagering aus den zerfallenden Strukturen formen, aber das wurde nichts. Ihr Chef lief zum BND über, und Wendland wechselte in die freie Wirtschaft. Sozusagen.

Putin war viel fetter gewesen, damals, er selbst viel dünner.

In einer leichten Turbulenz über Katowice ließ Wendland einen Verdauungsfurz fahren. Er blätterte den Gestank mit dem Stern weg. Schlank durch den Herbst, Rätsel um Michael Schumacher und natürlich Edward Snowden, den er vor 25 Jahren für einen Helden gehalten hätte und heute für einen Windbeutel hielt. Er kannte diese Typen. Erst die große Klappe, dann die Angst vor der eigenen Courage. Wendland sah sich die Bilder an, er war nicht in der Lage, sich auf Wörter zu konzentrieren. Bevor er das Heft weglegte, warf er einen Blick auf das »Was macht eigentlich ...?«-Kurzinterview auf der vorletzten Seite. Das Fegefeuer der Halbprominenz. Menschen, die ein letztes Mal ans Licht gezerrt wurden, bevor sie endgültig verdarben.

Er mochte die Rubrik, sie erinnerte ihn an die Arbeit, die er einmal erledigt hatte. Man drehte Steine um und guckte, was in der Dunkelheit herumkrabbelte.

Auf dem Foto sah man eine Frau in Lederjacke vor einer alten Hausmauer stehen. Lange Haare. Die Frau sah nicht schlecht aus, war aber zu alt für die Jacke und ihre Haarlänge. Sein Alter, dachte er. Er betupfte die kahle Stelle auf seinem Hinterkopf wie eine Wunde. Die Frau hieß Nora Schwarz und war Sängerin.

Sein Blick strich träge über den Text und blieb an einem Wort hängen, das Wendland in jedem Text erkennen würde. Das Wort war *Stasi*. Es steckte in einer Frage im mittleren Teil des Interviews.

»In diesem Jahr ist fünfundzwanzigjähriges Mauerfalljubiläum. Eure Bandgeschichte liest sich ja wie eine Geschichte der DDR. Vor siebzehn Jahren fandest du heraus, dass dein Gitarrist und Partner für die Stasi gearbeitet hat. Wie ging die Band damit um?«

Die Frage ärgerte Wendland, weil die Antwort darauf nicht in ein Kurzinterview über vergessene Showstars passte. Es ging auch gar nicht um die Antwort. Der Fragesteller stellte die Frage, weil er glaubte, sie müsse gestellt werden. Das vertrauliche Du signalisierte den Schulterschluss. Wir beide stehen auf der richtigen Seite der Geschichte. Es war komplett unhistorisch, die Stern-Perspektive auf den Sozialismus. Wendland suchte nach dem Namen des Journalisten, der das Interview geführt hatte.

Es war eine Journalistin. Carola Jürgensen.

Das Kurzinterview war alles, was von einer mehrwöchigen Recherche der Stern-Reporterin Jürgensen übrig geblieben war. Sie hatte einen Text über Vergänglichkeit und Treue, über Liebe und Verrat schreiben wollen. Einen Text über die gnadenlose Zeit. Es hatte nicht funktioniert, und Hans-Peter Wendland hätte das nicht gewundert.

Die Antwort der Sängerin gefiel ihm besser.

»Wir haben die Akte gelesen. Wir haben mit Alex (der Gitarrist, d. Red.) geredet. Das, was in der Akte stand, und das, was er uns erzählte, passte zusammen. Er hat niemanden von uns verraten. Er hat versucht, uns unsere Westreisen zu ermöglichen. Er hat unseren Trommler, der ins Visier der Stasi geraten war, geschützt. Er hat sich als eine Art diplomatische Vertretung der Band gesehen. Das war für mich, vor allem am

Anfang, extrem schwer zu verstehen, aber ich konnte damit leben. Ich kann damit leben.«

Wendland lächelte. Jeder Staat brauchte einen Geheimdienst. So hatten sie ihn bekommen, so hatte er sich gesehen. Ein Diplomat, das unsichtbare Visier. Er hätte gern noch einen Whiskey getrunken, aber die breitärschige Flugbegleiterin knüpfte am Vorhang herum. Sie hatten den Landeanflug auf Kiew begonnen. Gleich würde der Gong ertönen, der sie zurück auf ihren Klappstuhl beorderte. Die Bar war geschlossen. Wendland sah nach draußen. Wolken, Dunst, er konnte kaum das Ende der Tragfläche erkennen, wo eine rote Lampe blinkte wie das ewige Licht.

Er sah auf das Foto der Sängerin, übrig geblieben von der großen Fotostrecke eines Mannes, der angeblich schon Keith Richards beim Mittagsschlaf fotografiert hatte. Er las das ganze Interview.

Die Band nannte sich Die Steine, Wendland erinnerte sich dunkel. Ihre neue Platte hieß »Du hast micht wachgeküsst«, las er, und war beim Label Mischpoke erschienen. Sicher hatte die Sängerin den Stern gebeten, das mit ins Interview zu nehmen. Es würde nichts helfen. Kein Leser einer Hamburger Illustrierten würde sich die Mühe machen, eine Ostberliner Plattenfirma zu kontaktieren. Mischpoke, großer Gott, dachte Wendland. An diesen Ostalgieshows, die vor zehn Jahren im Fernsehen rauf- und runterliefen, hätten sie sich nicht beteiligt, weil sie das verlogen fanden, sagte die Sängerin. Nächstes Jahr aber hatten sie 35-jähriges Bühnenjubiläum, es würde eine Best-of-Platte geben. »Wartesaal«, »Mitropa Rocka«, »Lipstick Linda« und »Weißenseer Wölfe«

waren Riesenhits, stand da, sie seien aber leider nie im Westen der Republik angekommen. Das sei jetzt langsam mal Zeit. Und so weiter und so fort.

Wendland konnte sich nicht an einen einzigen dieser Riesenhits erinnern. Keine Melodie im Kopf, nichts.

Er fragte sich, warum er das las. Ihn interessierten eigentlich nur Sachen, mit denen er sich beschäftigen musste. Musik gehörte nicht dazu. Damals nicht und heute nicht. Er war immer mit dem Ausland beschäftigt gewesen. Er kannte die Steine, so wie er die Puhdys kannte, sie hatten ihm nie etwas bedeutet. Er war ein Schlagermann. Ein Operettenmann. Dennoch war da irgendetwas, ein Widerhaken, und als die Stewardess ein letztes Mal durch die Reihen lief und ihm half, seine Rückenlehne in die aufrechte Position zu stellen, lichtete sich mit dem Dunst vor den Fenstern auch der Nebel in Wendlands Kopf.

Kiew sah aus wie eines dieser unscharfen Landschaftsbilder von Gerhard Richter, der aus Dresden stammte wie Wendland. Ein Traum von einer Stadt eher als eine Stadt. Ausgewaschen und tot. Eine Ansichtskarte aus der Vergangenheit.

Wendland erinnerte sich an einen langhaarigen Musiker, mit dem sie in einem Séparée gesessen hatten. Es war das Café am Franz-Mehring-Platz, auf der anderen Seite vom Gebäude des Neuen Deutschland. Sie saßen manchmal da. Die Cafés in den Erdgeschossen der dreiundzwanzigstöckigen Neubautürme waren beliebt, sie waren verwinkelt und dunkel, ein Labyrinth von Beichtstühlen. Es war nicht weit vom Büro, man konnte mit der U-Bahn fahren, auch wenn Wendland nur selten die U-Bahn nahm. Er mochte die Leute nicht.

Er sah sie lieber hinter Glas. Es gab überall Parkplätze, und den Sprit bezahlte die Firma.

Der Typ war vor ihnen da gewesen, ruhig, sachlich, einsichtig. Alex wahrscheinlich, dachte Wendland, obwohl er den Namen längst vergessen hatte. Es gab irgendetwas in der Akte, das für den Mann sprach, ein Auslandsaufenthalt mit den Eltern. Asien, dachte Wendland, Mongolei, China. Gott, wie er sich wünschte, ab und zu in den Menschenarchiven stöbern zu können. Der kleine Vorsprung, dem man einem Mann gegenüber hatte, den man zum ersten Mal traf. Unbezahlbar. Worum es ging, hatte er vergessen. Die Westreise des Schlagzeugers, von der im Interview die Rede gewesen war, sagte ihm nichts mehr. Ihn hatte nie der Fall interessiert, immer nur der Mensch, verstrickt im Fall. Das Verhalten der Menschen unter Druck. Was machten sie, wenn sich die Schlinge zuzog? Ein Experiment. Wie das ganze System. Ein Menschenexperiment. Waren sie gut genug für den Versuch? Darum ging es doch. Er sah auf sein Volk wie auf Hamster in einem Käfig.

Er war kein Moralist, er war ein Wissenschaftler. Ein Laborant.

Seelenfänger, dachte Wendland, aber das Wort stammte nicht von ihm, natürlich nicht. Er dachte nicht so. Das war ein Wort aus dem Poesiealbum der Bürgerrechtler, aber es hatte mit dem Fall zu tun. Es war warm. Er fühlte die Geschichte dahinter, aber konnte sie nicht greifen. Sie schlüpfte weg wie ein Aal.

Verdammt, der Scheißschnaps.

Die Maschine setzte polternd auf, im hinteren Teil klatschten Leute. Der Gedankenstrom in die Vergangenheit riss. Hans-Peter Wendland war auf die Erde zurückgekehrt. Er brauchte einen Plan für die Zukunft. Er trennte die letzte Seite aus dem Stern, kritzelte das Wort Seelenfänger auf den Rand und steckte sie in seine Jacketttasche. Dann brachte die Stewardess seinen Mantel. Wendland hatte Schwierigkeiten, aus dem Sitz zu kommen. Er sah das Lächeln der Flugbegleiterinnen, als er auf den Ausgang zutaumelte, der Gang war zu eng für ihn. Eine dunkelhaarige Frau hielt ein Körbchen mit roten Schokoladenherzen, er grapschte hinein, erwischte drei Herzen, stopfte sie in die Manteltasche. Vielleicht würde der Zucker ihn nüchtern machen. Er schleppte sich über die neonbeleuchteten Flure. Er spürte sein Gewicht, die Knie, sein Alter. 58 Jahre. Noch sieben Jahre bis zur Rente. Oder neun. Er konnte nicht aufhören. Er hätte sich gern gesetzt, er hätte sich gern hingelegt, aber das ging nicht. Er wurde abgeholt. Irgendjemand wartete. Er wollte nicht defensiv wirken. Er spürte den Schweiß unter den Armen und auf dem Rücken, ein Schweißfilm in der Hose, er hoffte, dass es Schweiß war.

Wendland bog ins erste Klo ab, riegelte sich in eine Box ein, schiss das Bordessen aus und aß, noch in der Kabine, ein Schokoladenherz aus seiner Manteltasche, die Mantelschöße wischten über die Bodenfliesen. Er hatte das Gefühl, auszubluten. Er brauchte etwas, um sein Inneres zusammenzuhalten, vielleicht die Schokolade. Sein Gesicht im Spiegel war rot, müde und seltsam verschreckt. Er sah sich an wie einen Fremden. Er kühlte seine Handgelenke und spülte sich den Mund mit Wasser, das giftig schmeckte.

Am Ausgang stand ein vierschrötiger Kerl in einem Anzug, der nicht zu seinem Gesicht passte, mit einem Schild in der Hand. WIE, stand auf dem Schild, was Wendland unter anderen Umständen stolz gemacht hätte. Der Typ sah Wendland an. Sie hatten ihm ein Foto gezeigt, vielleicht hatten sie sich auch schon einmal gesehen. Wendland konnte sich nicht erinnern. Sie sahen ja alle gleich aus. Er nickte ihm zu, so freundlich, wie es ging.

»Strastwjute«, sagte Wendland. »Hape«, sagte er. Und dann noch mal mit einem harten ch, Chape. Er redete zu viel, dachte er. Jetzt schon.

»Oleg«, sagte der Mann.

Der Wagen parkte direkt am Ausgang im Halteverbot. Vitali, Vladi und Kolja bekamen keine Strafzettel, die Stadt gehörte Männern wie ihnen. Es war ein riesiger Mercedes, brombeerfarben, Oleg riss den Schlag auf. Der Fond war leer. Ob das gut war oder nicht so gut, wusste Wendland nicht, aber er war erleichtert, allein zu sein. Die Tür ploppte sanft ins Schloss.

Sie glitten über die Autobahn, verstruppte Landschaften, Wendland versuchte zu denken. Er aß noch ein Schokoladenherz. Er klappte die holzgefasste Box zwischen den Rücksitzen auf. Bier, Wodka, Wasser, Nüsse. Er nahm ein Wasser. Der Wagen stoppte, er sah Panzerwagen, Soldaten, irgendjemand schrie. Oleg murmelte etwas in das Headset, das er auf dem Kopf trug.

»Was ist los?«, fragte Wendland. »Schto takoje?«

Oleg reagierte nicht. Seine Hände lagen auf dem Lenkrad, aus der rechten Manschette wuchs eine Tätowierung. Eine Art Haken.

Sie quälten sich an einer Straßensperre vorbei, Soldaten sahen misstrauisch in den Wagen, winkten ihn weiter. Wendland glaubte Schreie zu hören. Er dachte an die Bilder im Stern. Sie fuhren in eine Revolution, die er nicht verstand. Ein Stein traf sie, ein kurzes Pochen. Wahrscheinlich war der Wagen gepanzert. Sie waren heute besser auf Revolutionen vorbereitet als sie damals, dachte Wendland.

»Idioten«, sagte Oleg.

Wendland öffnete die hölzerne Bar, zog sich ein Fläschchen Wodka heraus, klickte den Verschluss auf und trank einen Schluck. Ölig, wie Medizin. Vielleicht war der Irrsinn dort draußen seine Chance, anständig aus der Sache herauszukommen, dachte er. Zum zweiten Mal an diesem Tag dachte er das. Er hoffte auf einen Aufstand, den er nicht begriff. Wendland war gut, wenn Dinge außer Kontrolle gerieten. Das hatte er schon mal bewiesen. Er war ein Vierteljahrhundert jünger gewesen damals, Anfang dreißig. Er hatte keine Angst gehabt, er hatte in dem Ameisenhaufen Normannenstraße gesessen, kühlen Kopfes, und seine schwitzenden, emsigen Kollegen beobachtet. Es war die größte Menschenstudie seiner Karriere als Geheimdienstmitarbeiter gewesen. Eine Behörde löste sich auf, während sie arbeitete. Das Ziel ihrer Arbeit war, sich überflüssig zu machen. Spurlos zu verschwinden.

Es war die beste Zeit seines Lebens.

Er trank die Flasche aus, nahm sich ein Bier, schaltete den Fernseher ein, der in der Kopfstütze des Beifahrersitzes untergebracht war. Er sah die Demonstranten, Polizei, Tränengas, die Gesichter von Politikern. Putin, Timoschenko und diesen Boxer, den sie im Westen so liebten. Ein domestiziertes Osttier, ein slawisches Schoßhündchen. Ein Streber. In anderen Zeiten wäre der Boxer ein Held der Sowjetunion geworden. Das Bier tat gut, er würde improvisieren, dachte er. Der Verkehr rollte wieder besser, aber jetzt musste Wendland pissen.

»Pissatsch«, rief er zu Oleg.

Der drehte sich langsam um.

»Pissatsch. Motschitsja«, sagte Wendland und zeigte auf seinen Hosenstall.

Oleg nickte, fuhr an den Straßenrand, öffnete die Tür, stieg aus. Wendland stellte sich an ein Bäumchen, der Druck auf seiner Blase war kaum auszuhalten, aber er fühlte sich beobachtet. Oleg wartete, räusperte sich. Wendland fragte sich, ob er bewacht oder beschützt wurde. Schließlich pisste er, ein erstaunlich kurzer Schwall für den Druck, den er verspürt hatte, sicher die Prostata, alles ging bergab. Es reichte, um sich das rechte Hosenbein vollzupinkeln. Oleg hielt ihm die Tür auf, sah das feuchte Hosenbein, lachte aber nicht.

Sie hielten vor einem Flachbau, der von außen an eine Marzahner Clubgaststätte erinnerte. Es war das beste Sushi-Restaurant zwischen New York und Tokio, sagte Vladi. Er saß an einem Tisch in der Ecke. Er war allein. Oleg stellte sich an den Ausgang, sah durch den Raum, Knopf im Ohr. Das Restaurant war gut gefüllt. Vladi goss ihnen aus einer Tonflasche warmen Sake in Tässchen. Es war eine große Tonflasche. Der Sake tat Wendlands Magen gut. Vladi bestellte. Die Kellnerin sah aus, als würde sie den Gästen zwischen den Gängen auf Wunsch einen blasen.

Wendland sah ihr hinterher.

»Später«, sagte Vladi.

Wendland lächelte, ein leichtes Tickeln in der Hose.

»Kleine Tasche«, sagte Vladi und zeigte auf Wendlands schmale braune Ledermappe, die er sich in einem Schöneberger Antiquitätenladen gekauft hatte. Eine weiche Tasche mit abgegriffenen Stellen, eine Tasche, die einmal von einem anderen Mann in einer anderen Zeit zur Arbeit getragen worden war. Dreißiger Jahre, hatte die Verkäuferin gesagt. Er hatte dreihundert Euro für die Geschichte bezahlt.

»Bitte?«

»Große Schulden, kleine Tasche.«

»Das Geld ist unterwegs«, sagte Wendland.

»Unterwegs.«

»Ja, meine Bank schickt es. Elektronisch.«

»Du weißt doch, dass wir Cash bevorzugen. Du hast immer bar bezahlt.«

»Die Zeiten haben sich geändert«, sagte Wendland. Er pokerte, er wünschte, er wäre nüchterner.

»Wirklich?«

»Dort draußen geht die Welt unter«, sagte Wendland.

»Da wäre ich mir nicht so sicher«, sagte Vladi.

Das Essen kam. Platten mit rohem Fisch in allen Farben, nichts, was in seinem Körper Halt finden würde, dachte Wendland. Er beruhigte seinen Magen mit Sake. Sie redeten nicht mehr über Geld. Vielleicht war das ein gutes Zeichen, aber das war unwahrscheinlich. Als die Rechnung kam, sah ihn Vladi ernst an, dann lachte er und unterschrieb das Papier wie einen Scheck.

Oleg fuhr sie durch die Stadt, es wurde bereits dunkel, die Zeitverschiebung. Es würde ein langer Tag werden. Die Revolution dort draußen schien zu ruhen, aber in Wendlands Gedärmen tobte ein Sturm. Sie hielten vor einem Club, der ihm bekannt vorkam. Sie hatten hier schon gefeiert. Es gab viele Spiegel und viele Frauen, junge Frauen. Sie liefen auf eine Couchecke zu, in der Kolja und Vitali saßen, auf dem Tisch Kühler mit Champagner- und Wodkaflaschen. Die Männer lächelten, boten ihm einen Platz an. Vladi beugte sich zu ihnen, redete, Wendland verstand nichts, die Musik war ohrenbetäubend. Er sah zu den Frauen auf der Tanzfläche. Die Männer standen auf, verließen ihn, nickten.

»Wir sind gleich wieder da«, sagte Vladi. »Bedien' dich.«

Wendland saß nun ganz allein in der großen Couchecke. Er goss sich ein Glas Champagner ein, um wach zu werden. Er hätte sich gern die Hose geöffnet, aber dazu war er nicht mehr selbstbewusst genug. Am Nebentisch redeten vier Männer Englisch, die Männer waren um die vierzig, ihr Englisch hatte einen amerikanischen Akzent. Die Stadt war voller Glückssucher. Er hatte immer dazugehört, fühlte sich aber plötzlich zu alt für das alles. Er war zu müde, um zu fliehen. Er goss sich sein Glas voll. Irgendwann kam eine Frau, Anfang zwanzig, und fragte ihn, ob er sie in den Saunatrakt begleiten wolle.

Nadja.

Er sah sie hilflos an.

»Es ist schon bezahlt«, sagte sie. Auf Englisch. »It's been paid for.«

Er stemmte seinen schweren, erschöpften Körper aus der

Couch und folgte der Frau, die, ihre Hüfte schwingend, durch den Club lief. Sie stiegen in die Kellerräume hinab, die Musik wurde leiser, es roch nach parfümierten Aufgüssen, lange Gänge, schwarz, mit indirektem Licht gefüllt, dicker Teppichboden. Vor ihm bewegte sich Nadjas Hintern wie ein Pendel. Er fragte sich, ob sie rasiert war. Das Tickeln in der Hose. Sie liefen bis ans Ende des Gangs. Sie öffnete die Tür zu einem privaten Raum, ein Tauchbecken, ein Whirlpool, zwei breite Betten, eine Holztür, die zur Sauna führte. Sie küsste ihn auf die Wange, bedeutete ihm, sich hinzusetzen.

»Ich bin gleich wieder da«, sagte sie. Ein Schnurren. »I'll be back.«

Wendland setzte sich, dachte an die Männer, die ebenfalls versprochen hatten zurückzukommen. Er würde einfach machen, was ihm gesagt wurde. Er hatte sein Pulver verschossen. Er klappte die Schränke auf, bis er den Kühlschrank fand. Er nahm sich ein Bier. Belgisches Bier. Er wartete. Er fragte sich, ob er sich ausziehen sollte. Es war warm. Er zog den Mantel aus, hängte ihn auf. Sein Magen rumpelte. Er öffnete Türen. Ein Schrank, die Sauna, das Klo. Er ging einmal um den Whirlpool, dann setzte er sich wieder. Er fuhr mit der Hand in seine Jacketttasche, fand den Zeitungsausschnitt, glättete ihn. Auf dem Rand stand ein Wort, und Wendland verstand nicht gleich, dass er selbst es dorthin geschrieben hatte. Seelenfänger.

Er sah auf das Bild. Die Brille rutschte auf seinem Nasenrücken hinunter. Er schwitzte stark, alles war feucht, er spürte die Nässe an der Innenseite seiner Oberschenkel, in der Arschfalte. Wendland lockerte seinen Krawattenknoten, wagte aber nicht, das Jackett abzulegen.

Die Tür ging auf.

Es war nicht Nadja.

Es waren Oleg und ein zweiter Mann, der ähnlich groß und schwer war. Vladi, Vitali und Kolja hatten offenbar jede Hoffnung verloren. Die Männer schlossen die Tür, zogen ihre Jacketts aus und hängten sie zu seinem Mantel. Sie traten einen Schritt auf die Holzbank zu, auf der Wendland saß. Er erhob sich, die Aktentasche unterm Arm, als begegne er zwei Vorgesetzten. Die Männer begannen, sich die Ärmel hochzukrempeln, wobei sichtbar wurde, dass der Haken, der aus Olegs Manschette gelugt hatte, zu einem Hakenkreuz gehörte. Wendland sah auf den gewaltigen Unterarm des Mannes, der ihn vom Flughafen abgeholt hatte, und in dem Moment verließ ihn die Zuversicht.

Es war nicht die Größe der Unterarme oder die Angst vor Schmerzen, die sie ihm zufügen würden, es war die Ausweglosigkeit der Geschichte. Seiner Geschichte, aber auch der Geschichte insgesamt. Es war wirklich alles umsonst, es gab keine Lehren, nichts. Alles fing immer wieder von vorn an.

Er brauchte keinen Plan mehr, kein Programm, und weil sein Kopf frei war von diesen Verpflichtungen, fiel Wendland nun doch ein, woher er das Wort Seelenfänger kannte.

Es stammte von Winkler. Winkler aus der Kulturabteilung, der wohl gern Schlagertexter geworden wäre. Winkler, der mit ihm und dem Rockmusiker im Séparée am Franz-Mehring-Platz gesessen hatte. Wendland sah das Gesicht des Mannes. Er sah es klar und deutlich, ein unauffälliges, loyales Gesicht, das irgendwann auseinandergefallen war. Winkler. Andreas Winkler, Kulturwissenschaftsstudium in Leipzig, verheiratet, zwei Kinder. Seine Frau, so ein Dorfmädchen, große Titten, kleines Hirn, hatte ihn irgendwann mit einem Vorgesetzten betrogen. Winkler klammerte sich an den Staat, ihre Aufgabe, aber da war am Ende nicht mehr viel zu machen. Alle retteten nur noch ihre Haut. Er hatte Winkler noch einmal wiedergetroffen, in der U-Bahn, die Wendland anfangs benutzen musste, als das Dienstauto weg war. Winkler hatte zwei riesige Tüten getragen und roch wie ein alter Straßenhund. Er hatte eine dicke Papiermappe aus einer der Tüten gezogen und sie ihm überreicht wie die Rosenholz-Dateien. Es war ein Stapel zusammengeklammerter, engbeschriebener Blätter, Textblöcke, die mit vielen großen und kleinen Pfeilen verbunden waren. Alles hing mit allem zusammen. Man sah auf den ersten Blick, dass es sich um die Aufzeichnungen eines kranken Mannes handelte. Wendland hatte die Mappe in einen Mülleimer auf dem U-Bahnhof Alexanderplatz geworfen und war wenig später nach Westberlin gezogen, wo es unwahrscheinlicher war, ehemalige Kollegen zu treffen.

»Nadja ist leider etwas dazwischengekommen«, sagte Oleg.

»Verstehe«, sagte Wendland. »Und Vladi, Vitali, Kolja?«

»Sie lassen sich entschuldigen. Aber sie wollen, dass ich dir noch einmal klarmache, wie sehr sie daran interessiert sind, dass du deine Schulden begleichst.«

»Ich habe einen Plan«, sagte Wendland.

»Das glauben sie eben nicht«, sagte Oleg.

Er dehnte seinen Arm, als bereite er sich auf eine sportliche Übung vor, der andere Mann bewegte sich leicht.

Wendland umklammerte die schmale Aktentasche, öffnete die Hand. Die Zeitungsseite flatterte zu Boden.

»Was ist das?«, fragte Oleg.

»Alte Geschichte«, sagte Wendland.

Winkler hatte ihm ein- oder zweimal ein Lied dieser Rockband vorgespielt. Es ging um Texte, aber Winkler führte ihm die Musik vor wie ein Discjockey. Er wollte, dass er sie mochte. Aus den dunklen Weiten seines Gehirns wehte Wendland eine Melodie an, ein Melodiefetzen. Er stammte aus dem letzten Drittel des Songs »Renn' Baby«, einem Lied von der B-Seite der Langspielplatte »Weißenseer Wölfe«. Er hatte das Lied damals ein paarmal gehört, weil es einen Fluchtgedanken auszudrücken schien. Das alles hatte Wendland längst vergessen, doch woran er sich erinnerte, war das Stück Satzgesang, das die Steine nach der dritten Wiederkehr ihres Refrains einstreuten.

Ulalala. Ulalala. Ulalala.

Hans-Peter Wendland glaubte zu verstehen, dass die Bedeutungslosigkeit dieser Rockgruppe mit seiner eigenen Bedeutungslosigkeit zusammenhing. Ihre Texte waren doch deswegen so relevant gewesen, weil sie von ihnen auf konterrevolutionäre Strömungen durchsucht worden waren, dachte er. Sie erst gaben der Lakonie eine Bedeutung. Sie suchten nach einem Sinn zwischen den Zeilen, den es oft gar nicht gab. Sie waren die Eltern, gegen die diese Langhaarigen rebellierten. Die Lehrer. Die Wand. Ohne sie kein Ostrock, dachte Wendland. Sie hatten sich gegenseitig gebraucht. Er krallte sich an diese Erkenntnis wie an einen Rettungsring. Aber schließlich entglitt ihm auch der. Der letzte Rest seines einst unerschütterlichen Selbstbewusstseins verrauchte. Hans-Peter Wendland, dessen Welt um ihn rotiert war, der festlegen konnte, was gut war und was böse, konnte sich nun nicht mehr erinnern, was er eigentlich gewollt hatte, wozu er da gewesen war. Es war alles umsonst. Auch das Abheben eines Flugzeugs würde Wendland keine Erleichterung verschaffen können. Er hatte keinen Landeplatz mehr, was jede Art von Start absurd machte. Hier, in dem fensterlosen, ukrainischen Fickverschlag ging die Reise zu Ende. Er umklammerte die Ledertasche, die einmal von einem anderen Mann getragen worden war. Auch der hatte sie loslassen müssen. Alles umsonst. Die letzte Hoffnung, die Wendland hatte, war, dass er sich nicht in die Hosen schiss.

»Ulalala«, summte er.

Oleg schaute irritiert. Wendland hatte sich eine Sekunde Zeit gekauft. Oder zwei. Er versuchte, sich darin einzurichten.

Einmal auch der helle Schein
Emma, 1994, Juli

Emma verlässt die erste Beerdigung ihres Lebens im Bandbus. Sie sitzt in der letzten Reihe, wo es so schön schaukelt, und sieht aus dem Fenster auf die wogenden Weizenfelder, die so dick und gelb aussehen wie Kuchenteig. Der Bus riecht nach Zigaretten und dem Parfüm, das Nora benutzt, die Emma Angst macht, weil sie so laut lacht. Wie ein Pferd lacht sie. Wenn Nora sie umarmt, riecht Emmas Kleid tagelang nach ihrem Parfüm. Nora ist die Sängerin. Manchmal streiten sich ihre Eltern wegen Nora. Einmal hat ihre Mutter geschrien: Dann zieh doch zu Nora. Ihr Vater hat gelacht, aber Emma konnte danach lange nicht einschlafen. Sie findet ihre Mutter schöner als Nora, die sie an die böse Meerhexe aus »Arielle« erinnert. Arielle, die kleine Meerjungfrau.

Im Autoradio läuft »Affenmusike«, wie ihr Opa sagen würde, Mamas Vater, der in Thüringen wohnt. Die Kassette hat Alex eingelegt, der Gitarre spielt wie ihr Vater und fast immer ernst schaut. Es ist Musik, die bestimmt traurig sein soll, aber gar nicht so klingt. Das meiste ist auf Englisch, vielleicht sind die Texte traurig.

Emma versteht kein Englisch, aber jetzt kommt ein deutsches Lied. Nora singt mit, auch ihr Papa singt und Alex und auch Acki, der den Bus fährt und keine Haare hat, und sogar ihre Mama singt jetzt. Alle singen. Sie singen und sie lachen, als würden sie das Lied nicht ernst nehmen. Aber Emma fühlt, dass sie es eigentlich mögen. Sie versteht den Text nicht, obwohl es ein deutscher Text ist.

Er geht so: Über sieben Brücken musst du geh'n, sieben dunkle Jahre überstehn, siebenmal wirst du die Asche sein, aber einmal auch der helle Schein.

Asche sein. Was soll das bedeuten?, fragt sich Emma. Es ist ein flüchtiger Gedanke, sie vergisst ihn schnell. Mit dem nächsten Lied schon. Einmal fassen, tief im Blute fühlen, singen sie, Emma versteht, »im Blute wühlen« und kriegt eine Gänsehaut. Sie findet es alles ziemlich rätselhaft, auch die Leidenschaft der Erwachsenen. Wenn ein Mensch kurze Zeit lebt, sagt die Welt, dass er zu früh geht, singen sie. Ihre Mama sieht aus, als würde sie gleich anfangen zu weinen. Und dann singen sie »Er will anders sein«, und die Stimmung wird ein wenig fröhlicher, auch bei ihr.

Abzuhau'n fällt ihm nicht ein, singen die Erwachsenen im Bus. Er will doch ganz anders sein.

Die Beerdigung war nicht so schlimm, wie Emma befürchtet hatte. Es ist ja warm, die Sonne scheint, außerdem ist sie mit ihren Eltern zusammen. Paul, wie sie ihren Vater nennt, ist vor zwei Jahren ausgezogen. Er holt sie manchmal vom Kindergarten ab, dann gehen sie Eis essen oder ins Kino, und sie schläft in dem Zimmer, das sie in seiner Wohnung hat. Es ist nicht schlecht, aber besser ist es so wie jetzt. Sie sitzen auf der letzten Bank wie eine Familie.

Der Mann, der gestorben ist, heißt Conny. Er war der Manager der Gruppe, in der ihr Vater Gitarre spielt, und Emma mochte ihn gern. Sie kannte ihn nicht besonders gut, aber wenn er mit ihr redete, redete er wirklich mit ihr. Die anderen sind oft in Gedanken woanders, aber Conny konnte sich konzentrieren. Außerdem war er nicht so dünn wie die anderen, nicht so hibbelig, und er rauchte auch nicht. Sie mag es nicht, dass ihr Vater so viel raucht. Ihr fällt ein, das Conny ihr einmal ein Eis gekauft hat, als sie auf ihren Vater wartete. Ein Moskauer Eis, schon ein bisschen weich, die Waffel klebte am Papier. Sie musste weinen, vorhin auf dem Friedhof, aber erst, als sie sah, wie ihr Vater weinte. Sie hat ihn vorher nie weinen gesehen. Sie war auch noch nie auf einem Friedhof. Die Eltern ihrer Mutter leben noch, und Paul hat keine Eltern.

Die Straßen werden immer schmaler und huckeliger, irgendwann hält der Bus an einem Bauernhof an.

»Wir waren hier schon mal, Emma«, sagt ihr Vater.

Emma sieht aus dem Fenster. Sie kann sich nicht erinnern.

»Da war sie zweieinhalb«, sagt ihre Mutter.

Sie sagt es in dem Lehrerinnenton, den Emma nicht leiden kann. Ein Ton, der fast immer zu Streit führt. Deswegen nickt sie. Paul streicht ihr über den Kopf, sieht ihre Mutter an. Die verdreht die Augen, aber nicht böse.

Es riecht nach Sommer, nach warmem Sand und Tannennadeln.

Connys ehemalige Frau hat drei Kinder, aber die sind noch klein. Es gibt noch einen anderen Jungen, der so alt ist wie Emma. Er heißt Leonard, und sein Vater spielt auch Gitarre, aber in einer anderen Band. Sie sammeln zusammen Holz für das Lagerfeuer. Der Junge sagt, dass er später auch Musiker werden will. Emma schweigt. Sie glaubt, dass der Ärger ihrer Eltern damit zu tun hat, dass Paul Musiker ist. Musiker sind entweder gar nicht zu Hause oder ständig. Das ist ihre Erfahrung. Es ist auch das, was ihre Mutter sagt. Emma hat keine Ahnung, was sie einmal werden soll, und manchmal denkt sie, sie ist die Einzige, der das so geht. Alle ihre Freundinnen wissen es schon. Tierärztin oder Schauspielerin oder Kosmetikerin. Vielleicht liegt es daran, dass Emmas Eltern so seltsame Berufe haben. Ihr Vater ist Bassgitarrist, ihre Mutter Politikerin.

Bei der Beerdigung waren einige Leute, die nicht so aussahen, als würden sie Musik machen. Leute in Anzügen, die kurze Haare hatten und mehr so aussahen wie Lehrer oder Politiker. Die sind nicht mit zum Bauernhof gekommen. Wahrscheinlich mussten sie zurück ins Büro.

Axel hilft ihr und Leonard dabei, die Holzstücke aufzuschichten. Mitten auf dem Hof gibt es eine Feuerstelle. Axel hat keine langen Haare wie die anderen. Er ist kleiner und auch ein bisschen dicker. Er trinkt kein Bier, wahrscheinlich weil er den Bus fahren muss. Es macht ihr Spaß, mit Axel das Lagerfeuer aufzubauen. Er ist nicht so albern wie die anderen. Erwachsene sind für Emma oft nur Beine, Röcke, Hosen, hochhackige Schuhe. Wenn sie Alkohol trinken, wachsen sie noch. Sie werden zu seltsamen Riesen, die mit verzerrten Stimmen sprechen. Ein Wald aus Beinen, in dem sich Emma nicht wohl fühlt.

Dirk grillt. Es gibt Würstchen und Steaks. Dirk ist der neue

Mann von Judith, die früher Connys Frau war. Dirk sieht nicht aus wie ein Musiker, er sieht eher aus wie jemand, den sie dafür bezahlen, dass er Würste brät. Alle sind nett zu Dirk, aber auf eine Art, wie ihre Mutter nett zu Agnieszka ist, die ihre Wohnung saubermacht. Judith bringt Kartoffelsalat und Ketchup und Senf und Geschirr. Emmas Mutter hilft und auch Nora. Emma findet, dass es nicht zu Nora passt, den Tisch zu decken, aber es scheint ihr Spaß zu machen. Die Männer spielen Frisbee und trinken Bier. Die Sonne wird dunkelgelb und orange, aber es bleibt warm. Emma isst zwei Würste und zweimal Kartoffelsalat. Als es fast dunkel ist, erscheinen Bilder an der weißen Hauswand. Es sind Lichtbilder, auf denen man Conny sieht. Auf einigen Fotos ist er jünger und dünner, aber meist sieht er so aus wie der Conny, an den sich Emma erinnert. Er trägt fast immer eine Lederjacke, eine Jeans und ein T-Shirt mit Kragen. Manchmal sieht sie ihren Vater neben Conny stehen, auf einem Bild trägt Paul eine Art Strumpfhose. Er ist geschminkt und gibt Conny einen Kuss auf die Backe. Das ist Emma sehr peinlich, sie möchte, dass das Bild schnell verschwindet, aber es scheint stillzustehen.

Auf vielen Bildern isst Conny gerade, Würste oder Brötchen oder Kuchen. Emma muss an das Moskauer Eis denken, das er ihr brachte. Sie erinnert sich, dass Conny auch ein Eis hatte. Sie weiß noch, wie er mit zwei Fingern die weiche Waffel vom Eis zog, zusammenrollte und in den Mund steckte. Sie machte es ihm nach. Sie ist traurig, und sie spürt, dass sie gleich weinen muss, und diesmal würde sie um Conny weinen. Aber dann fragt sie Axel, ob sie und Leonard das Lagerfeuer anzünden wollen. Das lenkt sie ab.

Leonards Seite brennt schneller, aber schließlich fängt auch ihr Teil Feuer. Sie sieht, wie die andern zum Feuer schauen, das in der Mitte des Hofes wächst. Es ist ihr Werk, und sie ist stolz darauf. Leonard hebt die Hand, sie klatscht ihn ab. Axel lächelt. Sie mag Axel.

Als es ganz dunkel ist, sitzen alle am Feuer. Emma muss aufs Klo, und als sie vom Feuer weg über den dunklen Hof aufs Haus zugeht, bemerkt sie die Sterne. Sie kann sich nicht erinnern, jemals so viele Sterne gesehen zu haben. Als sie zurückkommt, sieht sie, dass ihre Mutter ihren Kopf an die Schulter ihres Vaters gelehnt hat. Sie setzt sich zu ihren Eltern, neben ihre Mutter.

Ein paar Männer zupfen an Gitarren herum, Alex und Leonards Vater sind dabei.

Aus dem Gezupfe entsteht eine Melodie, es ist, soweit Emma das sagen kann, Alex, der sie formt. Er summt, dann fängt er an zu singen.

Hör auf zu pennen, Baby,

Fang an zu rennen, Baby.

Er sitzt Emma genau gegenüber, und sie hat den Eindruck, dass sie gemeint ist.

Sie ist sechs Jahre alt und wird in ein paar Wochen eingeschult. Im September wird sie sieben. Sie ist das einzige Mädchen, das man hier Baby nennen könnte. Die Kinder von Judith, Connys früherer Frau, sind schon nach Hause gefahren, mit Dirk. Dirk hat sich nicht richtig wohl gefühlt hier. Er passte nicht her. Judith bleibt, obwohl auch sie ziemlich einsam wirkt. Leonard ist eingeschlafen. Es kann eigentlich nur sie gemeint sein.

»Nimm meine Hand, dann wirst du seh'n. Rennen ist viel besser als steh'n«, singt Alex. »Renn, Baby, renn, Baby, renn, Baby!«

Axel trommelt mit den Händen auf einer kleinen Trommel herum, die zwischen seinen Knien klemmt. Alle fallen ein, und auch Nora, die sie eigentlich nicht richtig mag, weil sie so laut ist, macht mit, drängt sich nicht in den Vordergrund. Sie singen zusammen. Eine große Familie. Die Erwachsenen haben sich zu Emma heruntergegeben. Das Laute, Große, Fremde ist verschwunden. Sie sind von Riesen zu Menschen geworden. Sie schreien sich nicht an, sie singen zusammen.

Emma ist zum ersten Mal in ihrem Leben wirklich froh, am Leben zu sein. Sie ist froh, dass ihre Eltern am Leben sind. Gleichzeitig hat sie zum ersten Mal Angst, dass sie sie verlieren könnte. Noch mehr verlieren könnte. Sie weiß nicht, dass das eine mit dem anderen zu tun hat. Das Glück und die Angst. Einen Augenblick lang glaubt sie zu verstehen, wie die Asche und der helle Schein aus dem Lied zusammenhängen, das sie heute Morgen im Bus gesungen haben. Sie fühlt eine Sehnsucht, die sie nicht beschreiben könnte. Sie ist glücklich und traurig zugleich.

Emma weiß, dass sie gleich einschlafen wird, aber sie wehrt sich noch. Im September wird sie sieben Jahre alt, sie kann sich gerade vorstellen, dass alles wieder gut wird.

So gut wie früher.

Danksagung

Ich möchte mich bei den Musikern der Berliner Band Pankow bedanken, die mich ein paar Monate an ihrem Bandalltag teilnehmen ließen. Vor allem aber möchte ich mich für ihre Songs bedanken, die mich bis heute durch mein Leben begleiten. Danke also an Kulle, Stefan, Jürgen, Ingo und André, aus dessen erstem Soloalbum ich mir die Zeilen des »Kiefernliedes« geborgt habe. Der Text stammt von Wolfgang Herzberg.

Danke auch an die Musiker der Band Silly, die mich vor vielen Jahren, in schweren Zeiten, in die Seele einer Rockband schauen ließen und später bewiesen, dass ein Comeback möglich ist. Danke an Ritchie, Uwe, Jäcky, Herbert und Anna. Und natürlich – für immer – an Tamara.

Dieses Buch erzählt weder die Geschichte von Silly noch die von Pankow. Aber es wäre ohne diese beiden Bands nicht möglich gewesen.

Alexander Osang

Inhalt

Steine-Tapes
Drittes Interview, November 2012 • 7

Wolkenlos
Emma, 2013, Herbst • 9

Truppenabzug
Conny, 1994, Juni • 26

Eines dieser typischen New Yorker Märchen
Nora, 1990, Januar • 48

Geheime Liebe
Alex, die späten Achtziger • 105

Himmel über Berlin
Max, 2012, Mai • 129

Zaungast
Paul, 2003, Mai • 149

Die Beichte
Vonnie, 1982, Juli • 170

Almost Famous trifft Gunter Gabriel
Carola, 2012, November • 193

Über Bord
Acki, 1987, März • 232

Ulalala
»Bernd«, 2014, Januar • 259

Einmal auch der helle Schein
Emma, 1994, Juli • 279

Danksagung • 286